REDRUM

Hof Gutenberg 3
1. Auflage
(Deutsche Erstausgabe)
Copyright © 2020 dieser Ausgabe bei
REDRUM BOOKS, Berlin
Verleger: Michael Merhi
Lektorat: Stefanie Maucher
Korrektorat: Simon Kossov / Silvia Vogt
Umschlaggestaltung und Konzeption:
MIMO GRAPHICS unter Verwendung einer
Illustration von Shutterstock

ISBN: 978-3-95957-542-3

E-Mail: merhi@gmx.net
www.redrum-verlag.de

YouTube: Michael Merhi Books

Facebook-Seite: REDRUM BOOKS
Facebook-Gruppe:
REDRUM BOOKS - Nichts für Pussys!

Andreas Laufhütte

HOF GUTENBERG 3

Zum Buch:

Davide und Paul stehen kurz vor ihrem gemeinsamen Ziel, den letzten der Höfe zu zerstören, auf denen Männer und Frauen als Opfer gnadenloser Sextouristen missbraucht und gefoltert werden. Inkognito buchen sie ein Zimmer im Haupthaus, doch trotz intensiver Suche finden sie zunächst keinen Hinweis auf einen Bunker unter der Erde. Sind sie der falschen Spur gefolgt? Erst als sie auf eine junge Frau treffen, der angeblich die Flucht von Hof Gutenberg gelungen ist, überschlagen sich die Ereignisse. Paul und Davide geraten in einen Strudel aus Gewalt und Tod, aus dem es kein Entrinnen gibt. Ihr schlimmster Albtraum hat begonnen.

Das erschreckende Finale der Hof-Reihe. Hart, blutig und unvorstellbar grausam.

Leserstimmen zu Hof Gutenberg 1 und 2:

»Unglaublich, wie viel Emotionen ich beim Lesen der beiden Teile durchlaufen habe.«

»Ich fand Hof 1 schon grandios, aber Hof 2 liebe ich.«

»Diese Reihe ist ein Muss für jeden Thriller-Fan.«

Zum Autor:

Der im Ruhrgebiet geborene und aufgewachsene Autor lebt inzwischen im hohen Norden Schleswig-Holsteins. Dort lässt er sich den rauen Wind um die Nase wehen, während er seiner Fantasie freien Lauf lässt und in die Tasten seines Computers hämmert. Seine Geschichten decken die Bereiche Horror, Thriller und Science-Fiction ab.

Bisher bei Redrum Books erschienen:

Wo ist Emily?
Hof Gutenberg
DOGS
Das Vermächtnis des Jeremiah Cross
Hof Gutenberg 2
Hof Gutenberg 3

Andreas Laufhütte

HOF GUTENBERG 3

Thriller

Prolog

Das Chirurgenpärchen

Der Mann riss die Augen auf. Ein Geräusch hatte ihn geweckt. Sofort dachte er an seine Frau, die ihm zum Abschied gewunken hatte, und an die beiden Kinder an ihrer Seite. Auch sie hatten die Hand gehoben. *»Bis heut Abend, Papa!«*, hatte seine Tochter gerufen. Wie lange war das her? Ewigkeiten.

Da konntest du noch laufen!

Der Mann hieß Tobias, das wusste er noch. Er war einunddreißig Jahre alt. Im besten Alter. Karina und er hatten ein weiteres Kind geplant.

Das sanfte Licht einer Wandlampe brannte auf seiner Netzhaut, doch es störte ihn nicht. Wenigstens war es da. Schweiß perlte von seiner Stirn, und der dämmrige Raum, in dem er sich befand, gab ihm für einen Augenblick das trügerische Gefühl der Geborgenheit. Er dachte an seine Kinder. Ob sie ihn vermissten? Was hatte Karina ihnen erzählt, warum ihr Papa nicht mehr da war?

Tobias wollte den Schweiß von der Haut wischen und hob den Arm. Innerhalb kürzester Zeit füllten sich seine Augen mit Tränen. Wie oft hatte er in den letzten Tagen – oder waren es Wochen? – geheult wie ein kleines Kind?

Die schwarzen Nähte um den Stumpf seines Oberarms bildeten einen harten Kontrast zum Rosa der verheilenden Narbe. Langsam ließ er den kläglichen Rest seiner Extremität auf die weiche Oberfläche des Kinderbettes sinken.

Immer, wenn sie Tobias holten, legten sie ihn in dieses Ding mit den Holzgitterstäben. Seit sie ihn das erste Mal gebucht hatten, brauchte sein Körper – der bemitleidenswerte Abfall einer menschlichen Erscheinung – auch nicht mehr Platz als ein Kinderbett.

Seit zwei Tagen war er bei ihnen. Hier auf dem Hof nannte man sie nur ›das Chirurgenpärchen‹. Und Tobias war ihr persönlicher Höfling. Ihr eigenes, individuelles Spielzeug.

»Wir werden es bald erneut holen!« So verabschiedeten sie sich immer von ihm, wenn er wieder zusammengeflickt werden musste, weil ansonsten sein Tod unmittelbar bevorstand. »Und wir hoffen, dass es in der Zeit genesen sein wird.«

Dass dem so war, darauf konnte sich das Paar verlassen. Das hausinterne Ärzteteam sorgte stets dafür, dass Tobias schnell einsatzbereit war.

Abermals spürte er die unbarmherzigen Tränen, die sich einen Weg über sein Gesicht bahnten. Er konnte sie nicht wegwischen und so hinterließen sie juckende Spuren auf der Haut.

Wiederholt dachte Tobias über das Geräusch nach, das ihn aus dem Schlaf gerissen hatte. Obwohl er nie fest schlief, so nickte er doch ab und zu ein, trotz der Situation, in der er sich befand. Er konnte sich vorstellen, dass sein Geist dem Martyrium entfliehen wollte. Was also hatte ihn geweckt?

Sein eigenes Stöhnen konnte es nicht gewesen sein. Seit der unfreiwilligen Entfernung seiner Gliedmaßen hatte er täglich gestöhnt, immer wieder, zwischen den Schreien, die er ausstieß. Zwischen diesen erbärmlichen Schreien, die einer perfiden Mischung aus Schmerz und Hoffnungslosigkeit Ausdruck verliehen. Nein, das konnte es nicht gewesen sein. Aber was dann?

Im Moment war es still.

Es war Roberts Stöhnen, das dich geweckt hat!

Ja, das war durchaus möglich.

Er blickte auf den schweren Plastikvorhang, der neben seinem Bett von der Decke bis zum Boden hing. Auf der anderen Seite lag Robert Bertel, oder so ähnlich. Tobias konnte sich Namen schlecht merken, aber er war sich ziemlich sicher, dass der Typ so hieß.

Sie hatten ihn gestern hier hereingeschoben, schreiend wie am Spieß. Auch er war von Armen und Beinen befreit worden, und seinen Schreien nach zu urteilen ebenfalls ohne Narkose.

Die Frau des Chirurgen hatte gesagt, ihr Mann sollte Robert etwas geben, damit das Brüllen aufhörte – dieses Gekreische mache sie nervös – und ihr Mann hatte Robert eine lange Kanüle in den Hals gesteckt, direkt durch den vibrierenden Kehlkopf. Danach war er still.

Tobias' fassungsloser Blick durch die Gitterstäbe seines Kinderbettes war den beiden entgangen.

»Hilf mir, den OP sauber zu machen«, hatte der Chirurg gesagt, während ein weißes Schaumbläschen aus dem Einstichloch in Roberts Hals getreten war. Und während der sich gurgelnd nass gemacht hatte, verließen die beiden den Raum.

Irgendwann hatte er seine Augen aufgeschlagen. Er hatte herübergestarrt und sofort angefangen zu schreien, als er Tobias entdeckte.

»Halt dein Maul!«, hatte dieser ihn angefaucht. »Oder willst du, dass sie zurückkommen?«

Robert hatte geweint.

»Wer bist du?«, hatte ihn Tobias gefragt.

»Robert Bertel. Mein Name ist Robert Bertel.« Dann, nach einer kurzen Pause, setzte er hinzu: »Oh Jesus Christus, was machen die hier mit uns? Warum schneiden die uns alles ab?«

Tobias hatte nicht antworten können, er wusste es selbst nicht.

***

»Es wird nicht überleben«, hatte der Chirurg am selben Abend bemerkt, als er mit flinken Fingern Roberts Tropf auswechselte. »Du wirst nicht lange Spaß damit haben.«

Tobias sah das Gesicht der Frau, die gespielt einen Schmollmund zog. »Ich dachte, dein Mittel ist so hervorragend?«

»Vielleicht nur bei dem da.« Er deutete in Tobias' Richtung.

»Dann lass es mich noch ein bisschen ausnutzen.« Ihre Hand streichelte über Roberts frische Wunden. »Obwohl du es nicht so schön zersägt hast. Es ist ja nicht mehr viel übrig.«

Sie hatten ihn in den Raum geschoben, der unmittelbar an das Zimmer grenzte, in dem die Betten standen. Es war der Raum, in dem nur eine große latexüberzogene Matratze lag. Dorthin wurde auch Tobias immer geschoben, wenn die Chirurgenfrau ihrer Lust frönen wollte. Tobias hatte ihn den ›Fickraum‹ getauft. Trotz der geschlossenen Tür hatten sich Roberts Schreie schrill in Tobias' Gehörgänge gebohrt. Insgeheim war dieser froh darüber gewesen, dass es nicht seine eigenen waren. Das alles war gestern Abend geschehen.

Jetzt war es still.

»Robert?«, flüsterte Tobias, aber von der anderen Seite des Vorhangs drang kein Laut zu ihm herüber. Robert hatte doch gestöhnt, oder nicht?

»Robert? Kannst du mich hören?«

Nichts.

»Robert? Es wird schon. Glaub mir. Die Schmerzen lassen nach. Hast du gehört? Wir werden zusammen hier rauskommen. Hörst du? Wir werden irgendeine Lösung finden.«

Lediglich Stille antwortete.

Tobias' Worte, an die er selbst nicht glaubte, wurden zu einem Wimmern. »Bitte, Robert … Sag doch nur ein Wort. Oder stöhn einfach … Bitte.«

Doch Robert Bertel sagte nichts und er stöhnte nicht. Der Raum hinter dem Vorhang blieb so still wie der Tod selbst.

Er darf nicht tot sein! Gott, lass ihn noch leben.

Tobias schloss die Augen und wartete auf das Eintreffen des Chirurgenpärchens.

Sie werden kommen. Die Lust der Frau ist unersättlich. Sie werden kommen und feststellen, dass Robert Bertel tot ist. Und dann nehmen sie dich!

***

»Och Mann ...«

Tobias zuckte zusammen. Hinter dem Vorhang waren Stimmen zu hören. Er hatte nicht mitbekommen, dass jemand den Raum betreten hatte.

»Ich habe es dir doch gesagt«, sagte der Chirurg leise.

»Aber so schnell?«

Sie redeten über Robert. Er schien tatsächlich gestorben zu sein.

»Es war halt ein Schlappschwanz.«

Etwas polterte.

»Mist«, flüsterte die Frau.

Der Vorhang wurde zur Seite geschoben. Tobias schloss die Augen und versuchte, gleichmäßig zu atmen. Er spürte den Atem der Frau über sich. Dann hörte er Schritte, die sich entfernten. Das Geräusch des Vorhangs, der zugezogen wurde.

»Es schläft«, sagte sie leise.

»Dann solltest du es wecken.« Der Mann lachte.

Sie sprechen von mir, durchfuhr es Tobias.

»Das hier ist auf jeden Fall hinüber.«

»Und das drüben wird langweilig«, sagte die Frau. »Die Wunden sind schon fast verheilt.«

»Ich kann nachsägen, wenn du es möchtest.«

Tobias' Herz raste. Sein Atem wurde schneller, doch er zwang sich, ihn weiterhin möglichst gleichmäßig klingen zu lassen.

Jemand furzte und wenig später roch es unangenehm.

»Ich könnte es bei vollem Bewusstsein von seinen Gesäßmuskeln befreien. Was hältst du davon?«

Tobias' Magen krampfte sich ruckartig zusammen und beißende Galle schoss in seinen Mund. Er presste die Lippen aufeinander und schluckte sie hinunter.

»Ich weiß nicht. Es ist eintönig. Und du willst doch nicht, dass ich mich langweile, oder?«

Tobias hörte ein Schmatzen.

»Warum ist es eintönig?«

»Es ist halt so.«

»Ich könnte es häuten.«

Die Räder von Roberts Bett gaben quietschende Geräusche von sich.

»Ich weiß nicht«, sagte die Frau erneut. »Das hatten wir doch alles schon.«

Tobias konnte nicht glauben, was er hörte. Er wollte es einfach nicht glauben.

»Dann kann es aber auch weg.«

»Wirfst du es ins Säurebad? Ich liebe es, wenn es anfängt zu sprudeln. Du darfst mich dabei auch von hinten ficken, wenn ich es betrachte.«

»Wenn du magst.«

»Ja! Und falls es noch lebt, lassen wir es langsam mit der Schaukel reingleiten.« Die Stimme der Frau wurde lauter – erregter.

Der Chirurg lachte.

15

Abermals ertönte dieses ekelerregende Schmatzen. Sie steckte ihm wohl die Zunge in den Hals. Tobias konnte förmlich den weißen Schleim sehen, der sich in ihren Mundwinkeln gebildet hatte. Sein Atem verließ stoßweise seine Lunge. Er roch nach Magensäure.

»Für nachher habe ich mir was Schönes einfallen lassen«, sagte der Chirurg.

»Oh, erzähl, bitte!«

»Lass uns erst mal frühstücken gehen.«

Die schwere Tür fiel ins Schloss.

***

Inzwischen waren fast zwei Stunden vergangen. Tobias hatte nicht ein Mal die Augen schließen können. Wie gern hätte er von zu Hause geträumt? Von Karina und von den Kindern. Er betrachtete die Nadel, die in seiner Leiste steckt.

Seit sie ihn geholt hatten, war er an den Tropf mit der Wundermedizin angeschlossen, die dafür sorgte, dass er nicht ständig das Bewusstsein verlor, wenn sie an ihm herumschnitten. Irgendein Gemisch aus Adrenalin und Kochsalzlösung, hatte er den Chirurgen sagen gehört.

»Ist es nicht faszinierend«, hatte der hinzugefügt, »wie lange das Mittel es am Leben hält? Ich genieße es stets, mich darüber zu erfreuen.«

Tobias war den beiden ausgeliefert. Wenn sie der Meinung waren, er sollte überleben, dann würde er das. Selbst wenn er diesbezüglich andere Intentionen gehabt hätte, wäre es schwierig gewesen, seinem jämmerlichen

16

Dasein selbst ein Ende zu bereiten. Ohne Arme und Beine ist alles schwierig.

Wie oft hatte er darüber nachgedacht, wie es wäre, zu überleben. Wenn man ihn finden und befreien würde. Was würden Karina und die Kinder sagen, wenn sie ihn zu Gesicht bekämen? Lediglich einen Torso mit Kopf. Das Einzige, was von Ehemann und Vater übrig geblieben war.

Tobias dachte an das vorletzte Zusammentreffen mit dem Chirurgenpärchen. Für ihn war es der bis dahin schlimmste Albtraum seines Lebens gewesen. Vier ganze Tage lang hatten sie ihn bearbeitet. Vier Tage und Nächte, in denen er als abnormes Lustobjekt herhalten musste. Wie oft hatte die Frau seinen blutenden Torso bestiegen? Wie oft hatte sie ihren nimmersatten Schritt über seine Haut gerieben, während ihr Mann Stücke aus ihm herausschnitt? Brocken seines Fleisches, die sie ihm rektal eingeführt hatten, bis er derart voll war, dass er sie unter Stöhnen wieder ausscheiden musste? Danach hatten sie ihm die Stücke in den Mund gestopft und ihn gezwungen, sie zu essen.

»Ich weiß, dass es das will!« Wie hatte Tobias diesen Satz und sein jämmerliches Dasein gehasst.

Jeden verdammten Tag wickelten sie die Verbände von seinem linken Arm ab. Hier hatten sie nur die Hand entfernt. Und Tobias hatte erkennen müssen, warum.

Sie hatten den Arm in ein Gestell neben der Matratze geschnallt, sodass er steil nach oben ragte. Die Frau hatte sich draufgesetzt und ihre Enge hatte nach wenigen Stößen die frisch verkrustete Wunde aufgerissen. Rotes

Gleitmittel hatte dafür gesorgt, dass ihre Bewegungen schneller wurden und immer wieder musste der Chirurgenmann ihn aus der Ohnmacht befreien. Trotz dieses Wundermittels.

Als sie nach vier Tagen endlich genug von ihm hatten, dauerte es lange, bis die Wunde verheilt war. Das hausinterne Ärzteteam musste ganze Arbeit leisten, damit die Entzündung, hervorgerufen durch Reste von Exkrementen, sich nicht ausbreitete und ihn tötete.

Das alles war fast zwei Monate her. Tobias blickte zur Seite. Die Tür zum Operationsraum war einen Spaltbreit geöffnet. Bald war ihr Frühstück beendet und sie würden zurückkommen.

Wahrhaftig dauerte es nicht lange, bis die Tür sich öffnete und das Paar eintrat. Sie stellten sich vor das Bett und beobachteten Tobias.

»Lass es uns rübertragen.« Der Chirurg guckte emotionslos. »Du sollst den Tag doch genießen«, fügte er an seine Frau gewandt hinzu.

Tobias wusste sofort, dass sie von dem *Fickraum* sprachen. Was von Tobias übrig war, war nicht schwer, trotzdem mussten sie ihn zu zweit in den angrenzenden Raum tragen und ihn dort festschnallen. Er konnte zwar nicht viel ausrichten, doch wand er sich wie ein Fisch auf dem Trockenen. Mehrfach versuchte er, einen der beiden mit den Zähnen zu erwischen, aber sie waren geschickt und ließen ihn nie so nah an sich heran, dass dies hätte gelingen können.

Es dauerte nicht lange, bis sie ihn auf der Matratze festgeschnallt hatten. Seinen linken Arm steckten sie abermals in die Schiene, sodass er steil nach oben ragte.

Tobias schrie, obwohl er wusste, dass es die Frau nur noch mehr anheizte. Ein weiteres Mal hatten sie sich für den Arm entschieden, dessen Entzündung ihn nach dem letzten Mal fast das Leben gekostet hatte.

»Er ist verheilt«, sagte die Frau, die wütend und enttäuscht zugleich klang. »Sieh dir das an! Das ist echt verheilt!«

Der Chirurg trat heran und begutachtete die Wunde. »Hm, mit ein wenig Kraft, kannst du sie aufreißen. Oder soll ich ein Skalpell holen?«

Die Frau lächelte, umfasste mit beiden Händen den Stumpf und zog die Haut auseinander. Sie machte es vorsichtig und langsam. Tobias konnte spüren, wie sich die Narbe öffnete. Zunächst nur an einigen Stellen, bis sie wenig später komplett aufriss. Sein Schrei hallte von den Wänden wider.

Die Frau führte die Daumen in die Wunde und stülpte die Haut über Elle und Speiche. Mit dem Handrücken wischte sie das Blut beiseite und betastete mit den Fingerspitzen die Ränder der Knochen.

»Kannst du sie ein wenig abfeilen? Ich möchte mich gern draufsetzen.« Als sie ihren Mann ansah, wirkte ihr Gesicht wie das eines Kindes, das nach einem Lutscher fragt.

Dieser lächelte und verließ den Raum.

»Lassen Sie mich sterben«, flüsterte Tobias. Inzwischen wusste er, dass er hier niemals rauskommen würde. »Bitte, bringen Sie mich einfach um!«

Die Frau sah ihn an. Als der Chirurg zurückkam, sagte sie: »Es hat zu mir gesprochen.«

Das Lächeln ihres Mannes verschwand augenblicklich. In seiner Hand hielt er eine unterarmlange Feile, die mehr der Holzverarbeitung zu dienen schien als der Chirurgie.

Er näherte sich Tobias' Gesicht. »Für diese Unverfrorenheit werde ich es von seiner Nase befreien.«

Tobias schrie, als sich der Chirurg hinter seinen Kopf kniete und diesen zwischen den Oberschenkeln fixierte. Sorgfältig setzte er das Werkzeug am oberen Ende des Nasenbeins an. Tobias' Schrei wurde zum Kreischen, als die Feile vorsichtig die Haut abschälte.

Es dauert sehr lange, bis die Nase, samt Knochen und Haut, gänzlich abgefeilt war. Die beiden übrig gebliebenen Löcher füllten sich kontinuierlich mit Blut, das Tobias in den Rachen lief.

Die Frau drehte seinen Kopf zur Seite. »Pass auf, dass es nicht erstickt«, sagte sie. »Gibst du mir bitte die Feile? Ich möchte mich endlich auf die Knochen setzen.«

»Warte, Schatz, ich gebe ihm noch eine Spritze. Er scheint ohnmächtig zu werden.«

Während das Mittel Tobias zurück in die Realität holte, feilte die Frau die Ränder der beiden Unterarmknochen glatt. Es ging um einiges schneller als das Entfernen der Nase. Offensichtlich gab sie sich weniger Mühe. Als sie mit ihrer Arbeit zufrieden war, schob sie Haut und

Muskelgewebe bis zum Ellenbogen hinunter. Sie musste sich anstrengen, aber sie lachte aufgeregt und laut. Nun ragten Elle und Speiche wie zwei glatt gefeilte Stöcke nach oben, die man in Sand gesteckt hatte.

Während der gesamten Prozedur übergab sich Tobias mehrfach. Eine Ohnmacht, die ihn vor den Schmerzen bewahrte, blieb allerdings aus.

Die Frau hockte sich breitbeinig über den Arm und schob die Speiche zwischen die Schamlippen. Die Elle verschwand in ihrem Anus. Stöhnend ließ sie sich bis zur zusammengeschobenen Fleisch-Muskelmasse, die Ähnlichkeit mit einem hochgekrempelten Hemdsärmel hatte, hinabgleiten. Ihre Lustschreie übertönten selbst Tobias' Schmerzensschreie.

Der Chirurg entfernte sich unterdessen aus dem Raum und kam kurz darauf mit einem blauen Müllsack zurück, dessen Gestank sich wie dichter Nebel im Zimmer ausbreitete.

»Oh Gott!«, keuchte die Frau, während sie wild ihren Kitzler rieb. »Was ist denn da drin? Ich muss gleich kotzen.«

»Eine kleine Überraschung für meinen Engel«, trällerte ihr Mann.

Er schüttete den Inhalt auf den Boden, und trotz des bestialischen Gestanks, grinste die Frau.

»Es ist das Bein, das wir ihm beim letzten Mal abgeschnitten haben«, sagte der Chirurg stolz. »Ich habe es hier gelagert.«

Er zog sich dicke Gummihandschuhe über und umfasste den Knöchel, dessen verwesendes Fleisch sich augenblicklich vom Knochen löste und in schmierigen Fetzen zu Boden suppte.

»Schlägst du es tot, wenn ich komme?«, keuchte die Frau und befriedigte sich schneller. »Es dauert nicht mehr lange.«

Tobias blickte in das grinsende Gesicht des Chirurgen, der sich breitbeinig neben seinen Kopf positionierte.

Er schloss die Augen und dachte an Karina und die Kinder. Sie winkten und Bea rief: *»Bis heute Abend, Papa.«*

Der erste Schlag mit dem Bein erwischte Tobias' Kopf derart hart an der Seite, dass sein Genick brach. Die Frau stöhnte lauter und der Chirurg schlug so oft auf den Schädel ein, bis dieser wie ein nasses, blutgetränktes Handtuch aussah, das jemand zusammengeknüllt aufs Laken geworfen und liegen lassen hatte.

Die Frau beugte sich vor, ohne die rhythmischen Bewegungen zu verlangsamen. Mit den Fingernägeln schob sie die Schädelhaut beiseite und holte eine breiige Mischung aus Knochensplittern und Hirnmasse hervor, die sie sich ins Gesicht und mit der anderen Hand in den Schritt schmierte.

Ihr Mann hatte unterdessen seinen Schwanz herausgeholt und führte ihn sanft in den Mund seiner Frau. Er ejakulierte bereits, bevor sie ihre Zunge zum Einsatz brachte. Sie waren wahrlich ein perfektes Paar.

Teil 1

Kira

Kapitel 1

Zwei Monate später

Der Boden unter ihren nackten Füßen war kalt und es war, als würde sie über Gelatine laufen. Bei jedem Auftreten presste sich feuchter Lehm zwischen den Zehen hindurch, sodass es sich anfühlte, als befänden sich Abstandshalter zum Lackieren der Nägel dazwischen.

Martin zog an ihrem Arm. Der winzige Schein der Handylampe beleuchtete nur einen Teil des etwa drei Meter hohen und ebenso breiten Tunnels, durch den sie zu entkommen versuchten. Vor einer Minute waren die Lampen ausgegangen, die an der Decke hingen. Sie wollten ihnen die Flucht so schwer wie möglich machen. Logisch.

Martin starrte ständig auf das Display, wenn sie an eine Weggablung kamen. Als Sicherheitsmitarbeiter des Hofes hatte er das hausinterne Navigationsprogramm, welches den exakten Weg vorgab. Lautlos. Das einzige Geräusch, das an ihre Ohren drang, war ihrer beider Keuchen.

Bitte, lieber Gott, gib uns eine Chance!

Das war der Gedanke, der Kira aufrecht hielt. Wie gern würde sie sich fallen lassen und den kühlen Schlamm auf ihrer Haut genießen? Wie gern würde sie die Augen schließen und einfach sterben. Alles hinter sich lassen. Durch die Erschöpfung wollte sie genau das. Aber sie hatte einen starken Willen und der sagte ihr, dass sie weitermachen sollte.

»Warte!« Martin umfasste ihren Arm fester und zwang sie, stehen zu bleiben. Schweratmend starrte er auf das helle Display.

»Stimmt was nicht?«, fragte Kira. Auch ihre Brust hob und senkte sich schnell.

Wie lange waren sie schon unterwegs? Wie lange atmeten sie die nach Feuchtigkeit riechende Luft ein?

»Ja«, murmelte Martin.

Kira brauchte einen Moment, bevor sie verstand, dass es die Antwort auf ihre Frage war.

»Wir haben kein Signal.«

Kira spürte augenblicklich die aufkeimende Panik. »Wieso haben wir kein Signal?«

Martin schüttelte das Handy und drehte sich, während er es weit vom Körper in unterschiedliche Richtungen hielt. »Scheiße!«

»Wieso haben wir kein Signal?«, wiederholte sie ihre Frage. »Soviel ich weiß, brauchen wir hier unten kein GPS.«

»Das hausinterne brauchen wir schon. Und das kommt nicht mehr an. Scheiße!«

Kira bemerkte die Unruhe in Martins Stimme. Sie berührte sanft seinen Oberarm. Es hatte keinen Sinn, durchzudrehen. »Wo haben wir es denn verloren?«

»Keine Ahnung«, fauchte er. »Bis eben war es noch da.«

»Okay, lass uns ein Stück zurückgehen.« Sie zog ihn mit sich.

»Das kann doch nicht sein«, murmelte er, folgte Kira aber dennoch mit kleinen Schritten.

Als sie gute fünfzig Meter zurückgegangen waren, hatte sich immer noch nichts getan.

»Und wenn du das Programm neu startest?« Kira stellte fest, dass sie das erdrückende Gefühl des Unwohlseins nicht abschütteln konnte. Erneut war da das Verlangen, sich auf den Boden zu legen und abzuwarten. Irgendwann würden sie sie finden. Und sie würden sie zurückbringen.

»Nichts.« Martin hatte einen Neustart versucht. »Jetzt lädt es nicht einmal mehr.« Er sah Kira verzweifelt an. Dann drückte er sie fest an sich. »Es tut mir leid«, krächzte er.

»Wir können nicht zurück«, flüsterte sie, die Wange gegen sein Hemd gepresst. Sein leichter Schweißgeruch drang in ihre Nase und für einen kurzen Moment stellte sie sich vor, mit ihm im großen Bett irgendeines Hotelzimmers zu liegen. Nur sie beide. Eng umschlungen. In Sicherheit. Vielleicht sogar in Vegas, nachdem sie kurz zuvor geheiratet hatten. Das war ihrer beider Traum.

Sie drückte ihn von sich weg. »Und wenn wir es so versuchen?«

Martin presste die Lippen aufeinander, sodass der Mund einen schmalen Streifen bildete. Dann lächelte er, was im Displaylicht mehr einer Fratze glich. »Du hast recht. Wir versuchen es!«

Erneut zog er sie am Arm hinter sich her, während der Lichtstrahl des Handys die lehmigen, mit dicken Balken abgestützten Wände streifte. Der Bereich, in dem sie sich befanden, war definitiv nicht renoviert worden.

»Er hatte mich für den Taucher vorgemerkt«, sagte Kira nach einer Weile.

Sie hatten schon an mehreren Abzweigungen die Richtung gewechselt, ohne dass sich die Umgebung groß verändert hätte. Sie hätten genauso gut auf der Stelle laufen können. Zumindest kam es Kira immer häufiger so vor.

»Ich weiß«, antwortete Martin. »Er ist heute angereist. Er und ein paar andere Freaks.«

Kira nickte stumm. Die Flucht musste ihnen definitiv gelingen. Ansonsten würde sie sich irgendetwas in den Schädel rammen oder sich die Pulsadern aufschneiden.

»Stimmt es, dass die Letzte vier Tage bei ihm überlebt haben soll?« Kira wollte die Frage nicht stellen. Zumindest wollte sie keine Antwort darauf. Sie wollte nicht einmal darüber nachdenken.

Warum tust du es dann?

Ich weiß es nicht!

»Beim Taucher?«, fragte Martin.

»Ja.«

»Das stimmt«, sagte er. »Er hat sie gegen Ende auf einen Stuhl direkt am Pool gesetzt. Sie musste ihm zusehen.«

Kira schluckte die Galle hinunter, die ihr die Speiseröhre hinaufstieg.

»Wir haben sie nach seiner Abreise erlöst.«

»Ich möchte nicht mehr erfahren«, keuchte Kira. Es klang lauter als beabsichtigt.

»'tschuldigung«, sagte Martin nur.

Die nächsten zehn Minuten verbrachten sie schweigend. Dann war der Tunnel zu Ende. Eine Mauer aus dicken, feuchten Steinen verhinderte ein Weiterkommen.

Als Martin nach oben sah, folgte Kira seinem Blick.

Über ihnen befand sich eine runde Öffnung, mit einem Durchmesser von einem Meter, die steil ins Unendliche zu führen schien. Zumindest konnte das Handylicht das Ende nicht sichtbar machen.

»Scheiße«, sagte Martin erneut. »Das kenn ich nicht. Könnte ein altes Lichtloch sein.«

»Licht sehe ich aber nicht einfallen«, entgegnete Kira.

»Die heißen nur so. Dienten der Frischluftzufuhr.« Kira sah ihn an. »Sollen wir bis zur letzten Abzweigung zurück?«

Martin blickte unbeirrt nach oben. »Traust du dir zu, auf meine Schultern zu steigen?«

»Da kommen wir doch nie zusammen hoch.«

Ihre Blicke trafen sich. »Wir nicht. Aber vielleicht hast du eine Chance. Wenn du dich mit dem Rücken und den Beinen an den Wänden abdrückst, kannst du dich hochdrücken.«

Kira wollte nicht glauben, was sie hörte. »Das mache ich niemals. Du bist der einzige Grund, warum ich überhaupt noch leben *will*. Entweder schaffen wir es gemeinsam, oder keiner von uns schafft es.« Sie griff nach seinem Arm und zog ihn vom Loch weg. »Wir gehen zurück bis zur Abzweigung und versuchen es mit der anderen Richtung.«

Martin zog sie zu sich heran. »Das hier unten ist ein Labyrinth! Was denkst du, warum wir dieses Navi haben? Niemand kommt ohne hier raus.«

»Das können wir nicht wissen, wenn wir es nicht versuchen. Und das da«, sie deutete nach oben, »ist definitiv keine Lösung.«

»Weißt du, dass ich mich in dich verliebt habe?«, sagte er plötzlich.

Kira sah ihn an und lächelte. Sie küsste ihn auf den Mund und genoss diesen Moment, trotz der unwirtlichen Situation. »Ich habe mich auch in dich verliebt. Und ich wünsche mir nichts sehnlicher, als den Rest meines Lebens mit dir zu verbringen.«

Vielleicht geht das schneller als du denkst!

Kira hasste ihre innere Stimme, die ständig ihre verseuchten Finger in ihr Hirn bohrte. Aber sie hatte recht. Sie mussten hier weg. Und zwar schnellstens.

»Los!«, sagte sie nur, und sie rannten zurück.

***

Sie waren noch fünfzig Meter von der Abzweigung entfernt, als sie etwas hörten. Abrupt hielten sie an und Martin drückte die Handylampe gegen seinen Körper. Augenblicklich befanden sie sich in vollkommener Dunkelheit, die sich wie ein stickiges Tuch auf sie legte.

Sie lauschten.

Es waren Stimmen, die aus dem Labyrinth hallten.

»Sie kommen«, flüsterte Martin.

Kira nickte, dann realisierte sie, dass Martin das nicht sehen konnte.

Martin zog sie dichter zu sich heran. »Wir müssen zurück. Der Schacht nach oben ist unsere einzige Chance.«

Kira wusste, was er eigentlich meinte. Der Schacht war *ihre* einzige Chance. Wenn sie es schaffen sollte, auf Martins Schultern zu steigen und sich nach oben zu hangeln, konnte er ihr nicht folgen.

Wieder dachte sie an den Taucher. Warum wollte Paps ihr das antun? Er hatte sich verändert. Oder war er schon immer so gewesen? Kira konnte und wollte sich nicht erinnern.

Martin zog sie in den Gang zurück, aus dem sie gekommen waren. Kira wollte widersprechen, stellte aber fest, dass die Stimmen lauter wurden. Ein kurzes Lachen war zu hören, das dem Kläffen eines Hundes glich. Mit Sicherheit war das Navi ihrer Verfolger nicht ausgefallen.

Martin hatte das Handylicht mittlerweile ausgeschaltet und sie tasteten sich an den feuchten Wänden entlang, bemüht, mit den Füßen keinen Laut im Schlamm zu erzeugen. Die Stimmen folgten ihnen.

Es schien eine Ewigkeit zu dauern, bis sie abermals die Steinwand ertasteten, die den Tunnel beendete.

»Ich werde dich hochheben«, flüsterte Martin. »Du musst versuchen, auf meine Schultern zu kommen.«

Kira spürte trotz der Angst, wie ihr Tränen in die Augen stiegen. »Ich will das nicht, Martin.«

Martin gab ihr einen flüchtigen Kuss. »Du musst hier raus. Und dann verständigst du die Polizei. Ich versuche solange, zu überleben.«

Inzwischen waren einzelne Wortfetzen aus dem Tunnel vernehmbar. Das kurze Flackern einer Lampe blitzte weit hinten auf.

»Los!«, zischte Martin. »Sie werden auch hier nachsehen.«

»Vielleicht auch nicht. Vielleicht sagt ihnen das Navi, dass es hier nicht weitergeht.« Kiras Verzweiflung wuchs.

»Das werden wir nicht riskieren. Also, komm schon!« Er umschlang ihren Körper und hob sie an. Kira stützte sich mit den Armen auf seine Schultern, um sich höher zu drücken. Dann versuchte sie, die Decke zu ertasten. Sie merkte, dass Martin schwankte und befürchtete, den Halt zu verlieren. Fest umklammerte sie seinen Kopf.

»Vertrau mir«, keuchte er. »Ich halte dich.« Etwas fiel in den Schlamm und Kira vermutete, dass es das Handy gewesen war.

Ihre Hände umfassten den Rand des Schachtes. Inzwischen kniete sie auf Martins Schultern. Plötzlich ertastete sie eine metallische Querstrebe. Warum hatten sie die vorhin nicht gesehen? Kira griff etwas höher und fühlte eine weitere.

»Hier drin ist eine Leiter«, flüsterte sie.

»Dann zieh dich rauf! Sie sind gleich hier!«

Deutlich konnte Kira sehen, dass es in dem Tunnel, in dem Martin stand, heller wurde.

Kira zog sich hoch und stand wenig später auf Martins Schultern.

»Da vorn sind sie!«, ertönte ein Ruf.

Martin wurde vom Licht einer Taschenlampe geblendet. Blitzschnell umfasste er Kiras Füße und drückte sie hoch. Ihre Arme bewegten sich automatisch, zogen sich Sprosse um Sprosse höher in den Schacht, bis ihre Beine ebenfalls auf der Leiter standen. Sie vernahm Schreie, die ihr folgten. Immer schneller kletterte sie in die dichter werdende Dunkelheit, steil nach oben.

Etwas rieselte herab und fiel in ihren Nacken. Kira unterdrückte den Drang, laut aufzuschreien, und hoffte einfach, dass es nichts Lebendes war. Ohne das Klettern zu unterbrechen, blickte sie kurz nach unten. Ein winziger heller Punkt war zu erkennen. War sie bereits so weit hochgestiegen, dass sie nicht mehr sehen konnte, was dort unten im Tunnel vor sich ging? Doch dann erkannte sie Bewegungen im Licht.

»Sie ist da oben!«, rief jemand.

Sie konnte ihn deutlich erkennen. Zwar winzig klein, aber deutlich. Es war Frank, der immer mit Martin zusammen die Nachtschicht hatte. Abermals verließ sie der Mut. Gegen Frank hatte sie keine Chance. Er war ein drahtiger, durchtrainierter Typ, der problemlos hundert Liegestütze nacheinander schaffte, ohne aus der Puste zu geraten.

Kira wandte den Blick ab und kletterte weiter. Ein Brennen entstand in ihren Armen. Ihre Muskeln übersäuerten.

Reiß dich zusammen! Wenn du leben willst, dann reiß dich ge-fälligst zusammen!

Sie versuchte, den Schmerz zu ignorieren und schaffte es sogar für einen kurzen Moment, als sie ein Keuchen hörte, das sich von unten näherte.

Frank folgt dir!

Kira beschleunigte ihre Bewegungen, versuchte, immer eine Sprosse zu überspringen, was ihr zunächst auch gelang, doch dann fasste sie ins Leere, strauchelte und schlug mit dem Rücken gegen die Schachtwand.

Sie griff nach der Leiter, verfehlte sie erneut und spürte, wie ihre nackten Füße ebenfalls von den Sprossen rutschten. Dann fiel sie.

Die steinige Wand riss ihr Shirt hoch und schabte ihren Rücken blutig. Mit einer Hand griff sie nach der Wand, traf einen Stein und fühlte, wie einer ihrer Fingernägel nach hinten klappte. Der Schmerz, wie eine winzige Explosion, die ihre Hand zu zerfetzen schien.

Sie hörte ein »Scheiße!« und prallte auf ihren Verfolger. Endlich umfassten ihre Hände eine Leitersprosse. Mit einem Schrei verschwand der menschliche Widerstand unter ihr und als sie ihm nachsah, erkannte sie einen Körper, der durch den Schacht nach unten rutschte. Als er auf dem Lehmboden des Tunnels aufschlug, konnte Kira das Knacken von Knochen hören.

Sie konnte nicht sagen, wie tief sie gerutscht war, doch es hatte sie zumindest vor ihrem Verfolger gerettet.

Nur vor diesem einen, Schätzchen!

Ja, nur vor dem! Sie keuchte, während der Schmerz in ihrer Hand sich mit dem ihres Rückens zu verbinden schien. *Los! Weiter!*

Sie spürte die Tränen, die über ihre Wangen rannen, aber sie kletterte hinauf. Ob Martin noch lebte? Sie ging davon aus. Nur für ihn nahm sie das Ganze auf sich.

»Ich werde versuchen zu überleben!«, hatte er gesagt. Und sie glaubte ihm. Sie wusste nicht, wohin sie dieser Schacht führte, aber sie hoffte, dass es die Freiheit sein würde.

Kapitel 2

Die Schwingtüren im Stil eines Western-Saloons klappten geräuschlos auf. Zwei bärtige Männer mit je einer Gepäcktasche betraten das Farmhaus, dessen Inneres ebenfalls dem eines Saloons nachempfunden war. Ein Klavier in der hinteren Ecke gab melodische Töne von sich, obwohl es nicht bedient wurde. Die Tasten bewegten sich dennoch. Einer der runden Holztische war besetzt. Eine Familie mit zwei Kindern saß drum herum und aß Burger mit Pommes. Der Vater trank Bier aus einem Krug.

Davide Malroy ging auf den Tresen zu, hinter dem ein Mann mit Cowboyhut Gläser polierte. Es war kurz nach zwölf Uhr mittags.

Als Davide den Tresen erreichte, stellte der Wirt das Glas beiseite und kam freundlich lächelnd auf die neuen Gäste zu. Auch Paul, Davides dunkelhäutiger Leibwächter, hatte unterdessen den Tresen erreicht.

»Willkommen auf Hof Gutenberg. Womit kann ich den Herrschaften dienen?« Der Cowboy-Verschnitt stützte die Arme auf das Holz.

»Wir haben ein Doppelzimmer reserviert«, sagte Davide in perfektem Deutsch. »Karl-Peter Schmitt und Harald Müller.«

Ihr Gegenüber lächelte kurz, ging zu einem Regal, nahm sich ein Buch und sah hinein. Dann kam er damit zurück. »Schmitt und Müller also«, sagte er. »Ihr Zimmer steht bereit, meine Herren.« Er zwinkerte Davide unauffällig zu, was diesen irritierte.

Zwei Schlüssel wurden über den Tresen geschoben. »Essen können Sie von morgens um sieben bis Mitternacht, wenn Ihnen danach ist. Sollten Sie außerhalb dieser Zeit Appetit oder sonst einen Wunsch verspüren, so können Sie von Ihren Zimmern aus die Eins anrufen. Dort ist jemand vierundzwanzig Stunden für Sie erreichbar.«

»Cooler Service«, sagte Paul.

Davide nahm die Schlüssel entgegen und ging in Richtung der Holztreppe, neben der ein Schild mit der Aufschrift ›Zimmer‹ nach oben wies.

***

»Ist dir draußen irgendwas aufgefallen?«, fragte Paul. Sie hatten das Gepäck aufs Zimmer gebracht und saßen an einem der Tische in der Bar, vor je einem Bier und einer Portion Spareribs.

Davide wusste, was Paul meinte. »Nichts«, sagte er daher nur.

Er hatte bei seiner Recherche nach dem letzten Hof – Liebherr hatte kurz vor seinem Ableben von insgesamt drei weiteren Höfen gesprochen, von denen sich noch einer in Deutschland befinden sollte – einen Hinweis auf diesen im tiefsten Netz gefunden. Nirgends sonst war er fündig geworden und auch dort war lediglich der Name des Hofes aufgetaucht, mit dem Vermerk, hier gut Amerikanisch essen zu können. Paul hatte auf die Möglichkeit einer zufälligen Namensgleichheit hingewiesen, doch genauso wie Davide, war er überzeugt davon gewesen, das letzte Überbleibsel entdeckt zu haben. Warum sonst gab es nirgendwo eine andere Spur?

Als sie jedoch vor gut einer Stunde mit dem Leihwagen auf das Gelände des Hofes gefahren waren, hatte sich ihre Hoffnung schnell verflüchtigt. Hof Gutenberg im tiefsten Ruhrgebiet lag auf einer weiten Anlage, umgeben von hohen Maisfeldern und einigen Weiden mit Galloway-Rindern. Es gab rein gar nichts, was an die anderen Höfe erinnerte. Ganz besonders vermisste Davide die Schornsteine, die auf die Kraftwerkanlage hinwiesen. Sollten sie wirklich falschliegen?

»Wir werden uns später mal in Ruhe umsehen«, sagte er viel zu laut. »Vielleicht können wir ein paar Worte mit dem Wirt sprechen. Er scheint zu denken, dass wir ein Paar sind.«

Paul zog die Brauen hoch. Als der Wirt in diesem Moment herübersah, legte Paul seine Hand auf Davides und lächelte sanft.

Davide zog seine zurück. »Lass den Scheiß, schwarzer Mann.«

»Selbstverständlich, Massa.« Paul grinste und nahm einen großen Schluck Bier. »Eins muss man den Deutschen lassen. Bier brauen können sie.«

Dem konnte Davide nur zustimmen. Er stieß mit seinem Leibwächter an, der ihm inzwischen ein guter Freund geworden war.

Der Wirt trat an den Tisch. »Bei euch alles zufriedenstellend, Jungs?«

Davide stellte das Bier ab. »Gibt es hier irgendwas Besonders, was man sich als Tourist anschauen kann? Wir sind drei Tage vor Ort.«

»Die nächste größere Stadt ist Dortmund. Bochum ist ein Stück weiter weg. Aber feiern kann man in beiden gut.«

»Wir suchen etwas Außergewöhnliches«, sagte Paul. Sein Deutsch war mittlerweile fast akzentfrei. Dennoch konnte man bei genauem Hinhören einen amerikanischen Slang nicht bestreiten.

»Ich will euch nicht zu nahetreten, Jungs, aber wir haben auch nette Schwulenbars.«

Paul lächelte. »Außergewöhnlicher.«

Der Wirt wich Pauls Blick nicht aus. »Hilf mir ein bisschen«, sagte er nach einer Weile. »Was verstehst du unter außergewöhnlich.«

»Nun«, schaltete sich Davide ein, »wir sind im ganz dunklen Netz auf diese Adresse gestoßen und haben gehofft, dass das einen Grund hat.«

Der Wirt wich ein Stück zurück. »Kann ich mir nicht erklären. Denke, das ist Zufall. Wollt ihr noch ein Bier?«

Als Davide und Paul verneinten, ging er, ohne ein weiteres Wort, zurück hinter den Tresen.

»Wir sind hier richtig«, sagte Davide leise.

»Das denke ich auch«, antwortete Paul.

Kapitel 3

Kira hatte sich dreimal vor Erschöpfung übergeben. Sie hatte dabei ihren Arm fest um die Sprosse der Leiter geklammert, um nicht den Halt zu verlieren. Irgendwann hatte sogar das Zittern ihrer Muskeln aufgehört und seinen Platz mit einer beängstigenden Taubheit getauscht, die sich bis in ihre Fingerspitzen ausbreitete.

Nachdem sie mehrere Male mit dem hochgeklappten Nagel gegen eine Sprosse gestoßen war und dabei fast vor Schmerz das Bewusstsein verloren hätte, hatte sie angehalten, ihre Beine hinter die Leiter geschlungen und den Nagel vorsichtig mit den Zähnen ertastet. Sie hatte zu Gott gebetet – obwohl sie bekennende Atheistin war –, dass sie nicht ohnmächtig werden und abstürzen würde. Dann hatte sie in den Fingernagel gebissen und ihn mit einem Ruck herausgerissen. Sie war bei Bewusstsein geblieben, hatte einen Schrei und ein erneutes Übergeben jedoch nicht unterdrücken können.

Eine scheinbare Ewigkeit später – in Wahrheit waren es lediglich zwei Minuten gewesen – hatte sie sich soweit erholt, dass sie den Aufstieg fortsetzen konnte. Ängstlich erwartete sie einen plötzlichen Griff nach ihrem Bein, und nach unten gezogen zu werden, allerdings war seit dem Absturz ihres Verfolgers kein Licht mehr von dort zu sehen.

Abermals fragte sie sich, wie hoch sie bereits geklettert war. Irgendwie hatte sie jegliches Gefühl für die Realität verloren. Es gab keine Zeit mehr und keine Vorstellung bezüglich zurückgelegter Strecken. Sie würde einfach weiterklettern, Stück für Stück. Immer weiter hinauf, einer ungewissen Freiheit entgegen. Schließlich musste der Schacht nach draußen führen, wenn er für Frischluft zuständig war.

Es sei denn, er wurde vor langer Zeit verschlossen!

»Halts Maul!«, zischte Kira ihrer inneren Stimme entgegen.

Mittlerweile waren ihre Bewegungen mechanisch geworden. Ihre Handflächen sonderten seit Kurzem eine Flüssigkeit ab, die das Festhalten erschwerte. Die Beine konnte Kira nicht mehr spüren. Sie fühlte einzig und allein, dass sie ihren Körper weiter nach oben schoben.

Tief in ihrem Innern hörte sie Martin, der sie anspornte. Doch mit jedem weiteren Schritt wurde er leiser, so als würde er selbst nicht mehr an einen Erfolg dieses Unterfangens glauben.

Ob sie sich je wiedersehen würden? Heil und unversehrt? Irgendwo da draußen?

Du hast es nicht verdient!, fauchte ihre innere Stimme. Kira versuchte, sie zu ignorieren, aber im Gegensatz zu Martin, wurde sie immer lauter.

»Ich habe es verdient!«, rief sie, sodass es von den Wänden widerhallte. Etwas fiel auf ihr Gesicht und krabbelte über Nase, Mund und Kinn. Dann konnte Kira es nicht mehr spüren. Sie musste eine Pause einlegen und versuchen, wieder Gefühl in ihre Extremitäten zu bekommen.

Wie vorhin, beim Abbeißen des Fingernagels, klemmte sie die Unterschenkel hinter eine der Sprossen. Vorsichtig lehnte sie den Oberkörper zurück. Sie geriet für einen Moment in Panik, weil sie befürchtete, der Schacht wäre an dieser Stelle breiter, bis ihr Rücken kurz darauf die Wand berührte. Zitternd ließ sie die Sprosse los und die Arme an der Seite des Körpers hinabhängen. Sie konnte fühlen, wie das Blut zurückkehrte. Ganz kurz nur würde sie die Augen schließen. Wirklich nur ganz kurz.

***

»Hey, schöne Frau.«

Kira sah sich um, als sie Martin hörte, der im Rahmen der Tür stand, die zu den Gemeinschaftsduschen führte. Er lächelte sie an. »Ich liebe diese Gummistiefel an dir«, sagte er grinsend.

Kira zeigte ihm den Mittelfinger. »Sei froh, dass Paps euch Kerle für andere Aufgaben eingeteilt hat. Aber wenn du so weitermachst, kann ich ja mal ein Wörtchen mit ihm reden.« Sie versuchte, böse zu gucken, was ihr nur kurz gelang. Verstohlen blickte sie sich um. Ihre Kolleginnen waren mit den neuen Patienten beschäftigt – Kira war heute für die Bewachung des Umkleidebereichs zuständig – und so ging sie schnell hinüber zur Tür.

»Was tust du hier?«, fragte sie leise und ließ sich von Martin als Antwort küssen.

»Ich musste dich sehen. Und schmecken.« Seine Hand zwängte sich durch den Schlitz ihres Gummikittels und legte sich auf ihren Schritt. »Am liebsten überall.«

Kira atmete schwer. »Hör auf damit. Ich bin schon außen feucht genug.« Sie lächelte und zog seine Hand weg.

»Sehen wir uns heute Abend?«, fragte er.

»Hast du keinen Nachtdienst?«

»Nur Bereitschaft.«

»Dann sehen wir uns. Aber lass mich hier weitermachen. Die sind gleich fertig mit dem Duschen und dann wird es hier voll.« Kira gab ihm einen Kuss.

»Lass nicht wieder einen abhauen«, lachte Martin.

»Das ist nicht lustig. Paps' Predigt danach hat mir gereicht.« Mit Schaudern dachte sie an jenen Tag, als es einer der neuen Männer geschafft hatte, an ihr vorbeizukommen und den Bereich zu verlassen. Er war splitternackt auf sie zugestürmt, hatte sie gegen die Wand gestoßen und war aus dem Raum gerannt. Das alles wäre verkraftbar gewesen, hätte sich der Typ nicht einen Angestellten gepackt und ihm das Genick gebrochen. Paps hatte daraufhin den Befehl erteilt, den Flüchtling zu eliminieren, um weiteres Chaos zu verhindern. Nachdem das erledigt war, hatte er ihr eine Standpauke gehalten, die sich gewaschen hatte.

»Beim nächsten Mal findest du dich auf der anderen Seite wieder. Ich mache bei dir keine Ausnahme«, hatte er in seinem immer ruhigen Tonfall gesagt.

Kira hatte ihm mit gesenktem Kopf gegenübergesessen und geschwiegen. Sie hatte sich in dem Moment wie ein vierjähriges Kind gefühlt und sie hatte gewusst, dass Paps es ernst meinte.

»Ich freue mich auf später«, sagte Martin, gab ihr einen Kuss und verschwand in einem der Gänge.

Kira sah ihm eine Weile nach und erfreute sich an seinem geilen Arsch.

***

Hektisch die Luft einsaugend, zuckte sie zusammen. Das Erste, was Kira wahrnahm, war der Schmerz in ihrem Nacken. Sie brauchte nur kurz, um zu wissen, wo sie sich befand. Die Position, die sie in dem engen Schacht zum Ausruhen gewählt hatte, hatte ihren Körper in ein Meer aus schmerzenden Muskeln verwandelt. Aber immerhin konnte sie ihre Arme und Beine fühlen, was sich als nicht minder schmerzhaft erwies.

Schnell befreite sie sich aus der misslichen Lage. Als ihre Hände die Leitersprosse berührten, zuckte sie kurz zusammen, so als hätte sie einen Stromschlag bekommen. Erneut spürte sie die Flüssigkeit, die sich in ihren Handflächen bildete. Ob es sich dabei um Blut handelte? Vermutlich eher aufgeplatzte Blasen. Allerdings würde sie beides nicht am Weitermachen hindern. Stufe um Stufe kletterte sie höher. Sie hatte von Martin geträumt und Martin würde dafür sorgen, dass sie weitermachte.

Kapitel 4

»Na? Habt ihr euch für was Außergewöhnliches entschieden?« Der Wirt von heute Mittag stand am Zapfhahn, vor dem Davide Platz genommen hatte, um auf Paul zu warten, der noch duschen wollte. Mehrere Gäste füllten den Schankraum. Zu Davides Überraschen waren die meisten recht jung.

»Wir werden uns außerhalb ein wenig umsehen«, beantwortete Davide die Frage des Wirts, der ihm ein gefülltes Bierglas hinstellte.

Als Davide ihn fragend ansah, sagte er: »Wer am Tresen sitzt, will was trinken. Für deinen Freund auch eins?«

»Ich denke nicht.«

Der Wirt wandte sich dem Befüllen weiterer Gläser zu. Davide beugte sich in seine Richtung. »Gibt es hier einen Bunker?«

Er registrierte das kurze Zucken der Mundwinkel seines Gegenübers, der den Blick nicht von den Gläsern ließ. »Einen Bunker?«

»Ja, einen Bunker.«

»Keine Ahnung. Nicht dass ich wüsste.« Nun sah er doch auf. »Seid ihr von drüben extra hierhergekommen, um einen Bunker zu sehen?«

»Von drüben?«

»Aus den Staaten.«

Davide war überrascht. »Wie kommst du darauf, dass wir Amerikaner sind?«

»Bei dir vermute ich es nur, deinem Freund hört man es an. Und da ihr beide so unauffällige deutsche Namen benutzt, gehe ich davon aus, dass auch du von dort stammst. Hab ich recht?«

Davide antwortete nicht.

»Wie dem auch sei. In der Bunkersache kann ich euch nicht helfen. Aber wenn ihr so'n Ding findet, könnt ihr mir davon berichten. Für den Fall, dass mal jemand danach fragt.« Er sah Davide lange an, ohne dabei eine Miene zu verziehen. Erst, als Davide lächelte, verwandelte sich das Gesicht des Wirts wieder in eine fröhliche Maske.

∗∗∗

Davide öffnete den Reißverschluss der Reisetasche, die Paul vor wenigen Minuten aus dem Kofferraum ihres Leihwagens geholt hatte. Sie befanden sich etwa hundert Meter abseits des Farmhauses, auf einer von mannshohen Sträuchern umgebenen Freifläche. Die Maisfelder, die sie bei ihrer Ankunft gesehen hatten, lagen im Dunkeln und nur, wenn man genau hinsah, konnte man die Halme sehen, die sich als schwarze Stängel vor dem Nachthimmel abzeichneten.

In der Tasche befanden sich zwei auseinandergebaute Bodenradare zur Hohlraumortung des Typs OKM Gepard GPR 3 D.

Die beiden Männer bauten die Einzelteile schweigend zusammen. Die Gepards, wie Paul sie liebevoll bezeichnete, hatten beim Hof in Texas gute Dienste geleistet, den sie mit taktisch platziertem CL20-Sprengstoff dem

Erdboden gleichmachen mussten, da der Bunker keine explosive Gaseinspeisung hatte.

Die Nacht war angenehm kühl und Davide war von der klaren Luft beeindruckt. Er hatte in vielen Fachberichten gelesen, dass die Luftqualität des sogenannten Ruhrgebiets jenseits von Gut und Böse liegen sollte, doch dem konnte er hier auf dem Feld in keiner Weise zustimmen.

Ein Klacken ließ ihn aufblicken. Paul hatte seinen Gepard vollständig zusammengebaut und starrte nun grinsend auf Davide herab. »Brauchst du etwa Hilfe?«

»Nein danke«, brummte Davide. »Fang einfach schon an.«

Ein paar Minuten später hatte er ebenfalls seinen Radar zusammengesteckt und einsatzbereit. Er konnte Pauls Silhouette zwischen einigen Sträuchern ausmachen. Sein Gesicht wurde durch das Display des Gerätes geisterhaft beleuchtet. Davide schaltete seines an.

Eine sanfte Vibration durchströmte seine Hand, während er die beiden Antennen knapp über den Boden schweben ließ und sich Paul näherte. Immerzu sah er sich dabei nach allen Richtungen um.

»Und?«, fragte er, als er ihn erreichte.

»Nichts«, sagte dieser laut. »Vielleicht sollten wir uns aufteilen, bis wir überhaupt wissen, wo sich das Ding befindet.«

»Okay«, stimmte Davide zu. »Ich sehe mich mal dort drüben bei den Feldern um.«

Irgendwo hallte das Muhen einer Kuh durch die Nachtluft, gefolgt von mehreren weiteren.

Fünfzehn Minuten später schaltete Davide das Gerät ab, um den Akku zu schonen. Er sah sich nach Paul um und entdeckte ihn in der Nähe der Kuhweide. Als sich die beiden Männer wenig später trafen, sah Paul sich um und zuckte mit den Schultern.

»Hier ist nichts«, sagte er. »Zumindest nicht im messbaren Bereich.« Die Geräte konnten bis zu einer Tiefe von vierzig Metern jeden noch so winzigen Hohlraum oder sonstige Veränderungen in den Gesteinsschichten aufspüren. Der Bunker von Hof Gutenberg in Schleswig-Holstein hatte in einer Tiefe von acht Metern begonnen. Der in Venezuela in fünf und in Texas, der bis dahin tiefste, in zwölf Metern.

»Hier ist nichts, das im Entferntesten Ähnlichkeit mit einem Aufzug oder dergleichen hat.« Paul hatte recht. Neben dem eigentlichen Hauptgebäude gab es nichts außer Maisfelder und Kuhweiden. Davide überlegte, ob die Galloway-Rinder überhaupt zum Hof gehörten. Einen Stall hatte er zumindest nirgends entdecken können.

»Meinst du, wir sind doch falsch?«, fragte Paul.

»Ich weiß es nicht. Lass uns morgen den Radius ausbreiten. Ich muss gleich eh den Akku laden.«

Paul nickte und schaltete sein Gerät ebenfalls aus. Im selben Moment hörten sie ein Geräusch aus dem Maisfeld in ihrer Nähe.

Kapitel 5

Kira hatte den Kopf gegen den kühlen Stahl gelegt. Mit den Oberschenkeln saß sie abermals auf einer der Sprossen. Ihre Arme waren um die Leiter geschlungen.

Vor wenigen Minuten, als nichts mehr ging – ihre Muskeln hatten aufgegeben – hatte sie feststellen müssen, dass der Schacht breiter geworden war und sie sich somit nicht mehr mit dem Rücken an die Wand lehnen konnte, um sich auszuruhen. Sie hatte ihren Gürtel geöffnet und ihn mit letzter Kraft um die Stahlstrebe gelegt und ihn wieder verschlossen. Sie hoffte, dass dieser sie vor einem Sturz in die Tiefe bewahren konnte.

Ihre Kehle war ausgetrocknet, sie hatte sogar versucht, die Flüssigkeit von ihren Handflächen zu lecken, was sich aber als äußerst eklig herausstellte.

Irgendwann, als sie sich noch Stufe um Stufe nach oben quälte, befreit von jeglichen Gedanken, hatte sie plötzlich die Wand vor sich erkennen können. Zwar nur schwach, aber sie sah die rötlichen Ziegelsteine.

Du hast es geschafft!, war ihr erster Gedanke und mit einem Lächeln hatte sie nach oben geschaut. Ein winziger leuchtender Punkt hatte sich unmittelbar über ihrem Kopf bewegt. Kira war über die Erscheinung verwirrt gewesen, bis sie erkannte, dass es sich um ein Glühwürmchen handelte, das dort in der Dunkelheit schwebte. Es musste also einen Ausgang geben. Der kleine Käfer war an ihr vorbei hinabgeflogen und Kira hatte die Panik, die in ihr aufstieg, förmlich schmecken können.

»Hey!«, hatte sie gerufen. »Bleib hier!« Sie hatte versucht, das Tier mit der Hand zu fangen, was ihr jedoch nicht gelungen war. Als es auf Höhe ihrer Beine war und keinerlei Anstalten unternahm, zurück nach oben zu fliegen, hatte sie dagegen getreten. Sie hatte es nicht treffen wollen, es war vielmehr nur ein Reflex gewesen, aber sie musste es derart ungünstig erwischt haben, dass es spiralförmig den Schacht hinuntertrudelte, bis es kurz darauf erloschen war.

Nun saß Kira hier und weinte, weil sie ein kleines Lebewesen getötet hatte. Warum war die Welt nur so verdammt grausam?

Sie konnte ihren Körper nicht mehr spüren, alles hatte sich erneut in einen tauben Klumpen verwandelt. Vielleicht sollte sie den Gürtel einfach öffnen und dem Glühwürmchen folgen. Was versprach sie sich von diesem sinnlosen Unterfangen? Paps würde sie niemals entkommen lassen. Dafür wusste sie zu viel. Sie spürte, wie sich ihre Finger, die sie ineinander verschlungen hatte, langsam voneinander lösten. Es fühlte sich seltsam an, so, als würde ein eingeschlafener Körperteil mit Blut gefüllt.

Kira versuchte, die Finger fester zusammenzuschieben, was ihr, aufgrund der Flüssigkeit in den Handflächen, nicht gelang. Sie wollte nach der Leiter greifen, doch ihr restlicher Körper war noch nicht einsatzbereit. Es waren nur die Finger, die sie spürte. Da war dieses grässliche Gefühl des Abrutschens an blankem Stahl. Gerade hatte sie darüber nachgedacht, sich einfach fallen zu lassen, doch jetzt, wo es passierte, schoss der Überlebenswille in ihr hoch.

Sie ruderte mit den Armen. Abermals stieß sie mit dem nagellosen Finger gegen die Steinwand, was ihr einen Schrei entlockte. Dann riss der Gürtel und sie fiel nach hinten.

Ihr Kopf streifte die Rückwand und Kira schlug mit dem Rücken gegen die Leiter, ausschließlich durch ihre Beine gehalten, die sich zwischen Sprosse und Steinwand verkeilt hatten. Der Schmerz, der in ihren Knien entstand, brachte das Gefühl in den Beinen zurück.

Kopfüber hing sie an der Leiter. Einen endlosen Abgrund unter sich.

Sie führte den pulsierenden Finger zu ihrem Mund, sammelte etwas Spucke und leckte über die offene Wunde. Welcher Teufel hatte sie geritten, sich den Nagel herauszureißen? Sie versuchte mit den Zähnen ein Stück ihres Ärmels einzureißen, um den Stoff um den Finger zu wickeln, was aber nicht gelang. In Filmen sah so etwas immer total einfach aus. Das Blut, das ihr in den Schädel floss, ließ ihre Schläfen pulsieren. Sie musste versuchen, sich in eine aufrechte Position zu bringen.

Ihre Handflächen wischte sie am Hemd ab und griff nach dem Holm. Unter lautem Keuchen gelang es ihr, den Oberkörper aufzurichten. Kurz blickte sie nach oben, in der vagen Hoffnung, ein weiteres Glühwürmchen zu entdecken, doch da war nichts mehr. Nichts außer Dunkelheit.

Kira bewegte ihre Zehen und wartete, bis sich dort genug Blut befand, dass sie ihre Füße spüren konnte. Sie würde versuchen, immer eine Sprosse zu erklimmen und dann eine Pause zu machen, um Kraft für die nächste zu sammeln.

Es dauerte eine gefühlte Ewigkeit, bis sie ihre eingeklemmten Unterschenkel hinter der Leiter hervorgeholt hatte. Wenn sie jetzt den Halt verlieren würde, wäre alles beendet, denn definitiv fehlte ihr die Kraft, sich bei einem Sturz an der Leiter festzuhalten. Aber dann sollte es eben so sein. Sie würde so lange versuchen, hier herauszukommen, bis sie es entweder schaffte oder in den Tod stürzte.

Kurioserweise erschien plötzlich das Bild des Tauchers vor ihren Augen. Sie hatte ihn ein paarmal von Weitem gesehen, als er mit Paps gesprochen hatte. Ein hochgewachsener, gut aussehender Mann, adrett in einer Anzughose und Poloshirt gekleidet, das seinen durchtrainierten Oberkörper hervorhob. Er hatte kurz zu ihr hinübergeblickt und gelächelt. Kira hatte sich umgedreht und war ihres Weges gegangen. Es war ein warmes Lächeln gewesen, das sie nun vor ihrem inneren Auge sah.

»Dein Vater hat mir dich versprochen«, sagte er mit männlicher, tiefer Stimme und lachte schallend. Sein Lachen verteilte sich überall in den Wänden und kam tausendfach zurück. »Versprochen!«

Kira schüttelte den Kopf und presste die Lider fester aufeinander. Das Bild verschwand.

»Du kriegst mich nicht!«, zischte sie zwischen zusammengepressten Zähnen hindurch und zog sich eine Sprosse höher.

Ein schmerzhafter Schlag auf ihren Kopf ließ sie zusammenzucken und sich fest um die Leiter klammern. Sie riss ihren Blick nach oben und konnte einen grauen Strich erkennen, der sich horizontal an der Schachtwand abzeichnete. Vorsichtig hob sie eine Hand und ertastete kalten Stein. Ein Deckel!

Ein lautes Lachen entwand sich ihrer Kehle. Sie war praktisch nur zwei Sprossen von dem Ausgang entfernt gewesen und hatte sich Gedanken darüber gemacht, alles hinzuschmeißen und sich in den Tod zu stürzen.

Der graue Strich stammte von einem Schlitz, der sich um einen Teil des Schachtdeckels zog. Etwa einen Zentimeter breit. Und dahinter befand sich die Nacht. Kira presste den Kopf seitlich gegen den Deckel und versuchte, draußen etwas zu erkennen. Dunkle Stängel standen um sie herum, die sie nicht zuordnen konnte. Irgendwelche Pflanzen.

Das allerschönste war die Luft, die durch den schmalen Schlitz hereinströmte. Klare, echte Luft. Wie lange war es her, dass sie Sauerstoff eingeatmet hatte, der nicht zuvor einen endlosen Weg durch Rohre und Pumpen und Klimaanlagen genommen hatte?

Kira wollte die Augen schließen und für einen kurzen Moment dieses berauschende Gefühl genießen, als ihr ein schrecklicher Gedanke kam: *Was, wenn sie dort auf dich warten?* Niemand war ihr gefolgt, nachdem ihr erster Verfolger abgestürzt war. Das musste einen Grund haben. Und dieser Grund konnte nur sein, dass sie wussten, wo sie herauskommen würde.

Möglichst leise drehte sie den Kopf und versuchte, durch den Spalt in jede Richtung zu schauen, konnte jedoch keine wartenden Beine oder auf den Ausgang zielende Gewehrläufe ausmachen. Und erst recht nicht die braunen, stets auf Hochglanz polierten Lloyds ihres Vaters.

Es konnte sein, dass sie davon ausgingen, dass Kira es nicht schaffen würde, bis nach oben zu gelangen. Sie würden einfach in regelmäßigen Abständen am unteren Ende nachsehen, ob ihr zerschmetterter Körper dort lag. Vielleicht hatten sie den Schacht unten auch verschlossen, um ihren Verwesungsgeruch nicht ertragen zu müssen, falls sie sich in den Sprossen verfing und dort elendig verreckte.

Was bringt dir das, wenn du darüber nachdenkst?

Ihre innere Stimme hatte recht. Wenn die Männer ihres Vaters dort draußen auf sie warteten, dann war das so. Schicksal.

Lass es auf dich zukommen!

Vorsichtig drückte sie gegen den Deckel, den Schmerz in ihren Händen ignorierend. Nichts. Sie drückte fester, was ein Stechen in ihrer Schulter verursachte, aber keine Bewegung des Steins. Abermals verkeilte sie sich mit den Beinen zwischen Sprossen und Schachtwand. Diesmal nahm sie die Schulter zur Hilfe. Als Kira kurz davor war, ihren Frust laut hinauszuschreien, bewegte sich der Stein. Ein Stück nur, aber er bewegte sich. Keuchend umklammerte sie die Leiter und legte den Kopf auf die Sprosse. Sie würde es schaffen, davon war sie überzeugt.

***

Davide und Paul sahen sich kurz an. Dann griff Paul in die Tasche und holte zwei geladene Glocks mit Schalldämpfern hervor. Er reichte die eine zu Davide, der sie entgegennahm und die Hand unter dem Jackett verschwinden ließ. Er deutete Paul an, es ihm gleichzutun. »Wir können hier nicht einfach rumballern«, flüsterte er.

Paul grinste.

Beide Männer blickten in die Richtung, aus der das Geräusch gekommen war. Davide konnte nicht deuten, um was es sich gehandelt hatte. Das Erste, was ihm in den Sinn kam, war, dass jemand einen Stein weggekickt hatte, der gegen einen weiteren geprallt war. Ob sie beobachtet wurden?

Davide schlich nach links, Paul nach rechts an das Maisfeld heran. Hockend lauschten sie auf weitere Geräusche, die allerdings ausblieben.

Paul machte eine fragende Handbewegung, die andeutete, ob sie in das Feld hineingehen sollten. Davide schüttelte den Kopf. *Noch nicht!*, gab er zu verstehen.

Es dauerte zwei Minuten, bis das nächste Geräusch ertönte. Diesmal konnte Davide eindeutig erkennen, dass es sich um Steine handelte, die übereinander gerieben wurden. Warum das allerdings jemand machen sollte, konnte er sich nicht erklären. Das gedämpfte Keuchen einer Frau erklang, als das Geräusch der Steine erneut zu hören war. Davide gab das Zeichen, in das Feld vorzudringen.

Kira hätte vor Wut schreien können. Das Scheißding ließ sich zwar bewegen und gab ihr die Möglichkeit, hier herauszukommen, aber ihr fehlte die verdammte Kraft. Zweimal hatte sie all ihre Reserven aufgebracht und zweimal hatte sie den steinernen Deckel ein paar Zentimeter verschieben können. Ihr Körper lechzte nach Wasser. Nur einen Schluck. Nur ein wenig Kraft tanken, um weitermachen zu können. Doch Wasser gab es keines. Ihr würde nichts anderes übrig bleiben, als zu warten und sich auszuruhen.

Sie wollte ihre Beine abermals hinter die Leiter schieben, als ein lautes Knirschen über ihrem Kopf ertönte.

Kira war so erstarrt, dass sie zunächst nicht registrierte, dass der schwere Deckel beiseitegeschoben wurde. Erst als sie die schwarze Silhouette eines Mannes erkannte, der mit einer Waffe in den Schacht zielte, realisierte sie, dass sie mit ihrer Vermutung, die Männer ihres Vaters würden sie hier oben erwarten, richtiggelegen hatte. Resigniert schloss sie die Augen. Sie würde sich nicht zurückbringen lassen. Niemals. Ihre Hände ließen die Sprosse los und sie fiel. Alles war besser als ein Zurück in diese Hölle.

***

Davide packte zu und umfasste das dünne Handgelenk der Frau. Diese hatte die Leiter losgelassen und riss Davides Oberkörper in den Schacht.

Blitzschnell sprang Paul heran und warf sich auf seinen Schützling, der immer weiter in die gähnende Dunkelheit gezogen wurde.

»Halten Sie sich an der verdammten Leiter fest!«, rief Davide der Frau entgegen. »Ich will Ihnen helfen!« Er spürte, wie seine Hand langsam vom Arm der Frau abrutschte. »Paul! Hilf mir, sie festzuhalten!«

»Wenn ich dich loslasse, wirst du runtergezogen«, keuchte Paul, fest um Davides Oberschenkel geklammert.

Noch einmal wandte sich Davide an die junge Frau: »Ich kann Sie nicht mehr lange halten.« Er versuchte, ruhig zu klingen.

Die Frau hob den Kopf und öffnete ihre Augen.

»Bitte! Halten Sie sich an der Leiter fest.«

Der dünne Arm rutschte durch Davides Hand.

Geistesgegenwärtig stieß er seinen anderen Arm ebenfalls in den Schacht – Paul würde ihn halten – und rutschte gefährlich weit hinein. Er schaffte es, das Hemd der Frau in dem Moment zu greifen, als sie ihm aus der Hand rutschte. Er hörte das Reißen der Nähte, fasste mit der freien Hand genauso nach dem Hemd und zog.

Er konnte kaum atmen, weil ihm der Rand des Schachtes in den Bauch drückte. »Bitte, helfen Sie mit«, presste er hervor. Noch immer sah ihm die Frau direkt in die Augen und Davide glaubte, das pure Entsetzen in ihnen zu erkennen.

Sie hob die Arme und umfasste die Leiter. Keuchend lockerte Davide seinen Griff.

»Ich ... ich kenne Sie nicht«, sagte sie. »Arbeiten Sie für meinen Vater?«

Davide umfasste sanft ihren Arm. »Kommen Sie erst mal da raus.«

***

Nachdem Davide und Paul den schweren Stein zurück auf den Schachteingang geschoben hatten, hatten sie sich, zusammen mit Kira, etwas abseits ins Maisfeld zurückgezogen. Die ganze Zeit über hatte die rothaarige Frau nichts gesagt, sondern, einem verängstigten Reh gleich, die Gegend abgesucht.

»Wer sind Sie?«, fragte sie, als Davide sich zu ihr setzte.

Noch bevor Davide antworten konnte, trat Paul heran. »Ich werde die Geräte einpacken und die Tasche holen.«

»Kannst du eine Flasche Wasser mitbringen?«

»Du meinst von unserem schwulen Barmann?«

Davide nickte.

»Hoffentlich ist es dann nicht zu warm«, sagte Paul grinsend und ging.

»Wir sind auf der Durchreise«, beantwortete Davide die Frage der Frau. »Darf ich fragen, was Sie da unten gemacht haben?«

Erneut dieser scheue Blick. »Sind Sie Hofgäste?«

Davide nickte. Er entdeckte die aufgeschürften Hände der Frau und den fehlenden Fingernagel.

Kira sah seinen Blick. »Ist beim Raufklettern passiert.«

»Wie tief ist der Schacht?«

Die Frau zuckte mit den Schultern. »Ich habe lange gebraucht. Zumindest kam es mir so vor.«

»Von wo kommen Sie?«, wollte Davide wissen. »Ich meine dort unten. Was ist da?«

»Können Sie mich zur Polizei bringen?«

Sie wich seinen Fragen aus. Davide wurde direkter: »Befindet sich ein Bunker da unten?«

Die Frau sah ihn mit großen Augen an. »Wie … wie kommen Sie da drauf?«

»Ich habe recht, oder? Wenn dem so ist, muss er sich in über vierzig Metern Tiefe befinden.«

»660«, flüsterte die Frau.

Davide dachte zunächst, sich verhört zu haben, doch auf Nachfrage wiederholte sie die Zahl.

»Sie meinen, dort ist ein Bunker in mehr als einem halben Kilometer Tiefe? Wie ist so etwas möglich?«

»Es ist ein altes Bergwerk. Das Herz, wie mein Vater es nennt, befindet sich auf der fünften Sohle in 660 Metern Tiefe.«

»Sie erwähnten Ihren Vater. Was hat der damit zu tun?«

Die Frau wandte den Blick ab und starrte in ihre aufgerissenen Handflächen.

Davide legte seine Hand auf ihren Arm, was sie kurz zusammenzucken ließ. »Leitet Ihr Vater den Hof und das … Bergwerk?«

Sie nickte stumm.

»Wollen Sie mir sagen, warum Sie durch den Schacht geflohen sind? Ich gehe davon aus, dass es sich um eine Flucht gehandelt hat. Richtig?«

Abermals nickte die Frau. »Ich habe ihn erzürnt und er hat sich von mir abgewandt.« Sie blickte auf. »Können Sie mich zur Polizei bringen?«

»Später«, antwortete Davide schnell. »Gibt es dort unten auch Kinder?«

»Nein«, sagte die Frau. »Mein Vater erlaubt den Gästen alles, aber Kinder sind tabu.«

Davide wusste nicht, ob es Erleichterung war, die sich in seinem Innern ausbreitete. Keine Kinder. Dennoch würde er nicht die Polizei einschalten, so viel stand fest. Dieser letzte Hof musste ausgerottet werden, wie ein wucherndes Geschwür. Und alle, die mit ihm in Verbindung standen, ebenfalls.

»Sagen Sie mir Ihren Namen?«, wandte sich Davide wieder an die Frau.

»Kira«, antwortete sie leise. »Mein Name ist Kira von Gutenberg.«

Teil 2

Der Maulwurf

Kapitel 1

Professor Gunther von Gutenberg führte den kleinwüchsigen Mann, der ihm gerade einmal bis zur Hüfte
reichte, durch den schmalen Gang.

Der ehemalige Stollen war nicht als ein solcher zu erkennen, glich mehr dem Korridor eines Nobelhotels.
Der dicke Teppichboden dämpfte ihre Schritte ins Un-
hörbare. Lediglich der Gehstock des kleinen Mannes
verursachte hin und wieder ein leises *Tock*, wenn dieser
ihn zu fest auf den Boden stieß.

»Ich bin jedes Mal aufs Neue beeindruckt, werter
Professor«, sagte er mit erhobener Stimme.

»Danke, Herr Kumar. Ich freue mich, dass Ihnen der
Aufenthalt auf dem Hof behagt«, säuselte von Gutenberg in perfektem Sanskrit.

Kumar nickte anerkennend. Er war ebenfalls der
deutschen Sprache mächtig, fand es aber immer beeindruckend, dass sich sein Gastgeber so hervorragend
seinen Gästen anpasste.

»Wollen Sie zunächst eine Kleinigkeit zu sich nehmen,
verehrter Herr Kumar? Wir haben einen neuen Koch
eingestellt, der die exquisitesten Küchen der Welt kre-
denzt. Sie müssen nur sagen, worauf Sie Appetit haben.«

Der kleine Mann blieb stehen und stützte sich mit
beiden Händen auf den Stock. Von Gutenberg fragte
sich jedes Mal, ob der Stock notwendig war, oder ob ihn
der Inder nur als eine Art Statussymbol nutzte. Es war
zumindest ein ausgesprochen hochwertiges Exemplar.
Dafür hatte von Gutenberg ein Auge.

»Ich würde es vorziehen, zunächst einen Blick auf die Ware zu werfen, werter Professor. Danach nehme ich Ihr Angebot, bezüglich des neuen Kochs, gern an.«

»Selbstverständlich«, sagte von Gutenberg und machte eine galante Armbewegung, um Kumar zum Weitergehen zu bewegen.

***

Leise Violinentöne, die aus unsichtbaren Lautsprechern drangen, empfingen die beiden Männer, die den hellen Raum betraten.

»Mendelssohn Bartholdy«, sagte der Inder, stützte sich auf seinen Stock und legte den Kopf schief. »Streichersinfonie Nr. 8 in D-Dur.«

»Sie sind ein Kenner«, sagte von Gutenberg. Mit einer Handbewegung schickte er die drei weiß gekleideten Männer, die jeweils hinter dem Bett mit je einer Frau in unterschiedlichen adipösen Ausmaßen standen, hinaus. Schweigend und mit gesenktem Kopf verließen die Männer den Raum. Die Tür fiel unhörbar ins Schloss.

Noch immer genoss Kumar die Musik. Er hatte die Augen geschlossen und ein Lächeln umspielte seine schmalen Lippen. »Ich könnte stundenlang lauschen«, sagte er leise.

Von Gutenberg wartete schweigend.

Dann ließ der Inder abrupt den Stock los, klatschte laut in die Hände und umfasste die Gehhilfe, bevor sie in Schräglage geriet. »Kommen wir zum wichtigen Teil«, rief er und wandte sich den drei Betten zu, die exakt in einer Reihe standen.

Der Raum war minimalistisch, aber gemütlich eingerichtet. Insgesamt zwei Bilder von Weiden mit Galloway-Rindern zierten die hell tapezierten Wände. Über jedem Bett befand sich ein in die Decke eingelassener Scheinwerfer, die die dicken Leiber der Frauen in grelles Licht tauchten. Die Körper waren mit einem weißen Tuch im Bereich der Brust und der Scham bedeckt. Augen und Mund waren mit Klebestreifen verschlossen, Arme und Beine mit Lederriemen am Bett fixiert, an dem jeweils eine Tafel mit den Daten der Frau – wie Größe, Alter, Gewicht und Umfang – hing.

Kumar warf einen schnellen Blick über die drei und wandte sich der mittleren zu. Ihre voluminöse Masse überragte die anderen um mehr als vierzig Kilogramm.

Der Inder griff nach der Tafel und studierte sie kurz.

»Eine ausgezeichnete Wahl, wenn Sie mich fragen.« Von Gutenberg war herangetreten. »Wir haben sie innerhalb von sechs Monaten von einhundertzehn auf 178 Kilo gemästet.«

»Beeindruckend«, murmelte der Inder. Er hob das Laken vom Schambereich der Frau. Als er ihn mit einer Hand abtastete, zuckte der Körper zusammen. Unbeeindruckt führte Kumar seine Abtastung fort, schob vier Finger in die Vagina und drehte die Hand. Als er sie herauszog, reichte von Gutenberg ihm ein Handtuch.

»Können Sie mir etwas zur Flexibilität der Fuge sagen, Professor?«

»Wir haben die Mobilität der Symphysis pubica hormonell so weit erhöht, dass die Patientin nur in der Liegeposition schmerzfrei ist«, antwortete von Gutenberg.

»Das ist gut«, sagte Kumar. Er trat neben das Bett und streichelte über den Bauch, der bis an die seitlichen Abmessungen der Matratze reichte. »Ich möchte nämlich einen Versuch unternehmen, ohne zuvor die Schambeinfuge durchtrennen zu müssen.«

»Diesen Wunsch äußerten Sie nach Ihrem letzten Besuch. Ich hoffe, wir haben alles zu Ihrer Zufriedenheit erreichen können.«

Der Inder legte das Tuch zurück über die Frau, trat an die anderen Betten und warf einen Blick unter das Laken. »Am liebsten würde ich alle drei nehmen«, sagte er lachend.

Von Gutenberg deutete auf die Frauen. »Sie gehören Ihnen, werter Kumar.«

Der Inder trat heran und schlug dem Professor gegen den Arm. »Meine Frau würde mich steinigen lassen, wenn ihr die Kontoauszüge unter die Augen kämen. Nein, ich habe mich für die mittlere Dame entschieden.«

»Ich lasse sie vorbereiten«, sagte von Gutenberg.

»Die Zähne würden mir diesmal genügen, Professor. Um die Augenlider möchte ich mich persönlich kümmern.«

»Sie sind der Gast.«

Kumar lächelte. »Und nun nehme ich Ihre Einladung zum Essen an, werter Professor.«

Als sie das Zimmer verließen, warteten die drei Männer neben der Tür.

»Nummer zwei. Nur Zähne«, sagte von Gutenberg und führte seinen Gast an ihnen vorbei zum Restaurantbereich.

Kapitel 2

Melinda weinte leise.

Vor wenigen Minuten hatten sie ihr eine weitere Spritze gegeben, obwohl ihr gesamter Mund noch immer taub war. Melinda hatte die grausame Prozedur der Extraktion ihrer Zähne über sich ergehen lassen. Die örtliche Betäubung hatte dafür gesorgt, dass sie lediglich das Reißen und Rucken in ihrem Kopf gespürt hatte. Es hatte insgesamt keine Viertelstunde gedauert. Das Kauterisieren der Wunden hatte nach verbranntem Fleisch gerochen.

Melinda wusste nicht, was ihr bevorstand, aber es war ihr auch egal. Seit sie diese Kerle auf offener Straße entführt und hier – wo immer dieses Hier war – wie ein Schwein gemästet hatten, hatte sie schließlich aufgegeben. Die anfängliche Hoffnung auf Rettung hatte sich im Laufe der Wochen und Monate verflüchtigt wie ein Wassertropfen auf einer heißen Herdplatte.

Irgendwann hatten sie ihr Hormone gespritzt, die dafür sorgten, dass ihre Schambeinfuge, ähnlich wie bei einer Schwangerschaft, weicher wurde. Das hatte zunächst dazu geführt, dass sie vor Schmerzen aufschrie, wenn sie zur Toilette ging, oder nur eine sitzende Position einnahm.

In den letzten zwei Wochen hatte es sich so dermaßen verschlimmert, dass sie nicht mehr aufstehen konnte. Die Pfleger brachten ihr die erforderlichen Utensilien zum Pinkeln und Scheißen ans Bett. Sie wurde gewaschen wie ein Baby. Nur Essen durfte sie allein. Allerdings im Liegen.

Melinda hatte gehofft, sich an die Schmerzen zu gewöhnen, aber das war nicht der Fall gewesen. Sie hatte das Gefühl, ihr Becken würde explodieren, wenn sie nur ein Bein anhob.

»Die Spritze lindert die Schmerzen ein wenig«, hatte ihr Pfleger vorhin gesagt.

»Welche von ihnen?«, hatte Melinda zahnlos gefragt, was sich komisch anhörte.

Der Pfleger hatte sie mitleidig angesehen und versucht zu lächeln. Als er selbst merkte, dass es unecht rüberkommen würde, hatte er es eingestellt. »Ich wünsche dir alles Gute«, hatte er nur gesagt und Melinda in diesem neuen Zimmer allein gelassen.

Sie hatten ihr sogar die Fesseln an Armen und Beinen entfernt. Warum auch nicht? Melinda würde einen Teufel tun und sich freiwillig bewegen. Spritze hin oder her.

Nach einer guten Stunde wurde sie unruhig. Das Laken, das der Pfleger ihr über ihren fetten Leib gelegt hatte, war hinuntergerutscht und vom Bett gefallen. Sie fror nicht, aber die dauerhafte Nacktheit machte sie nervös. Ob sie mittels einer Kamera beobachtet wurde? War der kleine Mann, der sie vor ein paar Stunden wie ein Stück Vieh begutachtet hatte, ein perverser Spanner? Aber warum hatten sie ihr dann die Zähne gezogen?

Weil er seinen stinkenden Schwanz in deinen Mund stecken will und Angst hat, dass du ihn abbeißt.

Davon ging Melinda aus. Und der Typ stand nun mal auf Fette. Er würde sie ficken, bis er nicht mehr konnte

72

und Melinda würde es über sich ergehen lassen. Dies hier war ihr neues Zuhause geworden. Das hatte sie inzwischen akzeptiert. Punkt! Hier wurde für ihr leibliches Wohl gesorgt, sie hatte ein eigenes kleines Zimmer mit Bad und Dusche. Ein ganzes Regal voll mit Büchern, die sie sich aussuchen durfte. »Schreiben Sie alles an Büchern auf, die Sie interessieren«, hatte eine junge rothaarige Frau zu ihr gesagt, die dafür zuständig war, dass es ihr gut ging.

Zunächst hatte Melinda sich geweigert – damals, als da noch Hoffnung gewesen war – doch irgendwann hatte die Frau gesagt, dass sie sich entscheiden müsse, weil sonst die kommende Zeit ziemlich langweilig werden würde. TV, Radio oder Computer gab es nämlich nicht. Also hatte Melinda sich hingesetzt und eine Liste angefertigt: alles von Stephen King, alles von Sebastian Fitzek, alles von Dean R. Koontz, alles von Lovecraft und alles von ihrem Lieblingsautor Cody McFadyen.

»Da müsstest du hundert zusammenkriegen«, hatte sie der Frau gesagt, als diese die Liste abholte.

Inzwischen hatte Melinda ein Drittel der Bücher gelesen. Sie hatte in ihrer Gefangenschaft ja nichts zu tun, außer essen, trinken, schlafen, lesen und alles, was sie in sich hineinschaufelte, irgendwann wieder auszuscheiden.

Schließlich hatten sie mit der Hormonbehandlung begonnen und der Aufenthalt hatte sich in ein Martyrium verwandelt.

Doch wenn man den Verstand abschaltete, konnte der Mensch viel ertragen. Das war das Motto, nach dem Melinda lebte. Denk nicht nach, akzeptiere dein Dasein und versuch, zu überleben. Solltest du es nicht schaffen, dann stirb.

Eine Tür wurde geöffnet.

Melinda drehte den Kopf und sah den kleinen Mann mit dem Krückstock das Zimmer betreten. Er warf ihr einen kurzen Blick zu, stellte den Stock neben das Bett und ging in einen weiteren Raum, bei dem es sich um das Badezimmer handeln musste. Zumindest hörte Melinda wenig später das Rauschen einer Dusche. Dann ein unmelodisches Pfeifen.

Denk nicht nach, akzeptiere dein Dasein und versuch, zu überleben.

Melinda hatte in der Zeit vor ihrer Gefangenschaft Sex geliebt. Sie war erstaunt, wie viele Männer auf füllige Frauen standen. Okay, inzwischen war sie nur noch fett, aber damals hatte sie durchaus eine ansprechende Figur gehabt. Was zum Anfassen halt.

Ihr Magen machte sich bemerkbar. Kein Wunder, ihre letzte Mahlzeit lag zwölf Stunden zurück. Melinda konnte die Uhr sehen, die über der Tür zum Badezimmer hing. Vor sechs Stunden hatten sie ihr einen Einlauf verpasst, der dermaßen heftig war, dass sie danach die komplette Bettwäsche auswechseln mussten. Wenn sich jetzt noch Scheiße in ihr befinden sollte, dann ausschließlich in ihrem Kopf.

Die Dusche wurde abgestellt. Das Pfeifen blieb. Der kleine Mann kam ins Zimmer, nackt bis auf ein Handtuch, das er sich um den Hals gelegt hatte. Er ging zu einer weiteren Tür, die sich hinter Melindas Bett befand, und öffnete diese.

Wenig später wurde sie in den angrenzenden Raum geschoben. Hier schienen die Wände aus einer Art Gummi zu bestehen. Zumindest glänzten sie wie weißes Latex.

Der Mann tauchte neben ihr auf. »Können Sie aufstehen?«

Melinda schüttelte den Kopf.

»Versuchen Sie es.«

Abermals verneinte Melinda. Um nichts auf der Welt würde sie sich bewegen und diesen Schmerzen aussetzen.

Der Mann fuhr sich durchs feuchte Haar. »Sie sollten den kurzen Schmerz in Kauf nehmen. Ansonsten muss ich Sie von Ihrem Bett runterrollen.«

Melindas Blick wurde glasig, doch in den Augen des Mannes erkannte sie, dass er es ernst meinte. Logisch, denn das Bett, in dem sie lag, war alles andere als geeignet für eine ausgelassene Vergewaltigung.

Melinda hob den Oberkörper und der Schmerz explodierte zwischen ihren Beinen, in ihrem Bauch und in ihrem Arsch. Sie wollte die Lippen aufeinanderpressen, doch konnte sie diese nicht spüren.

Der kleine Mann war beiseitegetreten und beobachtete sie von der gegenüberliegenden Wand. Sein schlaffer Penis war von krausem Haar nahezu vollständig bedeckt.

Als Melinda endlich saß, lief ihr der Schweiß über den gesamten Körper. Ihre Füße berührten den flauschigen Teppichboden.

»Sie können sich dort hinlegen«, sagte der Mann und deutete auf den Teppich.

Vorsichtig stellte Melinda die Füße auf den Boden, doch als sie vom Bett rutschte, war da nichts, was sie halten konnte. Ihre Beinmuskulatur schien nicht mehr vorhanden zu sein und mit einem Aufschrei schlug sie auf die Knie und kippte wie ein gefällter Baum zur Seite. Sie konnte einen Schrei nicht unterdrücken.

»Machen Sie einfach weiter«, sagte der Mann. »Sie müssen sich nur noch auf den Rücken drehen.«

Du Arsch hast gut reden!, durchfuhr es Melinda. *Glaub mir, wenn die Schmerzen nicht wären, würde ich dich mit meinem Körper ersticken!*

Langsam ließ sie sich zu Boden gleiten. Schreiend und keuchend, aber es gelang ihr. Sie schaffte es und lag irgendwann auf dem Rücken wie ein gestrandeter Walfisch.

»Prima«, rief der Mann und trat heran. In seiner Hand hielt er einen etwa einen Meter langen Wasserschlauch. Er hockte sich in Kopfhöhe neben Melinda und fuhr mit dem Daumen über ihre Lippen.

Zumindest ging Melinda davon aus, da sie einen tauben Druck auf ihnen spürte. Er wollte also mit einem Blowjob beginnen, so wie sie es sich gedacht hatte. *Fuck, die hätten mir dafür nicht die Zähne rausreißen müssen!* Sie drehte den Kopf und sah den schlaffen Wurm im Nest aus Schamhaar.

Der Mann drehte ihren Kopf zurück. »Ich werde Ihnen gleich sagen, dass Sie einmal kräftig schlucken sollen. Wenn ich das sage, dann tun Sie das bitte. Sonst könnte es etwas schmerzhaft werden.«

Melinda wollte irgendetwas sagen, doch dann wurden ihre Kiefer auseinandergepresst. Melinda würgte, als der Kerl ihr den Schlauch in den Rachen einführte.

»Lassen Sie alles locker und versuchen Sie, ruhig zu atmen«, sagte der Mann.

Melinda würgte abermals, hustete und versuchte, trotz der enormen Sperre in ihrem Kiefer, das Atmen nicht zu vergessen.

»Jetzt einmal kurz und kräftig schlucken!«

Melinda wollte es machen, aber es funktionierte nicht. Der Mann drückte ihr den Schlauch in die Speiseröhre.

Melinda riss die Arme hoch und umfasste den Arm des Kleinwüchsigen. Ein stechender Schmerz in ihrer Achsel sorgte dafür, dass sie den Arm zurückriss. Dann in der anderen Achsel derselbe Schmerz.

»Lassen Sie die Arme bitte unten.« Der Mann hob seine freie Hand und Melinda erkannte ein Taschenmesser, dessen Spitze rot glänzte. »Atmen Sie einfach ruhig weiter.«

Melinda presste die Lider zusammen und Tränen rannen ihre Wangen hinab. Das Brennen in der Speiseröhre wurde sekündlich schmerzhafter und wenn sie gekonnt hätte, hätte Melinda laut gekreischt. Sie hörte das Keuchen des Zwerges direkt an ihrem Ohr. Dann spürte sie, wie der Schlauch herausgezogen wurde. Ein langer, zäher Schleimfaden verband ihn mit ihren Lippen.

Melinda würgte. Der Mann rieb das Sekret mit den Fingern ab, die er daraufhin ableckte.

»Erholen Sie sich. Ich bin gleich zurück.« Er lächelte ihr zu und verließ den Raum.

Kapitel 3

»Geht es Ihrem Hals besser?« Der Inder saß – immer noch nackt – neben ihr. Er reichte ihr eine Tasse. »Etwas Tee. Er wird Ihnen guttun.«

Melinda nahm die Tasse entgegen und führte sie zum Mund. Es war schwer, im Liegen zu trinken, ohne dabei den halben Inhalt zu verschütten. Der Tee war lauwarm und tat ihrem geschwollenen Hals wirklich gut.

»Ich muss Sie gleich leider fixieren.« Seine Stimme verlor nichts von ihrer sanften Emotionslosigkeit.

Melinda ignorierte ihn und nahm einen weiteren Schluck. Sollte er sie doch fesseln. Sie hatte das mit dem Schlauch überstanden, also würde sie den Rest genauso schaffen. Morgen ist alles vorbei!

Sie dachte an die sechzig Bücher, die sie noch zu lesen hatte. Ja, dafür würde sich das Überleben lohnen.

»Wenn Sie mit dem Tee soweit sind, sagen Sie bitte Bescheid.« Der Mann stand auf und ging zu einem Schrank, der Melinda zuvor gar nicht aufgefallen war. Er öffnete ihn und entnahm ihm mehrere schwarze Riemen. Dann kam er zurück. Lächelnd setzte er sich an seinen alten Platz und beobachtete Melinda. Er hielt eine aufgezogene Spritze hoch. »Nur für den Fall der Fälle.« Er legte sie abseits neben sich. »Darf ich Ihnen die Tasse abnehmen?«

Melinda reichte sie herüber.

Er stand auf. »Wenn Sie bitte Ihre Beine weit nach hinten ziehen würden.«

Erneut schoss die Panik in Melinda hoch. Kapierte der Typ nicht, dass ihr Bewegungen Schmerzen bereiteten?

Der Mann schien den ängstlichen Blick zu sehen. »Sind die Schmerzen im Beckenbereich sehr schlimm?«

Melinda nickte.

»Ich verstehe. Bitte warten Sie.« Abermals stand er auf und ging zum Schrank.

Melinda hörte reißende Geräusche. Sie spürte ihren Herzschlag durch die Fettschichten hindurch. Plötzlich wünschte sie sich, tot zu sein. Sie hatte das Gefühl, dass das die bessere Option wäre. *Scheiß doch auf die restlichen Bücher.*

Der Mann kam zurück und hielt eine neue Spritze in der Hand. »Wenn Sie möchten, kann ich Ihnen eine PDA setzen. Sie werden dann im Bereich des Beckens schmerzfrei sein.«

Was geht in dem Kerl vor? Melinda war verwirrt. »Was ... haben Sie ... mit ... mir vor?« Das Sprechen fiel ihr schwer.

»Sie brauchen keine Angst zu haben. Ich bin in meinem Land Geburtshelfer. Es ist nicht die erste PDA, die ich verabreiche. Und es sind mir noch nie Fehler unterlaufen. Sie müssten sich nur ein letztes Mal hinsetzen. Werden Sie das schaffen?«

Melinda weinte. »Können Sie mir nicht sagen, was Sie vorhaben?«

Der Mann lächelte sanft. »Kommen Sie. Ich helfe Ihnen auf.« Er umfasste Melindas Arme und zog daran.

»Stopp!«, keuchte sie. »Können Sie lieber von hinten drücken?« Wegen der fehlenden Zähne klangen die Worte schwammig.

»Selbstverständlich.« Er ging um Melinda herum und schob die Hände unter ihren Rücken. Melinda selbst drückte sich mit den Armen hoch.

»Wunderbar!«, sagte der Mann. »Bleiben Sie genau so sitzen.« Er holte die Spritze und setzte sich wieder hinter ihren Rücken.

Für einen kurzen Moment überlegte Melinda, sich mit Schwung zurückfallen zu lassen und den Kerl wie einen Käfer zu zerquetschen. Genug Masse hatte sie schließlich. Doch dann fühlte sie seine sanften Finger, die über ihren Rücken strichen. Vielleicht würde es doch nicht so schlimm werden. Alles in allem schien er sich Gedanken um sie zu machen.

Er hat dir einen Schlauch in den Rachen gesteckt, Mädchen!

Melinda ignorierte die Stimme in ihrem Kopf.

»Ich werde gleich genau hier piksen. Egal, wie es sich anfühlt, Sie dürfen sich nicht bewegen. Kriegen Sie das hin?«

Melinda nickte und schickte ein »Ja!« hinterher.

Der Stich war kaum spürbar. Sie merkte, wie Flüssigkeit in ihren Körper gelangte. Im selben Moment verschwanden die Schmerzen in ihrem Becken. Es fühlte sich an, als hätte jemand einen Schalter umgelegt. Den Schmerzschalter auf AUS. Tolle Erfindung.

»Nicht bewegen!«, sagte er, hinter ihr stehend. »Sie können sich gleich hinlegen.«

Melinda hatte die Augen geschlossen und genoss den Moment der Schmerzlosigkeit. Dann spürte sie die Hände, die ihr halfen, sich hinzulegen.

»Das hat doch prima geklappt. Jetzt müssen wir nur noch Ihre Arme fixieren.«

Melinda ließ es geschehen. Wenn er darauf stand, sollte er es tun.

Nachdem er ihre Handgelenke zusammengebunden hatte, zog er ihre Arme nach hinten, wo er den Riemen irgendwo befestigte. Melinda war von dem Gefühl fasziniert, alles unterhalb ihres Bauchnabels nicht mehr spüren zu können. Nun könnte er sie vergewaltigen, ohne dass sie etwas davon merken würde. Obwohl sie bezweifelte, dass sie bei seinem mickrigen Ding überhaupt etwas gespürt hätte.

»Wir sind fast fertig«, sagte er freundlich. Er setzte sich im Schneidersitz neben sie und stützte die Arme auf die Knie. Lange sah er sie nur an, dann sagte er: »Ich werde heute in Ihnen übernachten.«

Melinda runzelte die Stirn. »*In* mir?« Sie grinste mit Lippen, in die langsam wieder Leben kam, weil sie dachte, er hätte sich versprochen oder sich mit der deutschen Grammatik vertan.

»Ja, in Ihnen.« Er stand auf, ohne Melindas Gesichtsausdruck weiter zu beachten. Als er diesmal zurückkehrte, schob er einen Wagen mit einer Gasflasche vor sich her. An einem langen durchsichtigen Schlauch hing eine Atemmaske, die über Mund und Nase geschnallt werden konnte.

Melinda hatte ihren Mund geöffnet und starrte auf das Bild, das sich vor ihren Augen abspielte. Ihr Verstand konnte nicht begreifen, was der Kerl tat, geschweige denn, was er gesagt hatte. In ihr übernachten? Wie sollte das funktionieren? Wollte er sie aufschneiden?

»Man nennt mich hier liebevoll den Maulwurf«, sagte er und legte seinen Kopf auf Melindas Bauch. Dabei fuhr er mit beiden Händen über ihre Haut.

Dann schnellte sein Oberkörper ruckartig hoch. Er sah sie grinsend an. »Wissen Sie, warum man mich so nennt?«

Melinda bewegte sich nicht. Die Faszination über den Grad der Verrücktheit hatte sie vollkommen erstarren lassen.

Der Mann machte eine Schwimmbewegung mit angewinkelten Armen vor seinem Gesicht. »Na?«, grinste er. »Verstehen Sie?«

Und allmählich begann Melinda zu verstehen. Das Mästen. Die Hormonbehandlung, um die Flexibilität zwischen ihren Beckenknochen zu erhöhen. Der letzte Tag ohne Nahrung. Der Einlauf.

»Wie ich bereits sagte«, fuhr der Mann fort, »bin ich Geburtshelfer in einer großen Klinik. Ich hole täglich Babys aus Müttern. Eine wahrhaft erfüllende Tätigkeit.« Er kroch auf Melindas Gesicht zu und blickte ihr tief in die Augen. »Stellen Sie sich vor, man könnte die Faszination noch einmal am eigenen Leib erleben. Eingesperrt in der Wärme des Mutterleibs. Auf engstem Raum existieren und sich trotzdem wohlfühlen. Und dann ...« Er machte eine bedeutungsschwangere Bewegung mit beiden Armen, die an die Huldigung Jesu Christi erinnerte. »Dann erblicken wir das Licht des Lebens. Wir verlassen den Leib der Mutter auf natürlichem Weg. Alles wie schon einmal gewesen. Nur mit dem Unterschied, dass wir diesmal alles bewusst wahrnehmen können. Stellen Sie sich das vor.«

Melinda starrte ihn an. Am liebsten hätte sie ihm ins Gesicht gekotzt, aber ihr Magen war, bis auf ein paar Schlucke Tee, leer.

»Sie … Sie sind krank«, krächzte sie daher nur.

»Visionäre werden stets als krank bezeichnet. Aber stellen Sie sich vor, es hätte nie einen Elon Musk, Bill Gates oder Steve Jobs gegeben. Um nur einmal drei von ihnen zu nennen. Belächelt hat man sie, als sie von ihren Visionen schwärmten. Belächelt!«

Melinda schloss die Augen. Das war es also. Sie würde den heutigen Tag nicht überleben. Trotz dieser Einsicht ergriff eine allumfassende Ruhe ihren Körper, die sie sogar zum Lächeln brachte.

»Sie verstehen mich, habe ich recht?« Die Stimme des kleinen Mannes hatte Ähnlichkeit mit der eines hüpfenden Kindes, das sich über ein neues Spielzeug freut. Sie spürte, wie er ihr einen Kuss auf die Stirn gab. »Mama«, sagte er leise.

Er stand auf und klatschte in die Hände. »Lassen Sie uns nicht länger kostbare Zeit vergeuden. Ich werde zunächst ein paar Vorbereitungen treffen. Die Ihnen verabreichte Hormontherapie kann durchaus ansprechende Ergebnisse erzielen, aber ich befürchte dennoch, dass ich die Schambeinfuge durchtrennen muss. Ich bin

84

zwar klein, aber ...« Er schlüpfte zwischen ihre fülligen Schenkel und winkelte ihre Beine an. »Tut es weh?«

Melinda sah ihn über ihren Bauch hinweg aufschauen. Sie spürte, dass sich etwas an ihrem Becken bewegte, das war aber schon alles.

»Ich bin mit beiden Armen in Ihnen. Leider ist es, wie ich befürchtete.«

Melinda hörte ein schmatzendes Geräusch. Sie sah die bis zum Bizeps blutverschmierten Arme und schloss die Augen. Wenig später erklang das Rauschen eines Wasserhahns. Dann das Klappern von Metall. »Sie werden leider relativ schnell verbluten«, sagte der Mann von weit weg. »Das bedauere ich natürlich. Aber ich möchte, dass Sie sich alles so lange ansehen, wie es Ihnen möglich ist.«

Melinda öffnete die Augen und sah den Mann an einer Schnur ziehen. An der Decke wurde ein dünner Vorhang zurückgezogen und ein großer Spiegel erschien. Melinda war entsetzt über den fetten, nackten Leib, der breitbeinig darin zu sehen war. Seit ihrer Entführung hatte sie sich nicht mehr im Spiegel betrachtet. Tränen entstanden in ihren Augen und das Ungetüm aus Fleischmassen verschwand hinter einem Schleier.

Der Zwerg tauchte auf. »Ich werde Ihnen eine örtliche Betäubungsspritze in die Stirn geben. Bitte versuchen Sie, nicht zu zucken.«

Abermals schloss Melinda die Augen. Das Piksen der Nadel trieb ihr weitere Tränen in die Augen.

»So«, trällerte der Mann. »Das wars schon. Sie werden sich fragen, warum ich das getan habe, aber wenn Sie aufgepasst haben, dann können Sie sich die Antwort selbst geben. Ich möchte, dass wir das Erlebnis gemeinsam teilen. Auch Sie dürfen nicht einen Augenblick versäumen. Ich werden Ihnen deshalb die Augenlider an die Stirn nähen. Bitte haben Sie keine Angst, es wird nicht wehtun. Sie bekommen danach Tropfen von mir, die ein Austrocknen Ihrer Netzhaut verhindern.«

Melinda hatte genug gehört. Ja, sie würde sterben, das war unausweichlich. Aber sie würde diesen Kerl nicht ungeschoren davonkommen lassen. Blitzartig riss sie den Kopf hoch und schnappte nach seinem Gesicht. Sie bekam seine Nase zu fassen und biss zu. Jetzt lagen seine Augen direkt vor ihren. Dann hörte sie sein Lachen. Gleichzeitig rutschte sie mit ihren zahnlosen Kiefern von seiner Haut.

»Dazu fehlt Ihnen etwas«, sagte er erheitert, stupste mit dem Finger auf ihre Nase und tätschelte sanft Melindas Wange. Er stieg auf ihre nach hinten gebundenen Arme, setzte sich darauf und fixierte Melindas Kopf zwischen seinen Beinen, bevor er ihr Augenlid hochzog. Melinda kreischte vor Schmerz.

»Oh, bitte verzeihen Sie. Da habe ich doch glatt die Betäubung der Lider vergessen, weil Sie mich durch Ihre Beißattacke abgelenkt haben. Wenn Sie aber schön stillhalten, wird es schnell vorbei sein. Versprochen.«

Melinda konnte nicht stillhalten. Bei jedem Eindringen der Nadel in ihr Augenlid zuckte ihr Köper wie unter einem Stromschlag.

»Nummer eins ist schon fertig«, sagte er. »Nun fix die Tropfen. Sie werden kurz brennen.«

Oh ja, sie brannten. Es brannte so sehr, dass Melinda die Lider zusammenpresste, was dazu führte, dass die Naht aufriss.

»Oh Gott, was haben Sie denn da getan?«, kreischte der Mann.

Das Blut des zerrissenen Lides umspülte Melindas Augapfel. Diesmal schrie sie vor Ekel, weil sie sich vorstellte, was passiert war.

Der Mann legte einen Tupfer auf ihr Auge. »Das ganze Blut«, sagte er. »Warum machen Sie denn nur so einen Unfug? Ich habe doch gesagt, dass es kurz brennen wird.« Der Tupfer verschwand. »Jetzt ist es hin.« Er zog die Fleischfetzen nach oben. »Da kann ich nichts mehr nähen.«

Er stand auf und ging zum Schrank. Melinda öffnete das intakte Auge und sah im Spiegel die rote Flüssigkeit, die von ihrem Gesicht auf den hellen Teppich floss. Der Mann kam zurück – er hielt einen silberfarbenen Gegenstand in seiner Hand – und setzte sich erneut auf ihre Arme. Abermals zog er das zerstörte Lid hoch. Kurz sah Melinda das Skalpell, das im Licht aufblitzte. Dann kamen Schmerz und ein roter Schleier gleichzeitig.

Der Dreckskerl hielt das winzige Fleischstück in Richtung des Spiegels. »Das ist allein Ihre Schuld.« Er warf das Lid in den Raum. »Ich hoffe, Sie sind beim anderen Auge vorsichtiger.«

Er nahm Nadel und Faden und fuhr mit seiner Arbeit fort.

***

Das Bild, das sich Melinda zwangsweise bot, konnte grotesker nicht sein. Ihr voluminöser Leib wirkte im hellen Licht wie eine aufgedunsene Wasserleiche. Das Blut des abgeschnittenen Augenlids war in ihrem Gesicht getrocknet, das andere war mit dicken schwarzen Fäden an ihre Stirn genäht worden. Melinda sah die hektischen Bewegungen ihrer Augäpfel, die einfach viel zu groß wirkten.

Der Mann hatte dafür gesorgt, dass das abgetrennte Lid nicht mehr blutete. Er hatte das Auge ausgespült und ihr ein weiteres Mal die brennenden Tropfen verabreicht. Diese hatten nach kurzer Zeit einen angenehmen Film auf die Linse gelegt, der ein Austrocknen verhinderte. Melinda hatte sogar das Gefühl, schärfer sehen zu können, was keineswegs von Vorteil war.

Der Mann hatte zwei dicke Kanthölzer – etwa einen Meter lang – aus dem Schrank geholt. Er hatte sie zwischen ihren Schultern und der Wand eingeklemmt, sodass Melinda nicht nach hinten rutschen konnte, wenn er in sie eindringen würde.

Ihre Arme hatte er dafür von den Lederriemen befreien müssen und sie stattdessen an ein Holzbrett, das er quer unter ihrem Rücken hindurchgeschoben hatte, festgenagelt. Die Nägel hatte er dazu durch ihre Handflächen getrieben. Verständlicherweise hatte er die zuvor – fürsorglich, wie er war – betäubt.

Gegenwärtig war er dabei, ihre Schambeinfuge zu durchtrennen. Auch das sah grotesk aus. Ein nackter Mann zwischen ihren angewinkelten Beinen, nur mit

Mundschutz und OP-Handschuhen bekleidet. Dennoch war er routiniert in dem, was er tat. Während er mit einem Skalpell ihre Haut- und Fettschichten durchtrennte, verschloss er sofort die offenen Wunden mit einem Kauter, den er mit der anderen Hand führte. Dünne Rauchfäden wanden sich filigran bis hinauf zum Spiegel, wo sie sich verflüchtigten.

Der Mann blickte auf und sah Melinda an. Es wirkte, als würde er hinter der Maske lächeln. »Ich bedauere diesen Schritt«, sagte er dumpf. »Selbst bei schmalen Beckenstrukturen vermeiden wir die Durchtrennung, weil die Gefahr einer schweren Schädigung der Befestigungsstellen der Beckenorgane gegeben ist.« Er lachte. »Bitte entschuldigen Sie, ich möchte Sie nicht mit meinen Ausführungen langweilen. Aber da Sie das Ereignis leider nicht überleben werden, ist es einerlei, was mit Ihrem Becken geschieht. Habe ich recht? Es wäre schlicht und ergreifend für mich befriedigender gewesen, wenn ich die reale Enge beim Wiederaustritt gespürt hätte. Na ja, gegebenenfalls beim nächsten Mal.« Er nickte kurz und wandte sich seiner Arbeit zu.

Melinda wusste nicht, was schlimmer war: das, was er von sich gab oder das, was er dort unten mit ihr veranstaltete. Bevor er mit der Operation begonnen hatte, hatte er ihr versprochen, sie so lange wie irgend möglich am Leben zu erhalten. Er würde ihr einen Cocktail aus Adrenalin und diversen Aufputschmitteln geben, der sowohl einer Ohnmacht als auch einem frühzeitigen Herzversagen entgegenwirkte. »Mein größter Traum wäre«, hatte er schwärmerisch gesagt, »wenn Sie die *Geburt* miterleben würden. Stellen Sie sich das nur vor.«

Melinda hatte gar nicht mehr hingehört.

»Fertig!« Abermals klatschte er in die Hände, was durch die Handschuhe falsch klang. Schnell entledigte er sich ihrer. Ebenso warf er den Mundschutz von sich. »Das Aufräumen ist im Preis inbegriffen«, sagte er fröhlich. »Darf ich Ihnen noch einen Schluck Tee anbieten? Als Abschiedsgetränk sozusagen?«

Melinda schwieg.

»Nicht? Dann werde ich Ihnen den Tropf anlegen.« Er schob ein Metallgestell heran, an dem ein durchsichtiger Plastikbeutel hing. Die lange Kanüle hielt er hoch und schien zu überlegen. »Den Handrücken können wir nicht mehr nehmen. Sind Sie mit dem Hals einverstanden?«

»Ich wäre damit einverstanden, wenn Sie mich jetzt töten«, sagte Melinda. »Wenn Sie nur einen Funken Menschlichkeit besitzen, dann gewähren Sie mir diesen Wunsch.«

Der Mann hockte sich neben ihren Kopf und sah sie mitleidig an. »Was reden Sie denn da? Ich werde Sie doch nicht umbringen! Warum sollte ich das tun? Noch nie habe ich einen Menschen getötet. Auch wenn Professor von Gutenberg das ausdrücklich befürwortet, so käme es mir nie in den Sinn. Glauben Sie mir, wenn ich eine Möglichkeit sähe, dass Sie das Ganze überleben, dann würde ich diese nutzen. Das müssen Sie mir glauben. Aber die gibt es leider nicht. Selbst wenn ich den Kauter nutze, um mir einen Weg in Ihr Inneres zu schneiden, so werden die Verletzungen zu gravierend sein. Das bedauere ich wirklich sehr.«

»Dann geben Sie mir etwas, womit ich es selbst tun kann.«

Der Mann schüttelte den Kopf. Er tastete ihren Hals ab und schob die Kanüle in die Vene. »Sie wollen mich auf den Arm nehmen, ich habe Sie durchschaut.« Abermals stupste er mit dem Zeigefinger gegen ihre Nase, stand auf und öffnete den Tropf. »Wir lassen dem Medikament etwas Zeit, sich in Ihrem Körper zu verteilen. Ich werde derweil eine Kleinigkeit zu mir nehmen. Sie wollen wirklich keinen Tee?«

***

Zehn Minuten lang musste Melinda den Inder beobachten, wie er nackt an dem schmalen Tisch saß und eine Suppe schlürfte, die er zuvor in der Mikrowelle erhitzt hatte. Er hatte ihn so geschoben, dass Melinda ihn durch die Tür hindurch sehen konnte. Immer wenn er ihren Blick bemerkte, lächelte er.

Nun war er zurück, gab ihr noch einmal Augentropfen, die diesmal kaum brannten, und nahm seine altbekannte Position neben ihrem Kopf ein. »Möchten Sie mir Ihren Namen verraten?«

»Mein Name ist Fickdichinsknieundverreck.«

Der Mann lächelte. »Ich werde nun den Schlauch ein weiteres Mal in Ihre Speiseröhre einführen. Das Sekret ist besser als jedes Gleitmittel. Außer Blut, aber das versuchen wir anfangs zu vermeiden.« Er nahm den Schlauch und führte ihn zu ihren Lippen.

Melinda wollte ihm abermals eine patzige Bemerkung entgegenschleudern, doch die schmale Hand des Inders drückte sich zwischen ihre Kiefer. Diesmal sagte er nichts, schob den Schlauch hinein und drückte einfach immer weiter. Im Spiegel sah sie die spastischen Zuckungen ihres Körpers. Dann zog er den Schlauch hinaus.

Abermals wischte er ihn ab und verteilte den Schleim auf seinem Kopf.

»Einmal noch«, sagte und wiederholte die Prozedur. Melinda konnte ein hustendes Würgen nicht verhindern.

»Hervorragend«, keuchte der Mann, als der Schlauch wieder draußen war. Er rieb sich den Schleim über Schultern, Arme und Gesicht. Die Haare glänzten, als hätte er sie frisch gegelt.

Noch während Melinda würgend nach Luft schnappte, steckte er das Gummi erneut in ihren Hals. Melinda spürte, wie sich das Ende in ihrem Magen bewegte. Er zog es ein Stück hinaus und schob es noch einmal hinein. Rein – raus! Immer wieder aufs Neue. Diesmal rieb er sich Brust, Bauch und Rücken ein. Beim dritten Mal war der Schleim nicht mehr klar, sondern von Blut durchzogen.

»Das sollte genügen«, sagte er lächelnd. Er glänzte wie eine Speckschwarte. Schließlich beugte er sich über sie und gab ihr einen Kuss auf den Mund. »Vielen Dank für alles.«

Melinda spuckte ihm das restliche Sekret, das sich in ihrem Mund befand, ins Gesicht, wo es der Mann sorgfältig verrieb.

Er stand auf, ging zu ihrem Unterleib und setzte sich die Atemmaske auf. Der dünne Schlauch, der sie mit der Sauerstoffflasche verband, war lang. Sehr lang.

Wie gern hätte Melinda die Augen geschlossen. Stattdessen entging ihr nicht die geringste Kleinigkeit der Prozedur. Wie sorgfältig der Kerl alles vorbereitet hatte. Ein weiteres Mal verteilte er den Schleim auf seinem Körper. Es war, als würde sie einem Kerl beim Duschen zusehen, so wie sie das früher immer gern mit ihren Beziehungen gemacht hatte. Gab es etwas Erotischeres als einen nackten Mann, der sich mit Duschgel einrieb? Melinda lächelte. Sie würde die letzten Gedanken, die ihr blieben, nicht damit vergeuden, über das nachzudenken, was der Typ da unten mit ihr machte. Stattdessen würde sie an ... Sie überlegte, wie ihr Liebhaber geheißen hatte. Mike? Es fiel ihr nicht ein.

Der Zwerg schob ihre Schenkel weiter auseinander. Oh ja, das hatte sie immer geliebt. Wenn die Kerle sie nahmen wie eine Hure. Melinda wollte benutzt werden. Hart und dreckig.

Eine seiner Hände war, zusammen mit dem Kauter, in ihrer Muschi verschwunden.

»Ich habe nun einen Durchgang in Ihre Vagina geschnitten.« Melinda erkannte den Stolz in seiner Stimme.

Er legte den Kauter beiseite und glitt wie ein Schwimmer mit beiden Armen in sie hinein. *Wie ein Maulwurf.*

Melinda verdrehte die Augäpfel nach hinten, um nicht in den Spiegel sehen zu müssen, was aber derart schmerzhaft war, dass sie sie schnell in ihre ursprüngliche Position brachte.

Der Kerl war unterdessen dabei, zu versuchen, seinen Kopf in sie zu schieben. Melinda merkte den Druck, der ihre Schultern gegen die Holzbalken presste. Ein unterdrücktes Fluchen drang zwischen ihren Beinen hervor.

Hoffentlich erstickst du da drin!

Das Grinsen bei diesem Gedanken erstarb, als Melinda sah, dass die Haut auf Höhe ihrer Klitoris aufriss. Es sah aus, als würde man einen Teigklumpen zu weit auseinanderziehen. Immer mehr dehnte sich die Haut, während der Mann sich wie ein Wurm wandte, der ins Erdreich flüchten wollte. Das Gewebe riss auseinander und ein gewaltiger Blutschwall ergoss sich auf den Nacken des Inders.

Melinda verspürte ein taubes Ziehen, das sie ohne PDA wohl an den Rand des Wahnsinns getrieben hätte. Ihre Oberschenkel schwankten wie Bäume bei einem Sturm. Immer weiter klappten sie nach außen, bis es wenig später so aussah, als machte sie einen Spagat.

Scheiße, so was konnte ich nie!

Abermals legte sich ein Grinsen auf ihre Lippen. Was war mit ihr los? Warum erheiterte sie die Zerstörung ihres Körpers so? Ob es an dem Medikamentencocktail lag? Machte er sie high?

Ein weiteres mächtiges Rucken presste ihre Schultern gegen die Balken. Melinda konnte es nicht fassen. Inzwischen war der Kerl mit dem Kopf in ihr verschwunden. Durch das ganze Blut sah es aus, als läge ein Geköpfter zwischen ihren Beinen.

Ein Zittern entstand in ihrem Schädel, das sich als stetiges Nicken im Spiegel zeigte. Melinda konnte es nicht abstellen. Die Arme des Mannes waren wieder außerhalb ihres Körpers. Mit den Händen riss er ihre Schamlippen auseinander, krallte sich in das Fleisch und fetzte es von ihrem Körper. Ununterbrochen stieß er die Hände neben seinem Kopf in sie hinein. Und wenn sie kurz darauf wieder zum Vorschein kamen, waren die Fäuste mit Fleischfetzen gefüllt, die er achtlos hinter sich schmiss, um weitere Brocken aus ihrem Innern zu befördern. Währenddessen wurde die erschreckende Menge an Blut, das zwischen ihren Beinen herausfloss, vom Teppich aufgesogen.

Melinda stellte fest, dass in kürzer werdenden Abständen ihr Blickfeld schmaler und unscharf wurde.

Der nächste Ruck war derart heftig, dass sie ein Knacken in ihrer Schulter hörte, bevor der Schmerz einsetzte. Definitiv war gerade ein Knochen gebrochen. Endlich schrie sie. Augenblicklich füllte ihr Mund sich mit Blut, das sie ausspuckte, ehe sie daran erstickte.

Der Kerl hatte es geschafft. Seine Arme, seine Schultern und sein Kopf waren in ihrem Innern. Ihr Bauch war dermaßen gewölbt, dass sie nicht mehr über ihn hinwegsehen konnte. Im Spiegel erkannte sie, dass die Haut so dünn war, dass sie durch sie hindurch ein beeindruckendes Adergeflecht erkannte.

Melinda merkte, wie das Atmen schwerer wurde. Der Druck von innen auf ihre Lunge war unnachgiebig. Die

Unschärfe ihres Blickes wich nicht mehr. Sie spürte ein Holpern ihres Herzschlages.

Ein Lächeln umspielte ihre Lippen, als sie nur noch die Füße des Mannes sah, die aus ihrem zerfetzten Unterleib ragten. Dann waren auch diese verschwunden. Einzig und allein der dünne Luftschlauch zeugte davon, dass alles, was gerade geschehen war, der Realität entsprach.

Melinda dachte an Bob, der sich unter der Dusche mit Seife einschäumte. Ja genau, ihr war der Name eingefallen. Bob. Zumindest wollte er so genannt werden. Von Haus aus hieß er Robert, aber er hatte irgendein Faible für Amis. Das war der Moment, in dem ihr Herz noch genau dreimal schlagen würde.

Bumm!

Hatten Bob und sie sich geliebt? Oder war er nur eine von vielen Affären gewesen?

Bumm!

Es war einerlei. Melinda lächelte.

Bumm!

Das Zimmer wurde dunkler. Endlich schwarz.

Teil 3

Hof Gutenberg

Kapitel 1

Davide hockte sprachlos zwischen den Maishalmen. Seine Gesprächspartnerin, die Paul und er vor wenigen Minuten aus dem Schacht gerettet hatten, saß ihm mit gesenktem Kopf gegenüber.

Das, was Kira von Gutenberg ihm soeben in knappen Sätzen erzählt hatte, war einfach unglaublich. Dieser Hof bestand in seinem jetzigen Zustand seit 1997. Gunther von Gutenberg hatte das alte Zechengelände im tiefsten Ruhrgebiet von seinen Eltern geerbt. Er hatte einen Betrag von mehreren Hundert Millionen Euro in den Ausbau der Stollen investiert. Das Herzstück des Ganzen war ein gewaltiges Areal, das sich in mehr als einem halben Kilometer Tiefe unter der Erde befand. Niemand kannte den genauen Weg dorthin, da jeder Gast an einem zentralen Treffpunkt außerhalb der Stadt eingesammelt, betäubt und direkt nach unten gebracht wurde. Dort existierte ein exklusiver Aufwachraum, in dem es an nichts fehlte, was dazu beitrug, den Gast aufzupäppeln.

Das Faszinierendste an der Sache war, dass sich die Gäste für den Aufenthalt bewerben mussten. Von Gutenberg wählte stets die Gäste mit den ausgefallensten Fantasien, die sie auf seinem Hof ausleben konnten. Alles war erlaubt. Es gab nicht ein Tabu. Und das war es, was die Kunden wollten. Keinerlei Angst vor Repressalien irgendwelcher Art. Absolute Straffreiheit unter der schützenden Hand von Gutenbergs.

Die Patienten, wie die Verwertungsopfer genannt wurden, waren sowohl männlich als auch weiblich. Einzige Voraussetzung war: Sie mussten volljährig sein. Von Gutenberg verabscheute Gewalt an Kindern. Warum er trotzdem Leute wie Liebherr oder Serrestori ins Boot geholt hatte, konnte sich Kira nicht erklären. Sie vermutete, dass sich die Männer von der Universität in den Staaten kannten.

»Ich weiß gar nicht, warum ich Ihnen das alles erzähle«, sagte Kira plötzlich. »Offensichtlich bin ich froh, es endlich loszuwerden. Kommen Sie aus Amerika?«

Davide war abermals überrascht, aber er nickte lächelnd.

»Sagen Sie mir, warum Sie hier sind?«

Davide überlegte kurz, ob er von Gutenbergs Tochter vertrauen konnte. Aber was hatte er zu verlieren? »Ich suche diesen Hof schon sehr lange. Und bisher war ich der Meinung, er wäre der letzte seiner Art«, sagte er und beobachtete die Reaktion der Frau, deren rotes Haar im Mondlicht funkelte. Sollte sich sein Vertrauen als Fehler erweisen, so würde er sie erschießen.

Kiras Augen wurden groß. »Sind … sind Sie etwa der … Sind Sie der Scheich?«

»Sie kennen den Scheich?« Davide kam aus dem Staunen nicht mehr heraus.

»Mein Vater sucht Sie. Sie sind verantwortlich für die Zerstörung dreier Höfe.«

Davide erkannte das Zittern in Kiras Händen.

»Der Adjutant meines Vaters, er heißt Benjamin und ist ein unangenehmer Typ, hat den Leiter von Hof Gu-

tenberg Texas ausfindig gemacht, nachdem dieser plötzlich spurlos verschwunden war. Benjamin erzählte, dass
Sie ... also der Scheich ... Er sagte, dass Sie ihm beide
Arme abgesägt haben und dass Sie für die Zerstörung
der Höfe verantwortlich sind. Paps hat ein verdammt
hohes Kopfgeld auf Sie ausgesetzt. Fünfzehn Millionen
Euro.«

»Wow. Dann kann ich ja froh sein, es überhaupt bis
hierher geschafft zu haben.«

Kira sah ihn ernst an. »Es sei denn, Paps hat es ge-
wollt.«

»Wie meinen Sie das?« Davide verstand allmählich.
War es wirklich Zufall gewesen, dass sie plötzlich den
Hinweis auf den Hof im Darknet entdeckt hatten? Oder
war es eine bewusst gelegte Spur, um ihn in eine Falle zu
locken.

In diesem Moment ertönte von außerhalb des Feldes
Pauls Stimme. »Seid ihr noch da drin?«

Davide wollte gerade antworten, als Paul erneut rief.
»Karl-Peter? Hast du mich gehört?« Undefinierbare Geräusche folgten.

Kira sah Davide verständnislos an, nachdem dieser
seine Waffe hervorgeholt hatte und den Finger an die
Lippen legte. »Was ist denn?«, flüsterte sie kaum hörbar.
»Ist das nicht ihr Kollege?«

Davide nickte. »Ja, aber ich heiße nicht Karl-Peter.«

***

Davide und Kira hatten sich flach auf den Boden gelegt.

101

»Kommen Sie heraus, Mister Malroy. Wir haben das Feld umstellt.«

Kira schob ihr Gesicht neben das von Davide. »Das ist Benjamin. Paps Adjutant.«

Davide nickte stumm und zielte mit der Glock in Richtung der Stimme. Definitiv bluffte der Typ. Wie hätten sie derart schnell ein Feld umstellen können?

»Sie haben dich erwartet«, flüsterte Noemi in seinem Kopf.

Davide schloss für einen kurzen Moment die Augen und lächelte. Er freute sich jedes Mal, wenn er sie hörte. Leider war das immer seltener der Fall, seit er das kleine Mädchen im Essensraum von Liebherrs Hof umgebracht hatte.

»Ich habe Angst, Davi.«

»Das brauchst du nicht«, flüsterte er. Er spürte Kiras Blick, die ihn von der Seite fragend ansah.

Ein Knacken ertönte. Maishalme, die beiseitegeschoben wurden. Knirschende Schritte.

Kira sprang auf und rannte in die entgegengesetzte Richtung.

»Scheiße«, zischte Davide. Er konnte zwischen den Halmen hindurch Beine erkennen, die sich ihm schnell näherten. Er zielte und schoss.

Das durch den Schalldämpfer hervorgerufene Ploppen der Schüsse war kaum hörbar, wohl aber der Schrei des Mannes, dem die Kugeln die Beine zerrissen.

Weitere Geräusche ertönten. Der Boden in seiner Nähe platzte auf, als Kugeln dort einschlugen.

Davide robbte zur Seite.

»Nicht schießen! Bist du irre?!«, erschallte es plötzlich.

Abermals schoss Davide in diese Richtung, schien aber niemanden getroffen zu haben. Zumindest blieb ein Schrei aus.

»Die Kleine ist hier hinten!«, schrie jemand.

Ein weiblicher Schrei folgte.

Davide schlich leise in die Richtung, wo Paul und er das Maisfeld betreten hatten. Scheinbar hatten sie seinen Freund in ihre Gewalt gebracht.

»Du warst zu übermütig, Junge!«, sagte sein Vater, den er seinem gerechten Schicksal zugeführt hatte. *»Habe ich dir nicht beigebracht, besonnen zu agieren? Alle Eventualitäten zu überdenken? Glaubst du, Greg hätte damals geschwiegen, wenn ich nicht das Ass mit seinen Fingerabdrücken auf der Säge gehabt hätte? Glaubst du das, Junge? Unterschätze niemals die Gerissenheit und Heimtücke der menschlichen Rasse!«*

»Und du unterschätze niemals deinen Sohn!«, zischte Davide.

Ein weiteres Mal ertönte Kiras Schrei. Diesmal schon wesentlich leiser. Davide hoffte, dass die Mitarbeiter ihres Vaters sie nicht erwischen würden. Wenn dieser in der Tat so skrupellos war, wie Kira erzählt hatte, dann würde ihr nichts Gutes bevorstehen.

Davide hörte das Wimmern des Mannes, dem er in die Beine geschossen hatte.

»Kann mal jemand Tjark hier rausbringen?« Das war dieser Benjamin. Dann leiser: »Hör mit dem verdammten Gejammer auf.«

»Die Sau hat mir die Kniescheiben weggeschossen!«, kreischte der Mann stattdessen.

Ein dumpfes Ploppen ertönte. »Hat sich erledigt!«, rief Benjamin. »Seht zu, dass ihr den Kerl erwischt. Verdammte Scheiße! Das dauert mir viel zu lange!«

Davide erreichte den Feldrand. Er sah seine Tasche und die beiden Bodenradare daneben. Vermutlich hatte Paul zunächst das Wasser holen wollen, als sie ihn erwischten.

Er sah sich um, doch war von seinem Freund nichts zu sehen. Okay, Priorität war, Paul zu finden.

Davide wollte sich aus dem Feld hinausschleichen, als ihn ein harter Schlag gegen den Rücken nach vorn stieß. Er landete unweit der Tasche im Staub.

»Ich hab ihn!«, brüllte der Kerl, der sich in diesem Augenblick zwischen den Halmen hervorschälte. Er hatte eine Maschinenpistole mit Schalldämpfer gegen die Schulter gedrückt und zielte auf Davide.

Dieser spürte die Glock in seiner Hand.

»Denk nicht dran!«, zischte der Mann und kam auf ihn zu. »Wir dürfen dich zwar nicht erschießen, aber ich werde dich hiermit außer Gefecht setzten, das kannst du mir glauben. Und jetzt lass die Waffe los!«

Kapitel 2

»Warum hast du nicht schon heute was Anständiges besorgt?«, fragte die Frau des Chirurgen mit gespieltem Schmollmund.

Ihr Mann nahm sie in den Arm. Sie war nackt und trug ihre Lederstiefel, die bis knapp unterhalb der Knie reichten. Sie liebte es, nuttig herumzulaufen, und nutzte dazu jede Gelegenheit auf dem Hof. Die Tatsache, dass sie hier jederzeit ihrer Lust frönen konnte, wann immer ihr danach war, war eine verdiente Entschädigung für ihr vergangenes und langweiliges Leben als Bankkauffrau. Wie oft war es damals vorgekommen, dass sie sich auf der Kundentoilette mit Hilfe des Stils der Bürste befriedigen musste. Einmal hatte sie die Bürste umgedreht – sie war schon arg zerdrückt und mit braunen Resten gespickt – und sie sich in den Arsch geschoben. Das Gefühl war derart geil gewesen, dass sie sich für den nächsten Tag vorgenommen hatte, einen langen Rock zu tragen – ohne Unterwäsche – um die Bürste auch während der Arbeit in sich behalten zu können.

Just in diesem Moment, als sie neben ihrem Mann stand, der ihr alle Wünsche erfüllte, dachte sie an die unzähligen Orgasmen, die es ihr bereitet hatte, eine versiffte Klobürste in ihrem Arsch zu haben, während sie mit Kunden über Geldanlagemöglichkeiten sprach.

»Gedulde dich, mein Engel«, sagte ihr Mann. »Das Warten wird sich lohnen.«

Sie standen am Eingang einer großen Halle, die gewöhnlich dem Personal für sportliche Aktivitäten vorbehalten war.

Die Frau fühlte sich an ihre Schulzeit erinnert, da auch hier Taue von der Decke hingen, an deren Ende sich hölzerne Ringe befanden. Kurz stellte sie sich vor, ihre Beine dort hindurchzustecken und sich von ihrem Mann die Muschi verprügeln zu lassen. Aber daraus würde heute nichts werden. Er hatte etwas anderes als Beschäftigung vorgesehen.

In unregelmäßigen Abständen waren Sprungkästen in unterschiedlichen Höhen und Größen in der Halle verteilt. Vor einigen lagen die obligatorischen blauen Gummimatten. Der Geruch, der in der Luft hing, war von diversen Körperausdünstungen getränkt, die die Frau genüsslich einatmete.

An der rechten Wand standen zwei Holzstühle, die fehl am Platz wirkten. Ein Mann und eine Frau, saßen darauf und waren gleichzeitig an eine dahinterliegende Kletterwand gefesselt. Wie die Frau des Chirurgen waren die beiden nackt. Ihre Münder waren zugenäht worden. Zumindest sah es von hier aus so aus.

»Sind die beiden ein Paar?«, fragte sie.

»Und wie sie das sind«, lächelte der Mann. »Wir haben sie aus ihrer ersten gemeinsamen Wohnung holen lassen. Die meisten Ikea-Pakete waren noch nicht einmal geöffnet.«

Die Frau lächelte. »Vielleicht wird es doch interessant.«

Das Telefon des Chirurgen klingelte. »Bitte entschuldige mich kurz«, sagte er und verließ die Halle.

Die Frau sah sich um und entdeckte an der Hallendecke zwischen Metallstreben und dicken Rohren die altbekannten Trennvorhänge, die dort eingelassen waren und die man mittels eines Schalters herablassen konnte. Alles wie früher. Die Schulzeit war eine schöne Zeit gewesen, denn das war die Zeit, wo die Kerle anfingen, rattig zu werden. Gott, wie oft hatte sie sich auf dem Schulklo ficken lassen? In den Pausen von Schülern aus der Oberstufe und nach Schulschluss von vielen der Lehrer. Sie war, was das anbelangte, nicht wählerisch gewesen. Selbst ihren kurz vor der Rente stehenden Mathelehrer hatte sie rangelassen. Ihre Noten hatten es ihr gedankt, was ein angenehmer Nebeneffekt gewesen war.

Interessanterweise war sie niemals als Schulnutte betitelt worden, nicht einmal von den Mädchen, von denen sie die meisten ebenfalls in die körperliche Liebe eingeführt hatte. Sie war immer eine Frau gewesen, die von allen gemocht wurde. Vielleicht hatte es einfach daran gelegen, dass sie nie einen Hehl aus ihrer Lust gemacht hatte. Wer mit ihr ficken oder sich einen blasen lassen wollte, oder wer Bock auf das Verwöhnen ihrer Muschi hatte, der brauchte es ihr nur zu sagen. Manchmal war sie in den Pausen zu den Jungs gegangen, die in Pulks aufeinanderhockten, und hatte in die Runde gefragt, wer gerade Lust hatte. Dann hatte sie sich einen oder zwei von ihnen ausgesucht.

Langsam schritt sie auf das gefesselte Paar zu. Sie hörte ihren Mann im Flur. Er klang erfreut.

Die Frau erreichte die Gefesselten und stellte vergnügt fest, dass ihnen tatsächlich der Mund zugenäht worden war. Die Wunden waren frisch und winzige Blutfäden liefen am Kinn des Mannes hinab. Die Augen seiner Freundin waren vom vielen Weinen gerötet.

»Wie lange seid ihr schon hier?«, fragte die Frau des Chirurgen. »Ihr braucht nur zu nicken oder den Kopf zu schütteln. Länger als eine Woche?«

Die beiden sahen sie aus starren Augen an.

»Länger als eine Woche?«, fragte die Frau lauter.

Unsicher schüttelte der Mann den Kopf.

»Länger als zwei Tage?«

Abermals ein Kopfschütteln des Mannes. Seine Freundin blickte zu ihm hinüber und weinte.

Die Frau des Chirurgen lächelte. »Seit gestern?«

Der Mann nickte.

»Wie geil ist das denn bitte?« Sie stellte ein Bein auf den Oberschenkel des Mannes ab, griff in die Haare der Frau und zog ihren Kopf näher an ihre Muschi heran. Dann begann sie, ihren Kitzler zu reiben, was dazu führte, dass die junge Frau heftiger weinte.

Die Chirurgenfrau wichste schneller und ihr Stöhnen hallte in dem großen Raum. Inzwischen liefen auch dem Kerl Tränen über die Wangen. Was für ein Schlappschwanz.

Sie stellte die Masturbation ein, spreizte ihre Schamlippen und entleerte ihre Blase über die kümmerlichen Brüste der Frau. Diese riss den Kopf nach hinten und schrie gegen die Fäden in ihren Lippen an, woraufhin einige sich durchs Fleisch zogen und es aufrissen. Das Blut rann über ihr Kinn und es sah aus, als hätte sie in ein rohes Stück Fleisch gebissen.

Die Chirurgenfrau näherte sich dem Mann. War da plötzlich etwas wie Wut in seinen Augen entstanden?

»Möchtest du, dass ich dir auf den Schwanz scheiße?«

Die Augen des Mannes zuckten. Ja, es war Wut, die in ihnen funkelte.

»Baby«, hallte es durch den Raum. »Ich bin so weit.« Ihr Mann winkte vom Eingang herüber.

Die Frau lächelte den jungen Mann auf dem Stuhl an und steckte sich einen Finger in den Arsch. Als sie ihn hinauszog, war die Spitze braun. Sie rieb die Masse über die Nähte des Mannes. Dann küsste sie ihn auf eben diese Stelle.

»Ich werde meinen Spaß mit dir haben«, hauchte sie und rannte wie ein kleines Kind hinüber zu ihrem Mann.

**

»Beide hören uns nun aufmerksam zu!« Die Stimme des Chirurgen hallte von den Wänden wider. Er hatte sich mit den Armen hinter dem Rücken vor dem Paar aufgebaut, das ihn von ihren Stühlen aus ansah.

»Ich bin Professor der Chirurgie. Und das ist meine Frau. Es gibt nur eine Regel, die es dringend zu beachten gilt: Es darf uns niemals ansprechen. Keines von beiden. Ich werde gleich die Fäden entfernen und es muss diese Regel beachten. Hat es das verstanden?«

Die beiden sahen sich kurz an, dann nickten sie.

»Um den heutigen Tag zu überleben«, fuhr der Professor fort, »muss es nur bis zu der Tür dort am anderen Ende der Halle laufen. Diese ist nicht verschlossen. Meine Frau und ich werden versuchen, das zu verhindern.« Der Professor holte zwei lederne Peitschen hinter seinem Rücken hervor, von denen er die Kürzere seiner Frau überreichte. Diese besaß, im Gegensatz zur gut zweieinhalb Meter langen des Professors, neun kürzere Lederriemen, in deren Enden jeweils ein fünf Zentimeter langer Metallhaken eingeflochten war.

»Es muss nur schnell sein, dann hat es eine Chance«, fuhr der Professor fort.

Der Brustkorb des Mannes hob und senkte sich kräftig. Offensichtlich bereitete er sich innerlich auf den Lauf vor.

»Es kann versuchen, den Weg allein zu meistern, oder es hilft sich gegenseitig. Hat es alles verstanden?«

Abermals nickten die beiden. In ihren Blicken war ein Funke Hoffnung entstanden. Auch wenn es schmerzhaft werden würde, so gab es zumindest einen Ausweg.

»Eine kleine Erschwernis habe ich mir erlaubt, einzufügen«, sagte der Professor. Er öffnete eine Arzttasche, die er neben sich gestellt hatte. »Es wird diese Schuhe tragen müssen.«

Er holte vier Holzsandalen hervor, deren Verschlüsse aus Lederriemen bestanden. Die Augen des jungen Paars weiteten sich, als sie sahen, was sich auf den Innensohlen befand. Diese waren mit unzähligen Heftzwecken bestückt worden, deren Spitzen dicht beieinander nach oben ragten.

»Meine Frau wird gleich die Schuhe an euren Füßen befestigen, während ich die Fäden am Mund entferne. Danach werde ich es von den Fesseln befreien. Aber erst, wenn ich das Kommando gebe, darf es sich erheben.«

Die junge Frau schluchzte jämmerlich. Der Blick des Mannes war starr. Er hatte sich wohl entschieden, ein Krieger zu sein. Ein Krieger, der diesen Kampf bis zum bitteren Ende ausfechten wollte.

Während der Professor eine Chirurgenschere aus der Tasche holte, hockte sich seine Frau vor die Opfer und schnallte ihnen die Schuhe an. Sie achtete darauf, dass die Spitzen der Nadeln die Haut nicht berührten. Diese würden erst dann in den Fuß eindringen, wenn die beiden aufständen.

Der Professor schnitt die Fäden durch und riss die Reste aus den Wunden. Sowohl die Frau als auch der Mann schrien kurz auf, während das Blut in ihren Mund lief.

»Einen Tipp habe ich noch«, sagte der Professor. »Es empfiehlt sich der Versuch, die Strecke rennend zu überwinden. Nur für den Fall, dass es mit dem Gedanken spielt, auf Händen und Knien zu kriechen, um den Reißnägeln zu entgehen. In der Regel reicht ein gut platzierter Peitschenhieb, um die Flucht zu beenden. Nur Geschwindigkeit zählt.«

Der Professor erkannte deutlich im Blick der beiden, dass sie mit der Option gespielt hatten, die er gerade ausgeschlossen hatte. Diese Erkenntnis gefiel ihm, weil er wusste, dass es seine Frau erfreute. Er sah es an ihrem Lächeln.

Er machte sich nun daran, die Lederriemen an den Armen und Beinen der beiden zu lösen. Er wusste, dass er dabei nicht befürchten musste, dass sie die Situation ausnutzen und ihn angreifen würden. Das sah er in ihrem Blick. Sie waren einzig und allein auf den Weg bis zur rettenden Tür konzentriert. Nicht mehr als einmal durch die Halle, dann war es geschafft. Der menschliche Verstand war so einfach gestrickt. Gib ihm etwas, auf das er hoffen kann, und schon sind sämtliche andere Optionen ad acta gelegt.

Er gab ein kurzes Zeichen an seine Frau, die sich daraufhin von dem Paar entfernte, um in der Mitte der Halle, neben einem mit Leder überzogenen Kasten, Position zu beziehen. Ohne das Paar aus den Augen zu lassen schlug sie mit der Peitsche auf das Turngerät. Die sichelförmigen Metallhaken rissen breite Spuren in das harte Leder, sodass die darunterliegende Schaumstofffüllung wie eine aufgeplatzte Fettschicht hervorquoll.

Der Professor warf ihr einen Handkuss zu, als er sich wenig später ebenfalls in einiger Entfernung neben einem der Kästen aufstellte.

»Es darf sich nun von den Stühlen erheben!«, rief er gönnerhaft.

***

Jenna, die eigentlich Jennifer hieß, aber diesen Namen hasste, und Finn, ihr Freund, sahen sich kurz an. Jenna schluckte das Blut hinunter, das ihr durch die winzigen Löcher der herausgerissenen Nähte in den Mund floss. Es schmeckte metallisch und rief die Erinnerung an den letzten Zahnarztbesuch in ihr wach, bei dem ihr ein Weisheitszahn gezogen worden war. So schnell, wie er entstanden war, war der Gedanke wieder verschwunden.

Sie erkannte in Finns Augen die Angst. Nicht mal Angst vor den Schmerzen, den die Reißnägel in den Füßen verursachen würden, sondern vielmehr vor der Tatsache, dass sie den heutigen Tag nicht überleben könnten.

»Es kann sich erheben!«, rief dieser geisteskranke Professor ein weiteres Mal. Seine ebenfalls arg umnebelte Frau grinste breit herüber und als sie sah, dass Jenna sie anblickte, steckte sie sich den Griff der Peitsche in die Muschi und rührte darin herum wie in einem Kochtopf mit zäher Suppe. Wie konnte ein Mensch nur derart widerlich sein?

»Wir müssen es versuchen«, hörte sie Finn sagen, leise und krächzend, als hätte er zu viel getrunken oder geraucht. Wie gern würde sie ihn in den Arm nehmen. Einfach so, zum Abschied. Doch wenn sie daran dachte, was die beiden mit ihren Peitschen anstellen konnten, dann würde sie sich am liebsten in ihren Schoß übergeben. Oh nein, Finn hatte recht. Sie mussten es zumindest versuchen.

Das Chirurgenpaar sah sich an. Der Mann zuckte mit der Schulter, dann kamen die beiden auf Jenna und Finn zu. Langsam. Die Peitsche des Professors schleifte über den Boden und folgte ihm wie eine dressierte Schlange, deren Biss die Haut von den Knochen reißen konnte.

»Meinst du, es tut sehr weh?«, fragte Jenna. Sie konnte die Tränen nicht zurückhalten, die ihr unkontrolliert über die Wangen liefen.

Finn nickte. Er schien zu wissen, dass sie von den Heftzwecken sprach. »Wir müssen einfach laufen. Egal wie groß der Schmerz ist.« Er umfasste ihre Hand. »Bist du bereit?«

Jenna versuchte zu lächeln. »Ich liebe dich.«

»Ich liebe dich auch.«

Der Druck um ihre Finger verstärkte sich, dann sprang Finn auf und riss sie mit sich.

Es war ein Gefühl, als würden ihre Füße in kochendes Wasser eintauchen. Flüssige Lava würde es sogar besser beschreiben, obwohl sie diese Erfahrung noch nicht hatte machen müssen. Sie schrie, spürte, wie ihre Beine sich mit großen Schritten bewegten, von denen jeder eine brennende Welle bis hinauf in ihren Kopf jagte. Auch Finn brüllte. Es hörte sich an wie ein Schrei, der einzig und allein von unbändiger Wut getragen wurde.

Jenna starrte auf die breitbeinig dastehende, nackte Frau mit den nuttigen Stiefeln. Jennas Knie wollten einknicken. Der Hallenboden war wie ein Magnet, der sie nach unten zog. Ein Magnet aus glühendem Metall. Doch Jenna rannte weiter, derweil die Heftzwecken ihre Füße vertikutierten.

Nun stellte sich auch der Professor breitbeinig neben einem Kasten auf. Er schwang die Peitsche und der laute Überschallknall platzte durch die stickige Luft.

»Los! Du da herum!«, brüllte Finn und deutete an dem Professor vorbei. Er ließ ihre Hand los und Jenna rannte nach links.

Der Professor stürmte um den Kasten herum und schwang die Peitsche in Jennas Richtung. Obwohl sie davon ausgegangen war, weit genug von dem Kerl entfernt zu sein, traf sie das Ende des Leders an der Schulter. Für einen kurzen Moment übertraf der Schmerz sogar den in den Füßen. Jenna schlug mit der anderen Seite gegen die Hallenwand, stieß sich ab und rannte weiter. Der nächste Knall explodierte unmittelbar hinter ihrem Kopf und fegte ihr Haar nach vorn.

»Scheiße!«, hörte sie die Frau von irgendwoher kreischen.

Als Jenna hinüberblickte, sah sie Finn über einen der Kästen springen. Er kam mit den Händen auf einer blauen Matte auf und rollte sich ab, um augenblicklich wieder auf den blutenden Füßen zu stehen. Die nackte Frau rannte hinter ihm her, musste aber einige Hindernisse umrunden, die ihr kostbare Zeit nahmen. Finns Vorsprung vergrößerte sich.

In diesem Moment sah er zu Jenna hinüber und änderte die Richtung. Was zum Teufel hatte er vor? Warum rannte er nicht weiter auf die Tür zu?

Die Frau des Professors kreischte: »Pass auf!«

Jenna sah, wie der Professor abermals mit der Peitsche ausholte. Diesmal würde er sie treffen und zu Fall bringen. Durch den Schrei seiner Frau gewarnt, wirbelte er herum, sah, dass Finn auf ihn zusprang und wich blitzschnell aus. Finn erwischte ihn mit dem Arm am Hals und riss ihn mit zu Boden.

»Lauf!«, brüllte er zu Jenna hinüber, während er dem Professor mit der Faust in den Rücken schlug.

Jenna sah die Tür, die noch zwanzig Meter von ihr entfernt war.

»Lauf!«, rief Finn ein weiteres Mal »Ich schaff das schon!«

Die Chirurgenfrau kam ebenfalls angerannt, die Peitsche über den Kopf gestreckt. Dabei kreischte sie wie eine Irre, die man gegen ihren Willen in eine Zelle sperren wollte.

Finn hatte unterdessen die Peitsche des Professors gepackt und sie ihm aus der Hand gerissen. Mit Schwung warf er sie weit von sich. Noch einmal verpasste er dem Typen einen Schlag mit der Faust. Diesmal traf er das Gesicht. Dann sprang er auf. Er schrie, als sich die Heftzwecken erneut in das rohe Fleisch bohrten, stolperte kurz nach vorn, fing sich sofort und rannte los. Jenna hinterher, die nicht mehr weit von ihrem Ziel entfernt war.

Die nackte Frau hatte ihn erreicht und ließ die Peitsche nach vorn schnellen. Die gebogenen Metallhaken rissen ein großes Stück Fleisch, das bis an die seitliche Hallenwand geschleudert wurde, aus Finns Oberschenkel. Diesmal konnte er einen Sturz nicht verhindern.

Jenna hatte die Tür fast erreicht, als Finns Schrei durch die Halle drang. Sie wirbelte herum und sah, dass die Frau abermals zugeschlagen hatte. Diesmal hatte sie Finns Gesicht getroffen und ihm einen großen Teil der

116

Haut heruntergerissen. Eines seiner Augen war ebenfalls verschwunden, während das verbliebene panisch in der Höhle auf und ab zuckte. Der mit Fleisch und Muskeln überzogene Totenschädel spuckte unverständliche Laute aus dem teils lippenlosen Mund.

Jenna kreischte. Sie sah Finns Hand, die sich nach ihr ausstreckte. Ein Ertrinkender, der den letzten Versuch unternahm, dem Tümpel aus Blut zu entkommen.

Kreischend schlug die Frau weiter auf ihr wehrloses Opfer ein, riss den Kehlkopf samt Halsmuskulatur heraus, was das Bild derart grotesk erscheinen ließ, dass Jenna den Schwall, der aus ihrem Magen heraufschoss, nicht mehr aufhalten konnte.

Noch immer wies Finns Arm in ihre Richtung. Der Zeigefinger war ausgestreckt und deutete auf die Tür hinter ihrem Rücken. Das Tor zur Freiheit!

Abermals schrie Jenna, als die Peitsche Finns Bauchdecke teilte. Gedärm verfing sich zwischen Haken und Lederriemen und wurde hinausgerissen. Die Chirurgenfrau trat mit den Stiefeln auf den rosafarbenen Strang und zog mit Schwung die Peitsche aus dem Wirrwarr, wobei der Darm auseinanderriss und seinen breiigen Inhalt über den Boden verteilte.

Unterdessen hatte sich der Professor aufgerappelt und lief in Richtung seiner Peitsche. Jenna wandte den Blick ihrem Freund zu. Dieser lag auf der Seite, zusammengerollt wie ein Embryo, und versuchte, seine Eingeweide zurück in den Körper zu stopfen. Dabei öffnete und schloss sich sein Kiefer stoisch, sodass das Geräusch der

aufeinanderschlagenden Zähne bis zu Jenna herüberdrang.

Lauf!

Die Tür war keine fünf Meter mehr entfernt. Ein
Katzensprung.

Der Professor hob die Peitsche auf. Als er zu Jenna
hinübersah, erkannte diese, dass ihm Blut aus einem
Nasenloch lief.

Die Frau fuhr unterdessen mit den Peitschenhieben
fort. Mit jedem Treffer riss sie dicke Fleischfetzen aus
Finn, der noch immer dabei war, den Darm zurück ins
Innere zu drücken.

Stirb doch bitte endlich! Das war der primäre Gedanke,
der Jenna erfüllte. *Bitte, Finn, mach es dir nicht so schwer und
stirb!*

Aber Finn starb nicht. Unaufhaltsam führte er seine
sinnlose Tat fort. Er stopfte das, was hinausquoll, wieder
hinein und schlug dabei die Zähne aufeinander, während
die Frau ihn, irre lachend, mit der Peitsche zerriss.

Der Professor rannte auf Jenna zu. Diese hatte noch
immer nicht ihre Starre verloren, war noch immer dabei,
um den Tod ihres Freundes zu bitten.

Der Professor umrundete den blutenden Körper, trat
auf ein Stück Haut, rutschte aus und schlug fluchend auf
dem Boden auf.

Das war der Moment, in dem Jenna aus ihrem tran-
ceähnlichen Zustand erwachte. Sie wirbelte herum,
spürte kurz, wie die Reißnägel ihre Füße verließen, um
augenblicklich wieder einzudringen. Doch das störte sie
nicht mehr. Da war nur noch die Tür, auf die sie zu-

stürmte. Die Geräusche hinter ihrem Rücken, bestehend aus herausreißendem Fleisch, das Aufeinanderschlagen von Zähnen und dem Fluchen des Professors, nahm sie nicht mehr wahr.

Sie streckte die Hände nach vorn, sah den silbernen Türgriff. Jeden Moment erwartete sie den schmerzhaften Schlag der Peitsche auf ihrem Rücken, als ihre Finger das rettende Metall ergriffen. Sie schlug mit dem Oberkörper gegen die Tür, weil sie nicht mehr die Kraft zum Bremsen hatte, aber das war ihr ebenfalls egal. Sie hatte es geschafft!

Ein letztes Mal blickte sie zurück. Noch immer war der Professor dabei, zu versuchen, auf dem glitschigen Boden aufzustehen, währenddessen seine Frau unaufhaltsam die mit Hautresten gespickte Peitsche auf den wehrlosen Körper herabsausen ließ, der einmal Jennas Freund gewesen war. Nur Finn stopfte und klapperte nicht mehr. Sein Mund stand offen und sein Köper zuckte nur noch beim Auftreffen der Lederriemen, als würde man ihn kurzzeitig unter Strom setzen.

Jenna würde den Albtraum ihres Lebens verlassen. Ob sie ihn je würde vergessen können, konnte sie nicht sagen. Vermutlich nicht. Mit Sicherheit nicht! Sie drückte die Klinke hinunter und hörte das Lachen des Professors. Langsam gaben ihre Knie nach und sie ließ sich zu Boden sinken. Hier machte sie es Finn gleich und rollte sich wie ein Embryo zusammen. Nicht einmal weinen konnte sie noch.

Die Tür zur Freiheit war abgeschlossen.

Kapitel 3

Das Klopfen war kaum hörbar, dennoch blickte von Gutenberg hinter seinem Schreibtisch auf. »Ja bitte?«

Die Tür wurde geöffnet und Benjamin, der Adjutant, schaute herein. »Sie ist hier«, sagte er knapp.

»Einen Augenblick noch«, antwortete von Gutenberg. Die Tür fiel zurück ins Schloss.

Der hochgewachsene Mann rieb sich durchs Gesicht und strich das Haar nach hinten. Er lauschte den sanften Tönen von Beethovens Klavierkonzert, die in ein Crescendo aus schnellen Anschlägen übergingen. Die Musik beruhigte ihn trotz allem. Sie sorgte dafür, dass er klarer denken konnte.

Inzwischen war es kurz nach Mitternacht. Die Flucht seiner Tochter, gemeinsam mit Martin, einem der Nachtwächter des Hofes, war seit knapp einer Stunde beendet. Benjamin hatte von Gutenberg angerufen und gesagt, dass sie sie in einem der Maisfelder gefunden hatten. Nicht weit von dem alten Lichtloch entfernt.

Nachdem seine Männer Martin in einen der Tunnel festgenommen hatten, hatte von Gutenberg alle, bis auf einen, abgezogen. Seine Tochter sei in einen Schacht geklettert, hatten sie gesagt. Auf den alten Bergwerkplänen hatte von Gutenberg gesehen, dass es sich um einen Lichtschacht handelte, der verschlossen worden war. Der Schacht besaß eine Höhe von 219 Metern. Von Gutenberg war nicht davon ausgegangen, dass Kira es bis dorthin schaffen würde, deshalb hatte er den einen Mann zurückgelassen. Für den Fall, dass sie hinabsteigen würde. Sollte sie hingegen abstürzen, wäre es Schicksal gewesen, das sie sich selbst zuzuschreiben gehabt hätte.

Von Gutenberg verstand seine Tochter nicht. Was war mit ihr geschehen? Nach dem Tod ihrer Mutter – Kira war zu diesem Zeitpunkt vier Jahre alt – war sie sein Ein und Alles gewesen. Es gab auf der ganzen Welt keine bessere Vater-Tochter-Beziehung. Doch dann kam die Zeit – es war noch gar nicht lange her –, da fing sie an, alles zu hinterfragen, was sie sich gemeinsam aufgebaut hatten. Das Projekt ›Hof Gutenberg‹ war ein weltweit florierendes Unternehmen. Zumindest hätte es eines werden können, wenn da nicht dieser Scheich, der gar keiner war, gewesen wäre.

Von Gutenbergs Studienkollege Friedhelm Liebherr hatte diesen als Teilhaber involviert, ohne von Gutenberg davon in Kenntnis zu setzen und scheinbar, ohne zu wissen, was die eigentliche Intention des Mannes gewesen war.

Jetzt, wo er darüber nachdachte, ging die Zerstörung der Höfe mit dem Unmut seiner Tochter einher. Einen direkten Zusammenhang konnte von Gutenberg allerdings ausschließen, denn schließlich hatte er selbst erst vor Kurzem von der Existenz des Scheichs erfahren.

Von Gutenberg hatte sich immer aus den Machenschaften seiner Kommilitonen herausgehalten. Sowohl Liebherr in Schleswig-Holstein als auch Serrestori in Venezuela durften ihre Höfe eigenständig leiten und verwalten. Selbst Charlie Perlmut, den ihm Liebherr wärmstens für den Hof in Texas empfohlen hatte, hätte diesen eigenmächtig aufbauen dürfen. Doch dann war der Scheich in Erscheinung getreten.

Ob Kira von den Kindern mitbekommen hatte, die Liebherr und Serrestori ihren Kunden zur Verfügung gestellt hatten? War sie deshalb erzürnt, weil ihr Vater es geschehen ließ?

»Lasst mich endlich zu ihm!«, ertönte die Stimme seiner Tochter von der anderen Seite der Tür.

Von Gutenberg atmete einmal kräftig durch, stellte die Musik leiser, dann rief er: »Ich bin so weit!«

Wutschnaubend stürmte Kira ins Büro. Das lange rote Haar folgte ihr wie ein Flammenmeer. Benjamin kam hinterher und wollte ihren Arm greifen. Fauchend wirbelte sie herum und brüllte ihm ins Gesicht: »Fass mich noch einmal an und ich steche dir die Augen aus.«

Von Gutenberg lächelte und winkte Benjamin zurück, der darüber sichtlich erleichtert war.

»Lassen sie uns allein.«

Als der Adjutant kurz zögerte, fügte von Gutenberg hinzu: »Bitte.«

»Ich bin vor der Tür«, sagte der Mann und verließ den Raum.

»So, und nun?«, blaffte seine Tochter. Sie hatte die Arme vor der Brust verschränkt. Ihre Handflächen waren dick mit einer Salbe eingecremt, der Finger ihrer linken Hand war bandagiert und ein Pflaster befand sich auf ihrer Stirn. Kira war geduscht, das erkannte er an ihrem Haar und am frischen Geruch, den sie ausstrahlte.

»Setz dich!«, sagte von Gutenberg und wies auf einen Ledersessel vor dem Schreibtisch.

»Ich stehe lieber!«

»Bitte, setz dich hin!« Dieses Mal klang seine Stimme schneidend, ohne jedoch an Lautstärke zugenommen zu haben.

Kira schnaufte verächtlich, tat dann aber das, was ihr Vater von ihr verlangt hatte und starrte desinteressiert gegen die Decke.

Von Gutenberg klappte seinen Laptop auf. »Ich war gerade dabei, Bewerbungen zu sichten.«

»Viel Spaß.«

»Vielleicht möchtest du mitmachen. Ein bisschen so wie früher.« Er sah seine Tochter an, die noch immer den Kopf nicht senkte. Wie lange war es her, dass er sie in den Arm genommen hatte? Er konnte sich nicht mehr daran erinnern. Sein kleines Mädchen war erwachsen geworden. Irgendwann, ohne dass er es bewusst wahrgenommen hatte. Er drehte den Monitor so, dass sie ebenfalls darauf gucken konnte.

»Früher haben wir das immer gemeinsam gemacht«, versuchte er es noch einmal.

Kira schnaufte. »Früher wolltest du mich auch nicht einem von denen zum Fraß vorwerfen.«

In der Tat war es so, dass jeder Kunde, der auf Hof Gutenberg sein Geld loswerden wollte, sich zunächst per E-Mail bewerben musste. Alles lief über mehrere Proxyserver, die weltweit verteilt waren, und die von Gutenberg nach jeder Nachricht wechselte. Er war sehr wählerisch, was das Klientel anbelangte. Stumpfsinnige Schlächter waren ihm zuwider, obwohl diese Gattung den größten Anteil der Bewerbungsmails ausmachte.

»Hallo. Ich will eine beim Ficken totschlagen!« − *»Sehr geehrte Damen und Herren. Ich will meinem Opfer alle Knochen brechen. Und dann will ich es vollwichsen!«* − *»Guten Tag. Ich möchte einem Mann die Arme und Beine absägen und sie ihm und mir rektal einführen.«* Letzterer hatte zumindest von Gutenbergs Aufmerksamkeit geweckt, gleichwohl hatte er den Kunden abgelehnt. Das, was er wollte, war Leidenschaft. Leidenschaft gepaart mit Ideenreichtum. Eine selten vorkommende Kombination, die in ihrer Summe an Schönheit nicht zu überbieten war. Es war wie eine außergewöhnliche Blume aus einem fernen Land, die einzig und allein dazu diente, den Betrachter zu verzücken und ihn in eine Welt jenseits allem Bösen zu entführen.

Und wenn von Gutenberg eine dieser Blumen erhielt, war er derart gerührt, dass er stundenlang vor der Mail saß, sie wieder und wieder las, mit diesem bahnbrechenden Entzücken, das sein Herz erwärmte. Er genoss die Zeit, bis er die Einladung verschickte.

Mit Wehmut dachte er an den Maulwurf oder den Taucher, deren Mails ihm die Tränen in die Augen getrieben hatten. Tränen der Glückseligkeit.

Häufig erreichten ihn auch Mails mit dem Wunsch nach Kindern. Diese beantwortete er kurz und knapp: »Kinder sind bei uns ein Tabu. Bei weiteren Nachfragen dieser Art werden wir Sie den Behörden melden.« Dass das so gut wie unmöglich war, war von Gutenberg bewusst, aber in den meisten Fällen hatte er danach Ruhe.

Kira schielte zu ihm herüber. Scheinbar wurde sie unruhig, weil er nicht weiter mit ihr sprach.

Von Gutenberg nutzte die Gelegenheit. »Ich habe hier ein interessantes Exemplar. Darf ich es dir vorlesen?«

»Tu, was du nicht lassen kannst.«

»Sehr geehrte Damen und Herren. Mein Wunsch ist das Perforieren menschlicher Körper. Zu diesem Zwecke würde ich Holzbohrer bevorzugen, da diese die Knochenstruktur hervorragend zu durchdringen vermögen. Anfangen möchte ich mit einem Durchmesser von zwei Millimetern. Ich werde mich von den Zehennägeln über das Schienbein, die Kniescheibe, Hüftbein bis zum Brustbein hocharbeiten. Dabei stelle ich mir Perforationen im Abstand von zwei Zentimetern vor, da ich später den Bohrdurchmesser erhöhen werde, um die gesetzten Löcher zu vergrößern. Eine zunächst unvollendet wirkende Anordnung von winzigen Kratern, soll zu der Vollkommenheit einer geraden Schlucht im Knochen werden. Nach dem Brustbein würde ich mich um Hände und Arme kümmern, hier ebenfalls mit den Nägeln beginnend. Der gemeinsame Zenit wird im Brustbein sein. Beim Schädel werde ich mit den Zähnen anfangen, bei denen ich das Loch von oben bis hinunter in den Kiefer führen werde. Die Schneidezähne sollten im Zwischenraum durchbohrt werden, um das Volumen des Schmerzes auszubauen. Nasenbein, Kieferknochen und Stirn können dann wieder von der Hautseite angegangen werden. Gern schicke ich Ihnen ausführlichere Beschreibungen. In der Hoffnung auf eine baldige Einladung Ihrerseits verbleibe ich.«

Von Gutenberg blickte vom Monitor auf. Inzwischen hatte Kira den Kopf in seine Richtung gewandt, doch verriet ihr Gesichtsausdruck nichts über ihre Gedanken.

»Was sagst du?«, hakte von Gutenberg deshalb nach. Für ihn war es genau die Art von Mails, die die Perfektion beinhaltete.

»Willst du ihn für *mich* einladen?«, fragte Kira.

Von Gutenberg lächelte. »Du bist meine Tochter.«

»Du wolltest mich dem Taucher überlassen.«

»Du hast gegen Regeln verstoßen.« Er sah sie ernst an. »Ich muss aber gestehen, dass du gar nicht so unrecht hast.« Er deutete auf den Monitor. »Allerdings bevorzugt er das männliche Geschlecht.«

»Ich muss gleich kotzen. Sag mir, was du mit mir vorhast. Paps!«

Oh ja, so hatte sie ihn früher immer genannt. Paps. Ein kurzes Brennen entstand hinter seinen Augen. Wo war die Zeit geblieben?

»Als ich dir seinerzeit anbot, mit mir gemeinsam den Betrieb zu leiten, habe ich dir etwas gesagt. Kannst du dich daran erinnern?« Er sah seine Tochter eindringlich an.

»Ja, ich weiß es. Du hast es mich oft genug ins Gedächtnis rufen lassen.«

»Sag es!«

Abermals verzog Kira gelangweilt den Mund und blickte zur Decke.

»Sag es!« Schneidender.

Kira starrte ihn an. »Ich werde so wie jeder Angestellte behandelt«, fauchte sie.

»Keinen?«

»Keinen Tochterbonus!«

Von Gutenberg nickte. »Und was machen wir mit Mitarbeitern, die sich nicht an die Regeln halten?«

»*Du* überlässt sie den Kunden.«

»*Wir* überlassen sie den Kunden. Ganz genau. Sie dürfen beim ersten Verstoß nicht getötet werden, aber wir überlassen sie den Kunden.« Es wirkte, als würde er versuchen, jemandem mit einem IQ von minus fünf etwas zu erklären.

»Okay, du hast mich also eingefangen. Und nun?«

Von Gutenberg sah seine Tochter ernst an. »Es wird beim Taucher bleiben«, sagte er.

Kira beugte sich vor und legte die Arme auf den Schreibtisch. Fast berührten sich ihre Nasen. »Wenn du das tust, habe ich keinen Vater mehr. Paps!«

Von Gutenberg nickte, wich aber nicht zurück. Nach einer Weile sagte er: »Du fragst gar nicht nach Martin.« Er sah das Zucken in Kiras Augen, die sich zu Schlitzen verengten.

Er drückte auf einen Knopf unter dem Schreibtisch, was zur Folge hatte, dass sich der Schrank an der rechten Büroseite öffnete. Mehrere – insgesamt zwei Reihen mit jeweils vier nebeneinanderliegenden – Bildschirme erschienen, deren Oberflächen schwarz waren.

Von Gutenberg gab etwas in das Notebook ein und auf den Monitoren entstanden Bilder eines Raumes aus verschiedenen Perspektiven. Es war ein Zimmer, das an einen gemütlichen Wohnraum erinnerte. Auf einem der Bildschirme war ein Elektrokamin zu erkennen, dessen künstliche Flammen über unechtes Holz leckten. Nett platzierte Reproduktionen bekannter Künstler zierten die Wände und ein üppiger Strauß mit frischen Blumen stand auf einem Beistelltisch neben einem 55-Zoll-Flatscreen. Kira wusste, dass es sich hierbei um eine Attrappe handelte. Das Einzige, was nicht ins Bild passte, war der Stuhl in der Mitte des Raumes. Er erinnerte an den eines Zahnarztes, nur dass er an den Seiten mehrere Lederriemen besaß.

Kira starrte mit weit geöffneten Augen, in denen sich langsam Tränen sammelten, auf die nackte Gestalt, die auf dem Stuhl gefesselt war. Martins Mund war verbunden, sein Blick gegen die Zimmerdecke gerichtet. Es wirkte, als hätte er sich mit seiner ausweglosen Situation abgefunden. Unter seinen Fußsohlen befanden sich Holzplatten, die im rechten Winkel am Stuhl befestigt waren.

Kira sah ihren Vater an. »Bitte tu das nicht«, flüsterte sie. Der Augenblick, in dem die Monitore ihr grausames Bild präsentiert hatten, war der, in dem sich Kiras Aufbegehren in Luft aufgelöst hatte. Es war wie ein kräftiger Schlag in die Magengrube, der sie sämtlicher Kraft beraubte.

Von Gutenberg presste die Lippen aufeinander. Er wich dem Blick seiner Tochter nicht aus. Als würde er einen Vortrag vor Publikum halten, sagte er: »Ich habe der Bewerbung des Perforators entsprochen und ihn hierher eingeladen. Vor ein paar Tagen schon.«

Kira schluckte, doch da war keine Spucke mehr in ihrem Mund. Er war ausgetrocknet, als hätte sie seit

Ewigkeiten nichts getrunken. »Ich bitte dich inständig, Paps. Halte Martin da raus. Ich habe ihn überredet, mich hier rauszubringen, weil ich wusste, dass er auf mich steht. Er wollte es eigentlich gar nicht.«

Auf einem der Monitore betrat ein dicklicher Mann mit einem ledernen Werkzeugkoffer den Raum, in dem Martin saß. Dieser zuckte kurz zusammen. Man sah, dass der Untersetzte etwas sagte, aber von Gutenberg hatte den Ton abgestellt.

»Paps!« Kira begann zu weinen. Sie konnte es nicht mehr verhindern.

Von Gutenberg sah sie weiterhin an. Emotionslos. Eine Kunst, die er schon immer beherrschte. Niemand konnte Gefühle in seinem Gesichtsausdruck erkennen. Niemand, nicht einmal seine Tochter.

Der Mann, der nun auf allen Monitoren zu sehen war, hatte seinen Koffer auf einem Sideboard an der Wand abgestellt. Er öffnete ihn und holte einen Akkuschrauber hervor, den er sorgsam beiseitelegte.

Kira griff nach den Händen ihres Vaters. »Paps, ich mache alles, was du willst. Und ich verspreche dir hoch und heilig, dass in Zukunft alles besser wird.« Sie führte seine Hände zu ihrem Mund und küsste sie. »Ich werde mich nicht mehr gegen dich stellen. Und wenn du es möchtest, werde ich Martin nicht mehr treffen. Paps! Ich verspreche es dir!« Ihre letzten Worte gingen im Schluchzen unter.

Von Gutenberg stand auf und kam um den Schreibtisch herum. Er hockte sich neben den Sessel, in dem seine Tochter zusammengesunken weinte. Vorsichtig legte er einen Arm um ihre zuckenden Schultern und als sie ihn nicht abwehrte – was sie vor zwei Minuten mit Sicherheit getan hätte – zog er sie zu sich heran und drückte sie an sich.

Mit geschlossenen Augen sog er den Duft ihres Haares ein. Für einen winzigen Augenblick war sie das kleine Mädchen, das immer mit großen Augen zu ihm aufgeschaut hatte, und das mit seinem Lächeln sein Herz erweichen konnte. Keinen Wunsch hatte er ihr ausschlagen können. Er war ihr jederzeit hoffnungslos verfallen gewesen und es hatte ihn erfreut, wenn sie in seiner Nähe war. Sie war sein Ein und Alles, bis er später Juliette kennenlernte.

Von Gutenberg gab Kira einen sanften Kuss auf den Kopf. Warum ließ sich die Zeit nicht zurückdrehen?

Der untersetzte Mann hatte unterdessen eine Schachtel mit Bohrern hervorgeholt, die in ihrem jeweiligen Durchmesser variierten. Den dünnsten spannte er in das Bohrfutter des Akkuschraubers. Dann legte er die Maschine zur Seite und ging auf Martin zu. Er zog einen Hocker auf Rollen unter dem Stuhl hervor, was das Zahnarztbild perfekt machte, und setzte sich darauf. Aus der Tasche seines Hemdes holte er einen Filzstift, den er mit akkuraten Bewegungen öffnete. Erneut schien er etwas zu Martin zu sagen, was dafür sorgte, dass dieser den Kopf anhob und kurz gegen die Fesseln ankämpfte. Weitersprechend machte der Mann Punkte auf Martins Fußnägeln und dem Schienbein.

Kira erwiderte die Umarmung ihres Vaters. Mit tränenverschmiertem Gesicht sah sie auf. Ihre Blicke trafen sich. »Bitte verschone ihn, Paps.«

Von Gutenberg wollte ihr die Zöpfe aus dem Gesicht streichen. Die, die sie oft als Kind getragen hatte und die er ihr flechten musste. *»Mama konnte es zwar besser, aber du machst das schon ganz gut, Paps.«* Das hatte sie immer zu ihm gesagt, so lange, bis er es eines Tages perfekt beherrschte. Als Kira ihm das mit ihrer kindlichen Stimme mitteilte, waren seine Augen glasig geworden. Glücklicherweise hatte er hinter ihr gesessen, sodass sie diesen unkontrollierten Gefühlsausbruch nicht sehen konnte.

»Bitte, Paps.« Sie umfasste sein Gesicht mit beiden Händen und küsste ihn auf die Nasenspitze. »Bitte.«

Von Gutenberg nahm die Hände seiner Tochter und küsste sie ebenfalls. Er nickte sanft und ging zurück zu seinem Platz. Dort wandte er sich der Tastatur zu. Nach dem Betätigen einer Taste erklangen aus dem Lautsprecher unter den Monitoren französische Worte, untermalt von Martins Wimmern. Der Mann war dabei, auf Martins Knie eine spiralförmige Anordnung unzähliger Punkte zu setzen.

Kira wurde übel.

»Monsieur Perforateur?«, fragte von Gutenberg.

Der untersetzte Mann blickte auf. Eine der Kameras filmte sein Gesicht, auf dessen Poren Schweißperlen standen. Die Stirn war fragend gerunzelt.

Von Gutenberg sah seiner Tochter in die Augen, die ihn liebevoll anlächelte. Auch er lächelte kurz, doch es wirkte kalt. Dann sagte er zu dem Monitor: *»Continuez,* *s'il vous plaît*, Monsieur. Fahren Sie bitte fort. *Je vous souhaite un agréable séjour à* Hof Gutenberg. Ich wünsche Ihnen einen angenehmen Aufenthalt auf Hof Gutenberg.« Da er wusste, dass Kira kein Französisch sprach, übersetzte er jeden Satz simultan.

»*Merci*, Monsieur von Gutenberg«, kam es aus dem Mondgesicht. Mit einem kurzen Lächeln stand er auf und holte die Bohrmaschine. Als er wieder auf dem Hocker saß, ertönte das Surren des Akkumotors. Der Mann nahm Martin den Knebel ab, rollte hinunter zu den Füßen und setzte den dünnen Bohrer am Nagel des großen Zehs an.

Von Gutenberg schaltete die Monitore dunkel, ließ den Ton aber an. Ein ohrenbetäubendes Kreischen ertönte aus Martins Kehle.

Als von Gutenberg seine Tochter anblickte, war ihr liebevoller Blick verschwunden und purer Hass funkelte ihm entgegen. Ohne Vorwarnung spuckte sie ihm ins Gesicht.

»Benjamin!«, rief von Gutenberg und der Adjutant trat augenblicklich ein.

»Bringen Sie meine Tochter zurück auf ihr Zimmer.«

Der schlanke Mann trat an Kira heran, die seinen Arm wegstieß. Ohne den Blick von ihrem Vater zu lassen, stand sie auf und verließ den Raum. Von Gutenberg schaltete den Ton der Folterung ab.

»Und, Benjamin. Sagen Sie mir bitte Bescheid, wenn der Taucher aus der Narkose erwacht.«

Der Adjutant nickte kurz, bevor er die Tür schloss.

Als er der Tochter des Chefs folgte, die mit strammen Schritten in Richtung ihres Zimmers eilte, erklangen die Töne von Ludwig van Beethovens fünftem Klavierkonzert hinter seinem Rücken.

Kapitel 4

Davide sah aus dem Fenster mit dem bruchsicheren Glas. Letzteres hatte er vor wenigen Sekunden mithilfe eines Stuhls getestet.

Draußen ging die Sonne auf und die Halme des bis zum Horizont reichenden Maisfelds warfen lange, dürre Schatten, die sich gegenseitig den engen Platz streitig machten.

Aus dem Badezimmer heraus hörte er Pauls Würgen, gefolgt vom Rauschen der Toilettenspülung. Auch Davide hatte eine kurze Übelkeit überkommen, als er aufgewacht war. Diese hatte sich aber schnell gelegt. Er hasste dieses eklige Gefühl, keine Kontrolle über seinen Magen zu haben. Schon seit Kindheitstagen. Er konnte sich noch immer gut an eine Situation erinnern, in der er hemmungslos würgend über einem Plastikeimer, der neben seinem Bett stand, gehangen hatte. Ma hatte zusammen mit Noemi auf der Bettkante gesessen. Während seine Mutter ihm liebevoll über den Rücken gestreichelt hatte, hatte Noemi immerzu gefragt: »Davi krank, Mum?« Und schon war der nächste Schwall im Eimer gelandet.

Paul betätigte abermals die Spülung. Kurz darauf ertönte ein lautes Trompeten, als er sich die Nase putzte.

Davide vermisste Noemi. Wieder einmal. Früher hatte er sie oft neben sich gesehen, nackt und mit den Nikes, die sie an ihrem Todestag getragen hatte. Anfangs hatte es ihn mit tiefer Trauer erfüllt, doch irgendwann waren die Begegnungen von wärmendem Trost ummantelt gewesen. Er hatte gern mit seiner kleinen Schwester gesprochen, die so früh aus dem Leben gerissen worden war. Auch wenn es nur fiktive Gespräche gewesen waren, so hatte er sie jedes Mal tief in sich aufgenommen.

Dann, seit jenem Zeitpunkt auf Liebherrs Hof, als er die kleine Lisa im Restaurant umbrachte, war sie nur noch einmal aufgetaucht. Es war der Tag gewesen, an dem Paul und er sich um den Hof in Venezuela gekümmert hatten. Als sie kurz vor der Explosion den Hof verließen, hatte er Noemis Hand auf seinem Bein gespürt. Er hatte gehofft, dass sie ihm sagen würde, dass sie ihm verziehen hatte, doch als er hinabblickte, war sie verschwunden.

Paul öffnete die Badezimmertür und betrat den Wohnraum. Es handelte sich um ein fünfundzwanzig Quadratmeter großes, wohnlich eingerichtetes Zimmer mit zwei Betten und einem Sofa mit Fernsehecke. Der Flatscreen war Dekoration, wie Davide feststellen musste.

Der Raum hatte insgesamt zwei Fenster an den gegenüberliegenden Seiten. Das Bad besaß ebenfalls eines. Doch egal aus welchem man schaute, es war nur dieses endlose Maisfeld zu sehen.

Davide hatte zunächst vermutet, dass sie sich im Hauptgebäude des Hofes befanden, doch dann hätten sie in westlicher Richtung den Parkplatz erkennen müssen, was nicht der Fall war. Waren sie überhaupt noch auf dem Hof? Warum hatte man sie nicht in das Bergwerk gebracht?

136

Die Eingangstür des Zimmers war robust und logischerweise abgeschlossen. Das hatte Davide als Erstes überprüft. Dann war Paul erwacht, hatte sich kurz orientiert und »Bad?« gekeucht.

»Gott, ist mir schlecht«, sagte er nun und ließ sich aufs Bett fallen.

Davide ging zu einem Sideboard, holte ein Glas heraus und füllte es im Bad mit Wasser. Er brachte es seinem Freund. Als er es ihm überreichte, hielt er kurz vier seiner Finger ausgestreckt. Paul nickte unmerklich. In diesem Raum befanden sich also vier Kameras.

»Trink nicht so viel«, sagte Davide.

»Maximal zwei Schlucke«, antwortete Paul.

Zwei Kameras im Bad. Davide nickte.

»Wo sind wir?«, fragte Paul und nahm einen Schluck. »Sorry, wenn ich nach Kotze stinke.«

Davide lächelte. »Es ist ertragbar.« Er ging zum Sofa und setzte sich ebenfalls. »Scheinbar befinden wir uns in einem Haus inmitten des Maisfelds.«

Paul sah ihn fragend an. »Ich kann mich an kein Haus erinnern. Außer dem, in dem wir uns einquartiert haben.«

»Das ist es definitiv nicht. Kannst du dich erinnern, wie wir hergekommen sind?« Davide wusste noch, dass ihn der Typ mit der Knarre bedroht hatte. Dann fiel ihm die rothaarige Frau ein, mit der er im Feld geredet hatte.

»Ich bin zu dem schwulen Barmann«, sagte Paul. »Dann sind diese Kerle aufgetaucht, die mich zwangen, dich aus dem Feld zu locken.« Er dachte angestrengt nach. »Scheiße, mehr weiß ich nicht. Ich kann mich dran erinnern, dich gerufen zu haben. Dann nichts mehr.«

»Geht mir ähnlich. Sie müssen uns ordentlich was verpasst haben.«

»Auf jeden Fall. Derartig gekotzt habe ich noch nie.« Paul stöhnte. »Und ich habe früher viel gesoffen.«

»Was denn? Affenpisse?« Davide lachte.

»Du bist ein verkappter Rassist, weißer Mann. Wenn wir zu Hause sind, lade ich dich auf einen Schluck ein. Danach weißt du, wie es mir gerade geht.«

Davide kam aus dem Lachen nicht mehr heraus. »Ich verzichte dankend.«

»Ich meine keine Affenpisse!« Nun grinste auch Paul. »Sondern?«

»Gorillakotze auf Eis.« Paul prustete los und hielt sich schmerzhaft den Bauch.

Es dauerte lange, bis sich beide Männer beruhigt hatten und Paul hatte mehrere Male während des Lachens würgen müssen, sodass Davide befürchtet hatte, er würde sich aufs Bett übergeben. Woraufhin er bei der Vorstellung noch heftiger lachen musste.

»Kannst du dich an die Kleine erinnern?«, fragte Davide später.

Paul hob den Kopf. »Ja, der Rotschopf, den wir aus dem Schacht geholt haben.«

»Sie ist angeblich von Gutenbergs Tochter. Hat mir erzählt, dass der Schacht zu einem Bergwerk führt.«

»Das würde zumindest erklären, warum unsere Geräte nichts angezeigt haben.« Paul schwieg auffällig lange. Dann sagte er: »Meinst du, sie wissen, wer wir sind?«

»Ich gehe davon aus«, sagte Davide. »Von Gutenbergs Tochter sagte, sie hätten Charlie Perlmut rausgeholt. Und der hat wohl alles erzählt.«

»Du hättest ihn umbringen sollen.«

»Ja«, sagte Davide. »Das hätte ich machen sollen.«

»Und was nun?«

»Wir warten.« Davide verschränkte die Hände hinter dem Kopf und schloss die Augen.

Keiner der beiden bemerkte das Gas, das geräuschlos in den Raum strömte.

***

Als Davide das nächste Mal die Augen aufschlug, waren seine Arme mit Handschellen hinter dem Rücken gefesselt. Die Kopfschmerzen ignorierend, versuchte er seine Beine zu bewegen. Auch sie waren mit Fußfesseln umschlungen, deren Ketten viel zu laute Geräusche verursachten, sodass Davide erneut die Augen schließen musste.

Von weit her hörte er Pauls Fluchen. Er schien ebenfalls erwacht zu sein.

»Guten Morgen, Mister Malroy«, ertönte eine sanfte Stimme. »Oder wünschen Sie, dass ich Sie mit Scheich anspreche?«

Davide öffnete die Augen. Noch immer befanden sie sich im selben Raum. Inzwischen schien die Sonne komplett aufgegangen zu sein. Auf einem Stuhl gegenüber dem Sofa, auf dem Davide saß, hockte von Gutenberg. Davide kannte ihn von Fotos, die Paul geschossen hatte, als der Kerl Charlie Perlmut für den Hof in Texas anheuerte. Hinter ihm standen zwei mit Tasern bewaffnete Männer mit vor der Brust verschränkten Armen. Welch ein abgedroschenes Klischee.

»Ich nenne Sie einfach Davide, wenn es Ihnen recht ist«, sagte von Gutenberg lächelnd.

»Nennen Sie mich ruhig Davide, Gunther.«

Die Lider des hochgewachsenen Mannes mit dem blond zurückgekämmten Haar zuckten. »Mein Name ist von Gutenberg, Mister Malroy.«

Davide grinste, sagte aber nichts.

»Sie haben mir sehr viel Kummer bereitet«, fuhr von Gutenberg fort. »Ihretwegen sind drei wichtige Einnahmequellen nicht mehr existent.«

Noch immer lächelte Davide. Er versuchte, die Kopfschmerzen zu ignorieren. »Sie verraten mir nichts Neues.«

»Ihre Hochnäsigkeit wird Ihnen bald vergehen, Mister Malroy. Da ich über Ihre finanzielle Situation informiert bin, erwarte ich, dass Sie mir den Schaden erstatten. Ich werde von meinem Adjutanten, Benjamin«, er deutete auf einen der bewaffneten Männer, »ein entsprechendes Schreiben aufsetzen lassen, in dem Sie mir Ihr gesamtes Vermögen überschreiben werden. Sollten Sie sich weigern, so werde ich Sie so lange bearbeiten lassen, bis Sie mich anflehen, unterschreiben zu dürfen. Benjamin wird Sie in zwei Stunden erneut aufsuchen und Ihnen das Schriftstück vorlegen. In der Zwischenzeit wird Ihr Partner die ersten Erfahrungen mit unseren Methoden machen dürfen.«

Benjamin öffnete die Tür. Zwei weitere Männer mit einer fahrbaren Trage kamen herein, die sie an Pauls Bett schoben.

»Warum legen Sie mir das Schreiben nicht schon vor?«, fragte Davide, unbeeindruckt vom Geschehen.

Von Gutenberg faltete die Hände vor seinem Bauch und sah aus wie ein Gläubiger, der ein Gebet sprechen wollte. »Weil ich Sie nicht mag, Mister Malroy. Ich werde Ihnen auch keinen schnellen Tod bereiten, selbst dann nicht, wenn Sie meine Forderung erfüllen.«

»Ich soll Ihnen also mein Vermögen überschreiben, ohne Gegenleistung? Ich wusste gar nicht, dass Sie derart von Humor geprägt sind, Gutenberg.«

Abermals dieses Zucken der Lider. »*Von* Gutenberg, bitte. Ihr Vermögen dient lediglich der Wiedergutmachung, Mister Malroy. Obwohl es nicht annähernd ausreichend ist. Aber es ist ein Anfang, mit dem ich mich arrangieren kann. Als Gegenleistung biete ich Ihnen das Leben Ihres Partners an.«

»Das ist doch ein Deal«, sagte Paul, der auf der anderen Seite des Zimmers war.

Davide blickte belustigt zu ihm hinüber. Paul grinste fett und zuckte mit den Schultern.

»Wie gesagt«, fuhr von Gutenberg fort, »ich werde Ihren Partner nun hinausbringen lassen. Ich biete Ihnen die Möglichkeit, Benjamin vor Ablauf der zwei Stunden zu rufen, um die Verträge zu unterschreiben. Sobald unser Geschäft besiegelt ist, lasse ich ihn frei.«

Davide sah hinüber zu Paul. »Hältst du es zwei Stunden durch?«

»Für dich doch immer.«

Dann wandte sich Davide von Gutenberg zu: »Sie können Ihren Lakaien in zwei Stunden zu mir schicken.«

Der blonde Mann sah ihn an, ohne eine Miene zu verziehen. Scheinbar reagierte er nur auf die nicht korrekte Nennung seines Namens. »Wie Sie wünschen, Mister Malroy.« Er stand auf.

Die beiden Männer, die die Trage hereingefahren hatten, waren Paul behilflich, sich daraufzulegen.

»Sieh sich einer diesen Service an«, sagte dieser an Davide gewandt. »Lass dir nicht zu lange Zeit, mein Freund.«

Die Männer schoben ihn aus dem Zimmer.

»Ich werde Ihnen die Fesseln entfernen lassen, Mister Malroy«, sagte von Gutenberg. »Muss ich Sie zuvor außer Gefecht setzen lassen?«

»Ich werde niemanden beißen.«

»Gut.« Er gab dem Mann neben Benjamin ein Zeichen. Dieser übergab seine Waffe an von Gutenberg, trat an Davide heran und entfernte Hand- und Fußschellen. Danach verließen die Männer das Zimmer.

Davide sprang auf, hechtete zur Tür und legte sein Ohr dagegen. Er hörte dumpfe Schritte, die sich entfernten. Schritte, die sich definitiv nicht über ein Feld entfernten.

Davide dachte zunächst, sich getäuscht zu haben, aber jetzt war er sich sicher. Als die Männer vorhin hereingekommen waren, konnte er kurz den Bereich davor erkennen, bevor sie ihn mit ihrer Statur verdeckten. Es sah aus, als befände sich dort ein Flur. Nachdem Davide nun die Schritte gehört hatte, wusste er, dass dem tatsächlich so war.

Er rieb sich den Kopf. Unauffällig schlenderte er am Fenster vorbei und sah hinaus. Die Sonne stand hoch über dem Feld.

Er näherte sich dem Fenster auf der gegenüberliegenden Seite und streckte sich, während er abermals nach draußen sah. Sanft bewegten sich die Maishalme im Wind. Davide trat einen Schritt zur Seite. Das Blickfeld änderte sich entsprechend.

Er schlug mit der Faust gegen das Glas, was ein dumpfes Geräusch verursachte. Draußen veränderte sich nichts.

Gut gemacht, dachte er und ging ins Bad.

Er wusch sich das Gesicht, während er den Raum unauffällig nach den beiden Kameras absuchte, die Paul gefunden hatte.

Es dauerte nicht lange, da hatte er sie entdeckt. Eine befand sich unmittelbar vor ihm in einer Fuge zwischen den Wandfliesen. Die andere in gleicher Position an der Wand gegenüber der Tür. Er musste geschickt vorgehen, damit die Kameras sein Handeln nicht bemerkten.

Mit beiden Händen umfasste er seinen Bauch, starrte erschrocken nach vorn – unauffällig in die Kamera –, wirbelte herum und stürmte zum Klo.

Der Deckel war noch geöffnet und Davide roch Pauls sauren Auswurf. Würgend tat er so, als müsse er sich ebenfalls übergeben. Danach lehnte er sich mit der Stirn auf den Rand. Die Beine hatte er angewinkelt, sodass seine Schuhe von seinem Körper verdeckt wurden. Ohne erkennbare Bewegung griff er nach dem Absatz des Stiefels und drehte ihn, bis er sich von der Sohle löste.

Mit geschickten Fingern entnahm er einen ringgroßen Gegenstand und ein Tütchen mit einem Pulver und ließ beides in seiner anderen Hand verschwinden. Kurz darauf befand sich der Absatz an seiner ursprünglichen Position.

Davide stand auf und betätigte die Spülung.

Bei dem Gegenstand in seiner Hand handelte es sich um einen Frequenzunterbrecher, der sämtliche Funksignale abschalten konnte. Davide hoffte, dass die Kameras über ein solches betrieben wurden. In dem Tütchen war ein Abführmittel.

Er ging zurück in den Wohnbereich, legte sich aufs Bett und betätigte den winzigen Knopf des Unterbrechers. Er blickte auf seine Uhr.

Es dauerte zweiundvierzig Sekunden, bis er Schritte über den Flur poltern hörte. Schnell betätigte er erneut den Knopf, verschränkte die Arme hinter dem Kopf und sah zur Tür, die nun geöffnet wurde.

Ein Mann, den Davide zuvor noch nicht gesehen hatte, blickte hinein.

Davide hörte, wie ein anderer telefonierte. »Alles in Ordnung«, sagte der. »War wohl 'ne Fehlfunktion.«

Kurz darauf war er wieder allein.

***

Zweiundvierzig Sekunden, in denen er sich unsichtbar machen konnte. Das war nicht viel Zeit, aber es musste reichen. Paul würde es ihm danken.

Mittlerweile ging Davide davon aus, dass sich dieser Raum, in dem er festgehalten wurde, im Bergwerk befand, und nicht irgendwo auf einem Maisfeld, wie ihm vorgegaukelt wurde. Er hoffte, dass er sich diesbezüglich nicht täuschte.

Rasch stand er auf und ging zurück ins Badezimmer. Während er im Bett gelegen hatte, hatte er das Tütchen mit dem Pulver geöffnet. Als er sich nun über das Waschbecken beugte, schüttete er den Inhalt in seinen Mund und spülte ihn mit Wasser hinunter. Es würde eine Minute dauern, bis das Mittel wirkte. Und dann würde der eklige Teil der Aktion beginnen.

Davide ging zur Toilette, ließ die Hosen runter und setzte sich auf die Schüssel.

***

Fünf Minuten später waren die schlimmsten Krämpfe überstanden. Die Luft um ihn herum war geschwängert vom Gestank der sich in der Schüssel befindlichen Exkremente.

Davide säuberte sich. Danach stützte er das Gesicht auf die Arme und schloss kurz die Augen. Obwohl er und Paul die Ausscheidung mit Hilfe des Abführmittels mehrfach geprobt hatten, konnte Davide sich nicht an den Schmerz gewöhnen. Er war eine der Nebenwirkungen der Schnelligkeit.

Davide zog sich an. Er blickte auf den Frequenzunterbrecher in seiner Handfläche, dann in die braune Suppe, die in der Toilettenschüssel schwamm. Kurz tauchte eine Plastikhülle aus dem Sumpf empor, gleich einer Schlange, die sich durch Morast quälte. Davide unterdrückte den aufkommenden Würgereiz. Er blickte auf seine Armbanduhr, schob den Ärmel seines Hemdes nach oben und wartete, bis der Sekundenzeiger auf zwölf stand. Dann betätigte den Knopf zur Unterbrechung der Kameras.

Er hoffte inständig, dass es ein zweites Mal funktionieren würde, sonst hätte er ein peinliches Problem. Die zweiundvierzig Sekunden liefen.

***

Davide ging in die Hocke, wandte den Blick ab und tauchte den Arm in die flüssige Masse aus Kot. Im Handumdrehen hatte er den Schlauch gefunden. Er sprang auf und rannte zum Waschbecken, achtete trotz der Eile darauf, sich nicht vollzutropfen.

Der Gestank war kaum auszuhalten, als er seinen Arm und den Schlauch unter dem Wasser säuberte.

Fünfunddreißig Sekunden!

Davide riss mit den Fingernägeln das Plastik auf und holte zehn Kapseln hervor, von denen er, bis auf eine, alle in seiner Hosentasche verschwinden ließ. Ein Plastikgefäß von der Größe eines Fingers befand sich ebenfalls in dem Schlauch.

Davide öffnete es vorsichtig und entnahm eine der winzigen Antennen. Das geschlossene Gefäß steckte er in die andere Hosentasche, während er zur Eingangstür lief.

Dreiundzwanzig Sekunden!

Behutsam drückte Davide die Antenne in die Kapsel. Er leckte es an und befestigte es am Rahmen in Kopfhöhe. Der rote Längsstreifen deutete dabei zur Tür. Er zeigte an, in welche Richtung sich die Explosion ausbreiten sollte.

Davide trat zurück und ging unter dem Fenster in die Hocke. Es war der Moment, als er die Schritte hörte, die sich näherten. Eigentlich hätte er noch zwölf Sekunden gehabt. Er legte den Daumen auf den Knopf des Unterbrechers, der gleichzeitig auch als Auslöser für die Kapsel diente.

Das Piepen einer Schlüsselkarte ertönte.

Davide sah die beiden Hände, die den Taser nach vorn in den Raum streckten. Der Kopf eines Mannes tauchte auf. Er wollte etwas rufen, als Davide den Knopf drückte und der Schädel in einer Wolke aus Blut, Hirnmasse und Knochensplittern gegen die Wand spritzte. Die Beine des Mannes trugen den Körper ein Stück weiter in den Raum, noch immer die Arme mit dem Taser ausgestreckt.

Davide sprang auf, entriss den toten Händen die Waffe, wirbelte herum und zielte auf den Eingang. Dort stand ein wesentlich jüngerer Mann mit weit geöffneten Augen und Mund. Seine Waffe zeigte zum Boden. Offensichtlich war er nicht mehr in der Lage, diese anzuheben, nachdem er gesehen hatte, was mit seinem Kollegen passiert war.

Davide drückte ab. Die beiden nadelförmigen Projektile bohrten sich in den Mann, der augenblicklich verkrampfte und schreiend zu Boden stürzte.

Davide stürmte nach vorn, jederzeit bereit, einen weiteren Wächter niederzuschlagen, doch als er den Flur erreichte, war dieser, bis auf den zuckenden Mann zu seinen Füßen, leer. Davide packte dessen Kopf, hob ihn an und schlug ihn auf den Betonboden. Dann nahm er dessen Waffe und durchsuchte ihn nach einem Handy, konnte aber bis auf ein gewöhnliches Handfunkgerät nichts finden. Er hastete zurück ins Zimmer und durchsuchte den Kopflosen mit demselben Ergebnis. Abermals unterbrach er die Funkverbindung der Kameras und lief in den Flur. Das, was von innen wie ein Fenster aussah, war eine Außenverkleidung, in der sich ein hochauflösender Monitor befand. Davide rannte los. Er brauchte einen PC oder ein Handy, um Paul zu finden.

Teil 4

Der Taucher

Kapitel 1

»Hallo, Kira.«

Der Mann betrat das Zimmer. Die trainierten Muskeln spannten sich unter dem Poloshirt und vollführten bei jeder Bewegung ein beeindruckendes Spiel. Er ließ die Hände in einer weiten Jeanshose mit Löchern an den Knien verschwinden. Seine braun gebrannten Füße zierten exquisite Badeschuhe von Gucci.

Kira hatte ihn des Öfteren auf dem Hof gesehen und jedes Mal, wenn er sie von Weitem erblickte, hatte er sie angelächelt und ein perfektes Gebiss präsentiert. Er stand eindeutig auf sie, schon eine lange Zeit. Kira war zwölf, als er sie auf dem Flur einmal angesprochen hatte. *»Ich werde auf dich warten«*, hatte er im Vorbeigehen gesagt. Damals war sie mächtig stolz gewesen, dass ein derart attraktiver Mann auf sie stand, obwohl ihre Brüste gerade einmal einen dezenten Ansatz unter dem T-Shirt bildeten.

Kira war in ihrem Zimmer gewesen und hatte auf dem Sofa mit den vielen Kissen gesessen, als der Taucher ohne anzuklopfen eingetreten war. Als er sich ihr genähert hatte, zog sie die Beine an und umschlang sie mit den Armen. Paps hatte seine Drohung wahr gemacht.

Aber was hatte sie auch erwartet, nach der erniedrigenden Aktion in seinem Büro? Seit er diese Schlampe kennengelernt hatte, war er nicht mehr derselbe. Kira war nicht mehr sein geliebtes Mädchen, dem er jeden Wunsch von den Augen ablas. Nein, jetzt war es diese ekelerregende Frau. Kira hasste sie abgrundtief und sie wusste, dass das auf Gegenseitigkeit beruhte.

Der Taucher setzte sich ans andere Ende des Sofas, legte einen Arm auf die Rückenlehne und sah sie an. »Es ist faszinierend, wie lange ich dich schon begehre, weißt du das?« Seine Stimme klang beruhigend.

»Und endlich hat Paps Ihnen freie Hand gelassen«, zischte Kira, ohne ihn anzusehen.

»Was ist vorgefallen?«, wollte er wissen. Als Kira nicht antwortete, fügte er hinzu: »Ich meine, er weiß doch, was ich mit den Frauen mache. Schließlich zahle ich eine Menge Geld dafür. Für dich hat er 500.000 im Voraus kassiert.«

Kira schluckte. Sie wollte nicht hören, was der Kerl da von sich gab.

»Also, was ist vorgefallen?«, fragte er noch einmal.

»Würde eine Antwort etwas verändern?«

»Nein. Aber es interessiert mich.«

Kira blickte ihn an. Noch immer sah er verdammt gut aus. Locker hätte er als Fotomodell durchgehen können. Vielleicht war er es dort oben im richtigen Leben sogar. »Wie ist Ihr Name? Ich meine, Ihr richtiger.«

Der Taucher lächelte. »Tjark«, sagte er.

»Kannst du mich hier rausholen, Tjark? Ich weiß nicht, was in meinen Vater gefahren ist. Ich nehme an, dass seine neue Schlampe ihm das alles eingeredet hat.«

»Er sagte, du hättest gegen Regeln verstoßen.«

»Ich habe lediglich einem Gast eine Absage erteilt, dessen Bewerbung er äußerst vielversprechend fand. Ich hingehend fand ihn einfach nur widerlich.«

Der Taucher blickte skeptisch. »Welche Regel hast du damit gebrochen?«

»Die, ihm nicht widersprechen zu dürfen. Sein Wort ist Gesetz.« Kira senkte den Kopf.

»Hast du meine Bewerbung auch gelesen?«, fragte Tjark.

»Nein. Damals war ich noch zu jung. Er involvierte mich erst später in den Betrieb.«

»Aber du weißt, was ich mit den Frauen anstelle?«

»Ich habe davon gehört.« Noch einmal sah sie ihn an. »Bring mich hier raus, Tjark. Und wir können draußen ein gemeinsames Leben aufbauen. Sofern du das möchtest.«

Er lachte und es klang erfrischend. »Du bist wirklich süß, Kira. Und dein Angebot ehrt mich, aber ich habe draußen eine Familie. Eine tolle Frau und zwei wunderschöne Töchter.«

Kurz verengte sich Kiras Blickfeld. Sie hatte gehofft, diesen Mann, der auf sie stand, überreden zu können, ihr zur Flucht zu verhelfen. Aber nun stellte sich heraus, dass er nur ein Perverser war, der ein zweites Gesicht besaß, das er auf Hof Gutenberg auslebte. Sie versuchte es trotzdem noch mal: »Und wenn du mich einfach so hier rausholst? Weil ... weil du mich magst?«

»Wie stellst du dir das vor? Soll ich deinem Dad sagen, ich hätte es mir anders überlegt und ich will dich lieber mitnehmen?« Abermals lachte er, doch diesmal klang es anders. Irgendwie falsch.

Kira blickte in ihren Schoß. Der Kerl hatte recht. Niemandem war es möglich, einfach von hier unten zu verschwinden. Genauso wenig, wie nach hier unten zu gelangen. Zumindest nicht bei Bewusstsein. Jeder Gast, der in den unteren Bereich des Hofes wollte, wurde auf einem abgeschiedenen Parkplatz in unterschiedlichen Stadtteilen von einem Rettungswagen eingesammelt. Dort erhielt er eine leichte Narkose und wachte hier unten wieder auf. Der Weg zurück, ging ebenfalls bewusstlos vonstatten.

Bis auf die Mitarbeiter durfte sich niemand in den weit verzweigten Gängen der fünften Sohle bewegen. Und selbst diese benötigten dafür ein Navigationssystem.

»Hast du einen Eimer hier, Kira?«, unterbrach Tjark plötzlich ihren Gedankengang.

Kira sah ihn verwirrt an.

»Irgendeinen Eimer«, wiederholte er. »Oder eine Schüssel.«

»Ich glaube, im Bad ist einer. Im Schrank unter dem Waschbecken. Was willst du damit?«

Ohne zu antworten stand Tjark auf und ging zum Bad, um wenig später mit einem Fünf-Liter-Eimer zurückzukommen. Er stellte ihn neben Kira auf das Sofa.

»Magst du ihn festhalten, damit er nicht umfällt?« Er lächelte freundlich. Sanft schob er ihre Beine vom Sofa.

Kira wollte fragen, was das Ganze zu bedeuten hatte, als sie der Fausthieb in den Bauch traf. Er war so unerwartet, dass sie keinerlei Kontrolle über die Reaktion ihres Körpers hatte. Diese bestand darin, dass sich ihr Magen ruckartig zusammenzog und seinen Inhalt nach oben beförderte. Kira spürte den Griff in ihrem Nacken, der sie in Richtung Eimer drückte. Gerade rechtzeitig, um sie davon abzuhalten, die Mischung aus Frühstück, welches sie nach ihrer Flucht zu sich genommen hatte, und Magensäure auf dem Sofa zu verteilen.

Der Schwall war kaum verebbt, als sie der nächste Schlag traf, nicht minder hart und präzise wie der erste. Das Ergebnis war dasselbe und Kira presste schreiend weiteren Brei heraus.

Diesmal ließ er ihr etwas länger Zeit, um Luft zu schnappen. Er zog sogar ihren Kopf vom Eimer weg, um sie anzulächeln. Noch während er das tat, schlug er abermals zu und drückte sie zurück.

Als nach dem fünften Schlag lediglich saurer Husten emporstieg, gab er ihr ein Handtuch und nahm den Eimer. »Mach dir ein wenig den Mund sauber«, sagte er und ging zum Bad. Kurz darauf erklang die Toilettenspülung.

Aus tränenden Augen sah Kira die Tür, die hinaus in den Flur führte. Sie wusste, dass sie nicht verschlossen war, doch sie wusste auch, dass sie sie in ihrem jetzigen Zustand niemals würde erreichen können.

Keuchend sog sie die Luft in sich hinein, immer unterbrochen von einem kurzen Würgereiz.

»Keine Angst«, sagte der Taucher. »Dein Magen beruhigt sich gleich. Versuche, ganz ruhig zu atmen. Am besten durch die Nase. Dann geht es schneller.«

Als Kira aufblickte, sah sie, dass er sich an seinen alten Platz gesetzt hatte. »Bitte entschuldige. Ich mache das immer zuvor. Du musst wissen, wenn ich mit der Prozedur beginne, ist der Schmerz derart heftig, dass die meisten sich übergeben. Daher die Vorsorge. Ich würde dir gern ein Glas Wasser anbieten, aber auch das käme später wieder heraus.«

Kira hörte seine Worte, aber es fiel ihr schwer, sie nachzuvollziehen. Schmerzen? Prozedur? Für einen winzigen Moment wusste sie plötzlich nicht mehr, wo sie sich befand und wer da neben ihr sprach. Immer wieder krampfte sich etwas in ihr zusammen, sodass sie die Hände fest gegen den Bauch pressen musste. Es fühlte sich an, als würde ein Teil aus ihr herauskommen wollen. Einfach so, direkt durch die Bauchdecke.

Die Zimmertür wurde geöffnet und Juliette, Vaters Frau, betrat den Raum. Sie trug einen luftigen Rock, der ihr bis zu den Knöcheln reichte. Er war derart durchsichtig, dass Kira im Gegenlicht des Flurs erkennen konnte, dass sie darunter nackt war. Ihr Busen wurde durch ein knappes Bikinioberteil bedeckt.

»Ich sehe, ihr habt bereits begonnen«, trällerte sie, umarmte den Taucher und küsste ihn links und rechts auf die Wange. »Sorry, Kleines, dass ich dich nicht richtig begrüße, aber du riechst ein wenig.« Sie rümpfte übertrieben die Nase.

Wie gern würde Kira aufspringen und der arroganten Schlampe die Augen auskratzen.

»Lässt du uns kurz allein, Tjarki-Schatz? Ich möchte meiner Stieftochter die frohe Nachricht verkünden.«

Der Taucher stand auf. »Kein Problem. Ich werde mich einstweilen der Rasur widmen.« Er küsste Juliette auf die Stirn und ließ sich beim Weggehen sanft von ihr über den Schritt streicheln.

Genauso hatte Kira sie eingeschätzt. Betrog Paps bei jeder Gelegenheit.

Die Frau hockte sich in gebührendem Abstand vor Kira und lächelte sie an. »Du siehst kacke aus«, sagte sie. »Aber da erzähle ich dir nichts Neues.«

»Danke, gleichfalls«, antwortete Kira krächzend. Ihr Hals brannte.

»Soll ich dir was Lustiges erzählen?«

»Willst du dich aufhängen?« Warum fühlte sie sich nur so abgeschlafft. Kira dachte an die Schläge, die ihr der Taucher verpasst hatte. Derartiges hatte sie bis jetzt noch nicht erleben müssen.

»Dein Vater wollte wirklich nur bluffen. Bis zu einem bestimmten Grad zumindest. Er wollte sich deinen Respekt zurückholen. Weißt du, was ich ihm gesagt habe?«

»Fick dich!«, fauchte Kira.

»Nicht ganz. Ich sagte ihm, dass es keinen Sinn hat, wenn er den Taucher sein Werk nicht vollenden lässt. Bei nächstbester Gelegenheit würdest du ihm eh in den Rücken fallen. Und jetzt kommt das Lustige, meine *liebe* Stieftochter. Er hat mir zugestimmt! Kannst du dir das vorstellen? Er wollte mir zuerst widersprechen, aber dann habe ich ihm den Blowjob seines Lebens verpasst und er war sanft wie ein Lamm.« Ihr Grinsen wurde so breit, dass es fast von einem Ohr zum anderen reichte.

»Noch habe ich es nicht geschafft, ihn zu überzeugen, es bis ganz zum Ende durchführen zu lassen. Aber glaube mir, Schätzchen, auch das wird mir gelingen.

Dein Vater und ich sind eine Seele in zwei verschiedenen Körpern. Stell es dir als das ultimativ Böse vor.«

Sie stand auf und sah sich um. »Ich werde gleich die Kameras einschalten und mich vor den Monitor setzen. Und wenn mein Tjarki-Schatz beginnt, werde ich mich derart heftig wichsen, dass ich danach mindestens einen Tag nicht laufen kann. Vielleicht kann ich sogar deinen geliebten Paps überreden, mich dabei zu ficken.«

Sie ging zum Badezimmer und rief: »Tjarki, ist es okay, wenn ich zusehe?«

»Ich habe nichts anderes erwartet, *ma chérie*«, kam es zurück.

Kira sprang auf, musste sich aber augenblicklich am Sofa abstützen, als sich alles um sie herum zu drehen begann. »Wenn ich das hier überlebe, dann werde ich mich um dich kümmern«, keuchte sie.

»*Wenn* du es überlebst, dann warte ich auf dich!« Ohne ihr Lächeln einzustellen, verließ sie das Zimmer.

Kira ließ sich zurück aufs Sofa fallen.

Kapitel 2

Es dauerte ganze fünfundzwanzig Minuten, bis der Taucher aus dem Badezimmer zurückkam. Kira hatte mehrfach versucht aufzustehen, hatte es aber irgendwann aufgegeben. Ihre Bauchgegend fühlte sich an, als hätte sie einen enormen Muskelkater. Mit dem Unterschied, dass der Schmerz bis in ihren Rücken und die Beine wanderte. Der Kerl war ein Profi, was das Schlagen von Frauen anbelangte.

Wohin hätte sie aber auch fliehen sollen, wenn sie die Tür erreicht hätte? Das gesamte Areal war abgeschirmt, das hatte sie selbst feststellen müssen. Und gelangte man wider alle Erwartung doch zur Außenwelt, dann dauerte es nicht lange, bis man wieder hier unten landete. Ohne dass sich irgendetwas verändert oder gebessert hätte. Im Gegenteil! Martin, ihr Freund, wurde von einem Irren – *Sind das nicht alle hier unten?* – zu Tode gefoltert, indem ihm Löcher in sämtliche Knochen gebohrt wurden. Kira hoffte, dass er es inzwischen überstanden hatte, obwohl sie wusste, dass dem nicht so war. Paps' Präparate hielten einen Körper lange am Leben. Sehr lange.

Warum war sie auf die dumme Idee gekommen, ihm zu widersprechen?

Du hast nicht damit gerechnet, dass er bei dir so weit geht!

Das hatte sie wahrlich nicht. Auch wenn er rigoros war, was seine Regeln anbelangte und auch wenn er ihr immer gesagt hatte, dass sie keinen Tochterbonus besaß, so hatte sie mit einer ordentlichen Standpauke gerechnet, aber nicht, dass er sie einem Gast zum Fraß vorwarf.

Das Ganze war einzig und allein die Schuld dieser dummen Fotze. Kira schüttelte sich, wenn sie an jenen Tag zurückdachte, als Paps von einer Geschäftsreise zurückkam und ihr seine neue Frau vorgestellt hatte. Sie hatten wie pubertierende Kids in Vegas geheiratet. Kira hatte sofort die Antipathie gespürt, die ihr dieses Weibsstück entgegenbrachte. Ihr triumphierendes Grinsen hatte dazu geführt, dass Kira sich wenig später auf ihrem Zimmer im Bad übergeben hatte.

Und von diesem Tag an hatte Paps sich verändert. Die Bewerbungen, die ihm potenzielle Kunden schickten, mussten immer ausgefallener sein. Immer perverser und an Brutalität kaum noch zu überbieten.

Kira wusste, wer dahintersteckte. Sie hatte Juliette einmal heimlich beobachtet, als diese vor den Monitoren in Dads Büro gesessen hatte, während ein Gast – der Zimmermann – eine Frau und einen Mann an eine, eigens für ihn konstruierten, Bretterwand genagelt hatte. Zunächst nur mit Händen und Füßen – wie ein gekreuzigter Sohn Gottes – und danach die Haut, die er zuvor entsprechend lang gezogen hatte. Das war in den beiden Fällen nicht schwierig gewesen, denn der Zimmermann hatte extra zwei Personen bestellt, die innerhalb kürzester Zeit von einer adipösen Figur zu einem wahren Anorexie-Wunder abgemagert waren. Er hatte die überschüssige Haut unter ihren Armen und vom Bauch derart lang gezogen, dass sie wie Engelsflügel aussah. Selbst Kira war beeindruckt von der künstlerischen Ader des Zimmermanns gewesen. Die Schamlippen der Frau hatte er bis zur Mitte ihrer Oberschenkel geweitet und mit dünnen Nägeln im Holz befestigt. Ein weiterer Nagel, an dem er einen Rosenkranz aufgehängt hatte, steckte in ihrem Kitzler. Der Hodensack des Mannes war noch mehr gedehnt worden. Fast bis hinunter zu seinen Knien. Die Haut war an vielen Stellen eingerissen, was den Zimmermann nicht daran gehindert hatte, sein Kunstwerk zu vollenden. Wie beim Kitzler hatte er durch jeden Testikel einen dünnen Nagel getrieben, um jeweils einen Rosenkranz daran aufzuhängen. Zum Schluss – das hatte Kira erst im Nachhinein erfahren – hatte er die beiden mit ihrem Blut, das er aus der Beinvene entnommen hatte, komplett in Rot bemalt. Dabei hatte er unterschiedliche Rottöne erzeugt, indem er das Blut mit diversen anderen Körperflüssigkeiten gemischt hatte. Paps war begeistert gewesen, zumal der Zimmermann es geschafft hatte, dass die beiden noch drei Tage lang bei vollem Bewusstsein überlebten.

Juliette hatte nackt auf dem Sessel im Büro gesessen, die Beine breit über die Lehnen gespreizt, und hatte sich keuchend befriedigt, während die Schreie der Frau und des Mannes über die Lautsprecher durch das Büro gehallt waren. Kira hatte mit offenem Mund im Türrahmen gestanden, bis Juliette sich umgedreht und sie angegrinst hatte.

Der Taucher trat in ihr Blickfeld und riss sie aus ihren Gedanken. Bei seinem Anblick hätte sie beinahe laut gelacht, wenn die Situation nicht so abstrus gewesen wäre. Der Mann war gänzlich von Haar befreit. Sein Kopf war kahl rasiert und glänzte im Licht der Zimmerbeleuchtung. Augenbrauen und Bartansatz waren verschwunden. Er trug nur eine eng anliegende Badehose und die Gucci-Schlappen, doch konnte Kira auch am übrigen Körper nicht das geringste Haar ausmachen.

Während er sich vor sie hockte, erkannte sie Narben, die seine Stirn wie einen Kranz umgaben.

Er presste die Lippen aufeinander und betrachtete sie mit schräg gelegtem Kopf.

Kira spürte, wie ein Zittern durch ihren gesamten Körper ging. Es war, als hätte man sie in einen Kühlraum gesperrt.

»Am ersten Tag nehme ich meine Frauen noch nicht mit«, sagte der Taucher. »Aber das weißt du sicher.«

Kira wusste es. Der Taucher war einer jener Gäste, um die sich die meisten Gerüchte sammelten. Und der von fast jedem Mitarbeiter als der Schlimmste von allen bezeichnet wurde.

Er bastelt sich sein Schwimmmaterial aus ihrer Haut!

Er lässt die Frau zugucken, während er durch das Becken taucht!

Wir haben sie am vierten Tag erlöst, weil sie eh keine Chance mehr gehabt hätte!

Kiras Zittern verstärkte sich.

Der Taucher umfasse ihren Arm und drückte eine Spritze hinein. Sie wollte ihn wegziehen, doch war sein Griff härter als ein Schraubstock. Als sich der Inhalt in ihr befand, zog er die Nadel heraus und wischte mit dem Daumen den winzigen Blutstropfen fort. Er lächelte.

»Es dauert fünf Minuten, bis das Mittel wirkt. Es sorgt dafür, dass sich deine Arme und Beine schlafen legen.« Abermals dieses Lächeln. Wie konnte ein derart hübsches Gesicht etwas dermaßen Böses verbergen? Ein Kribbeln unter ihrer Haut breitete sich in ihren Extremitäten aus und wärmte sie. Langsam verebbte das Zittern.

»Ich mag es nicht, meine Gäste an irgendwelche Gerätschaften zu fesseln«, sagte er und öffnete eine mit Samt besetzte, längliche Schatulle. Kira fragte sich, wo er sie plötzlich hergenommen hatte.

Dieser entnahm er ein Skalpell, das, ähnlich seiner Glatze, im Licht erstrahlte und legte es neben Kira auf das Sofa.

»Wir machen es direkt hier. Hier, wo du dich wohlfühlst. Möchtest du, dass ich dir eines deiner Kissen unter die Arme lege?«

Kira sah ihn an. Kurz flammte die Hoffnung in ihr auf, dass Paps das Ganze überwachte und ihn jeden Augenblick zurückpfeifen würde. Er würde das Zimmer betreten, den Taucher hinausbitten und sich neben seiner Tochter aufs Sofa setzen. Dann würde er sie in den Arm nehmen und seine Hoffnung kundtun, dass sie ihre Lektion gelernt habe. Oh ja, das hatte sie. Nie wieder würde sie ihm widersprechen. Sollte er doch mit Juliette glücklich werden. Er war schließlich ihr Paps. Er würde das hier nicht zulassen.

Der Taucher hob einen ihrer Arme an und ließ ihn los. Ungebremst schlug er auf dem Sofa auf. Kira hatte es nicht verhindern können.

Inzwischen war das Kribbeln einer gleichmäßigen Wärme unter der Haut gewichen. Plötzlich wurde ihr schwindelig und sie merkte, dass sie zur Seite kippte. Sie versuchte, sich abzustützen, doch da war nichts. Ihre Arme waren lediglich gefühllose Anhängsel, die nicht mehr zu ihrem Körper zu gehören schienen.

»Ups«, gab Tjark von sich und setzte sie aufrecht hin. Er nahm zwei Kissen, die er so neben ihr platzierte, dass ein seitliches Umkippen nicht mehr gegeben war. »So ist es besser. Scheinbar wirkt das Mittelchen schon.«

Kira sah den Fünf-Liter-Eimer, in den sie sich vorhin übergeben hatte, neben dem Taucher stehen. Dieses Mal war er zur Hälfte mit Wasser gefüllt. Daneben lag ein Gerät auf dem Teppich, welches sie nicht zuordnen konnte.

Nach wie vor lächelnd, öffnete der Taucher ihre Bluse und zog sie aus. Er faltete sie ordentlich zusammen und legte sie abseits aufs Sofa. Ihren BH öffnete er gekonnt, und legte ihn auf die Bluse. Er presste die Lippen aufeinander, sodass sie einen Strich bildeten. Dann befreite er Kira von Hose und Slip.

Er betrachtete sie eine ganze Weile, ließ seinen Blick über jede Stelle ihres Körpers schweifen.

Kira starrte ihn an.

»Du bist so schön wie ich es mir immer vorgestellt habe«, sagte er.

»Willst du mich vergewaltigen?«

Er strich mit ihrer Hand über ihren Bauch bis hinunter zu ihrer Scham. Er schob ihre Beine auseinander, ohne dass Kira es spüren konnte. Die Berührung ihrer Schamlippen nahm sie hingegen deutlich wahr. Es fühlte sich sogar kühl an, als er sie auseinanderzog.

»Das Mittel hat dir nur das Gefühl in Armen und Beinen genommen«, sagte der Taucher. »Wie gesagt, ich möchte nicht ständig auf der Hut sein müssen, dass du sie gegen mich einsetzt.« Er nahm das Skalpell. »Ich werde jetzt eine deiner Brüste häuten. Ich bin sehr gut darin und es wird schnell gehen. Aber es wird wehtun.«

Kira spürte, wie sich ihr Magen erneut zusammenzog. *Paps, bitte komm herein und beende diesen Irrsinn.*

Sie merkte die sanfte Berührung über ihre Brustwarze.

»Paps!«, schrie sie. »Paps, du hast gewonnen! Ich werde nie mehr eine deiner Regeln brechen!«

Als die Klinge ihre Haut durchtrennte, verwandelte sich ihr Rufen in ein Kreischen. Paps würde nicht kommen.

***

Es ging wirklich schnell, doch für Kira war es eine Ewigkeit, die nur aus Schmerz bestand. Der erste Schnitt, der ihren Brustansatz einmal umrundete, war kaum zu ertragen, aber er war noch das Harmloseste, wie Kira feststellen musste.

Immer wieder versuchte sie, den Oberkörper nach vorn zu werfen, doch der Taucher hatte seinen Arm gegen ihren Hals gedrückt, der das wie eine Mauer zu verhindern wusste.

Er nahm ein Handtuch, befeuchtete einen Teil im Eimer und tupfte den blutenden Schnitt ab. Kira kreischte ihm ins Gesicht. Sie wollte ihm die Nase abbeißen — dieses perfekt geformte Ding — aber sie erreichte ihn nicht.

Er hob sie vom Sofa und setzte sie so davor, dass ihr Rücken angelehnt war. Dann setzte er sich vor sie und fixierte mit beiden Füßen ihre Arme und somit auch ihren Oberkörper.

Als er die Fingerspitzen behutsam in die Wunde führte, war es für Kira, als würde ein glühendes Eisen über ihre Haut streichen.

Der Taucher zog die Hautlappen auseinander und schob die Spitze des Skalpells in die Öffnung. Abermals fuhr er um ihre Brust herum, diesmal unter der Haut. Nach diesem Schnitt konnte er zwei Zentimeter Haut nach vorn ziehen. Nach dem nächsten Schnitt war es das Doppelte.

Er zog seine Finger aus der Wunde und legte sie um den Warzenhof, um den er nun das Skalpell führte. Kira hatte die Hoffnung aufgegeben, ohnmächtig zu werden. Sie kreischte, ab und an unterbrochen von würgenden Lauten, die nur Luft hervorbrachten.

Der Taucher legte seine Füße gegen ihre Schultern. Mit beiden Händen griff er in den Wundspalt, umfasste die gelöste Haut und riss sie mit einem Ruck vom Muskel.

Das war der Moment, in dem Kira endlich von schmerzloser Dunkelheit umhüllt wurde.

***

Ihr Mund war so ausgetrocknet, dass sie nicht schlucken konnte. Noch bevor Kira die Augen öffnete, war der Schmerz da. Wie ein tonnenschwerer Mühlstein lag er auf ihrer Brust.

Sie riss die Lider auf, blinzelte aufgrund der plötzlichen Helligkeit, schaffte es aber nach kurzer Zeit, sie offen zu halten. Sie lag auf ihrem Sofa, noch immer nackt. Ihr Brustkorb war verbunden. Neben ihr erhob sich einer von Paps Chirurgen und nahm den Mundschutz ab. Er lächelte mitleidig, doch als Kira ihn ansah, wandte er den Blick ab.

Ein anderer Mann – vermutlich ein Assistenzarzt – packte blutige Tupfer in eine Tüte.

»Wir sind fertig«, rief der erste.

»Vielen Dank«, hörte sie den Taucher.

Kira wollte den Kopf drehen, doch da war nur die Sofalehne, gegen die sie starrte. Sie strich sich die Haare aus dem Gesicht und registrierte, dass sie die Arme wieder bewegen konnte.

»Wir haben ihr ein leichtes Schmerzmittel verabreicht«, sagte der Arzt. »Frau von Gutenberg hat es von ihrem Mann ausrichten lassen.«

»Meinetwegen«, antwortete der Taucher.

Kira schloss die Augen. Paps stand also hinter allem, was hier geschehen war und womöglich noch geschah.

»Ich habe deinen Vater überredet, das Ganze nicht vorher abzubrechen!« Juliettes gehässige Stimme schepperte in ihren Ohren. Als sie stattdessen daran dachte, was der Taucher mit ihr gemacht hatte, spürte sie die aufkeimende Übelkeit. Hatte er ihr ernsthaft die Haut von der Brust ab-

gezogen? Zumindest fühlte es sich an, als sei der Verband mit Säure getränkt worden, die langsam aber stetig ihren Körper zersetzte.

»Du warst sehr tapfer«, erklang es von irgendwoher. Wo war dieses perverse Schwein?

»Fick dich!«, kam es über Kiras Lippen. Sie drehte ihren Kopf in die andere Richtung. Der Eimer stand noch neben dem Sofa, das Wasser in ihm war rot. Das seltsame Werkzeug lag daneben, ein Griff ragte im Fünfundvierzig-Grad-Winkel ab.

Die glatt rasierten Beine des Tauchers schoben sich in ihr Blickfeld. »Für heute hast du es überstanden«, sagte er.

Kira hob den Kopf und erstarrte. Jetzt wusste sie auch, um was für ein Gerät es sich auf dem Boden handelte. Sie wollte zunächst nicht glauben, was sie sah, doch war das Bild derart grotesk, dass sie den Blick nicht abwenden konnte. Kira spürte den Schrei, der in ihrer Kehle entstand und der wenig später aus ihr herausbrach. Es war ein Schrei des Entsetzens, gepaart mit unbändiger Wut.

Der Taucher hatte sich die Haut ihrer Brust über den Kopf gezogen – derart straff, dass sie durchsichtig wirkte – und die Ränder um den Schädel herum festgetackert. Winzige Blutfäden bahnten sich einen Weg nach unten, dünnen Haarsträhnen gleich, die feucht im Gesicht klebten.

»Morgen werde ich mir Schwimmschuhe aus der Haut deiner Füße machen. Übermorgen Handschuhe und am letzten Tag einen kompletten Taucheranzug. Ich liebe dich, kleine Kira. Ruh dich aus, während ich im Pool ein paar Bahnen drehe.«

Er legte sich ein Handtuch um die Schultern und verließ das Zimmer. Dabei summte er *Sweet Dreams* von den Eurythmics.

Kapitel 3

Nachdem der Taucher die abgetrennte Brusthaut im Eimer abgewaschen hatte, betrachtete Juliette noch eine Zeit lang den bewusstlosen Körper ihrer Stieftochter.

Sie saß im Ledersessel im Büro ihres Mannes und starrte auf die Monitore.

Juliette wollte das Ganze masturbierend genießen, doch hatte sie immerzu an Gunther denken müssen, und diese Gedanken hatten ihr die Lust verdorben. Zumindest die körperliche. Die Schreie ihrer Stieftochter hingegen hatte sie genossen. Leider besaßen die Kameras in den Privaträumen des Personals keine Zoomfunktion. Für gewöhnlich waren sie auch nicht in Betrieb. Sie dienten lediglich dem Notfall, falls es einem der Patienten gelingen sollte zu fliehen und er oder sie einen Mitarbeiter als Geisel nahm.

Am liebsten hätte Juliette das Geschehen live miterlebt, aber das wollte Tjarki-Schatz nicht. Na ja, immerhin gestattete er ihr die Beobachtung über die Kameras.

Als die beiden Ärzte Kiras Zimmer betraten, um die Wunde behelfsmäßig zu versorgen, stand Juliette auf, ging zum Telefon und betätigte eine der Kurzwahltasten. Es klingelte zweimal, dann war Benjamin, der Adjutant und Boy für alles, am anderen Ende der Leitung. Juliette hasste seinen schmierigen, aufgesetzt freundlichen Tonfall. Wenn es nach ihr ginge, wäre der Kerl schon lange zu den Patienten übergewechselt.

»Hier ist Benjamin. Was kann ich für Sie tun?«

»Bringen Sie mir einen Patienten ins Holzzimmer«, sagte Juliette.

»Haben Sie einen bestimmten Wunsch, Frau von Gutenberg?«

»Nicht zu alt und gut bestückt.« Sie beendete die Verbindung. Kurz überlegte sie, ob sie Gunther mit hinzuziehen sollte, doch ging sie davon aus, dass er irgendwo hockte und seiner Musik lauschte.

Juliette schaltete die Monitore ab und verließ das Büro.

***

Sie hatte den Holzraum fast erreicht, als ihr das elektrobetriebene Reinigungsfahrzeug auf dem engen Flur entgegenkam.

Harald, der von allen *Harry* genannt wurde, hielt den Wagen an. Die Bremsen quietschten dabei fürchterlich. Juliette trat ein Stück zur Seite und lächelte den Mann mit den schwarz behaarten Unterarmen an. Aus dem Kragen des schweißgetränkten Shirts quoll ebenfalls krauses Haar hervor.

»Wieder fleißig?«, fragte Juliette und deutete auf die Wischutensilien auf der Ladefläche vor dem Wassertank. Der Mann war für die Beseitigung der Sauereien zuständig, die die Gäste hinterließen. Er war ein brummiger Kerl und er machte einen guten Job. Juliette mochte ihn.

Harry legte die Arme auf das Lenkrad. »Das mit der Sporthalle ist echte Kacke!«, brummte er. »Der Boden ist nicht mehr der neueste und das verdammte Blut sickert in die rauen Stellen. Und das krieg ich da nicht so einfach raus.«

Juliette nickte, kam aber nicht dazu, etwas zu erwidern.

»Ich verstehe euch nicht! Ne, kann ich echt nicht kapieren. Die Halle ist fürs Personal, verdammt. Hab die Leichen weggebracht und durch Zufall 'n Auge in einer der Ecken gefunden. Stellen Sie sich vor, ich hätte es übersehen. Der Nächste, der drauf ausgerutscht wär, hätte sich wer weiß was brechen können. So was ist doch kacke!«

»Ich werde es meinem Mann ausrichten«, sagte Juliette schnell. »Du machst hier einen guten Job, Harry.«

»Den mach ich auch gern. Trotzdem solltet ihr die Sauereien auf die Spaßräume und die Zimmer beschränken. Das würd mir vieles leichter machen.«

»Ich werde mich drum kümmern. Mein Ehrenwort. Aber erst mache ich noch ein bisschen Arbeit für dich im Holzraum.« Juliette lächelte breit.

Der Cleaner erwiderte das Grinsen. »Dann kann ich mir den pünktlichen Feierabend wohl abschminken. Sie sind einfach unersättlich.« Das Grinsen wurde von einem erfrischenden Lachen abgelöst. »Viel Vergnügen, schöne Frau.« Das Elektrofahrzeug summte den Gang hinunter.

Ein wirklich sympathischer Mann, dachte Juliette und sah ihm nach, bis er hinter einer Biegung verschwunden war.

Wenig später öffnete sie mit ihrer Chipkarte den Eingangsbereich zum sogenannten Holzraum. Dieser war erst vor einigen Wochen entstanden, nachdem ein

Kunde den Wunsch geäußert hatte, eine Patientin an die Wand zu nageln. Gunther war von der Idee begeistert gewesen, woraufhin er einen kompletten Raum aus Holz hatte machen lassen. Es hatte Juliette überrascht, wie viele Kunden auf den sogenannten Jesus-Christus-Fetisch standen.

Der Raum strahlte eine behagliche Wärme aus, die aus dem Holz selbst zu strömen schien. Mehrere Balken, die vom Boden bis zur Decke reichten, gaben dem Zimmer ein dreidimensionales Flair und erinnerten an altes Fachwerk. Allerdings zeugten die vielen Löcher, entstanden durchs Einschlagen von Nägeln mit unterschiedlichen Durchmessern und Größen, gepaart mit den dunklen Flecken, davon, dass hier keinesfalls auf den Wohlfühlfaktor Wert gelegt wurde.

Das getrocknete Blut auf Fußboden und Wänden bildete sowohl beeindruckende als auch erschreckende Muster in der ursprünglichen Holzmaserung. An der rechten Wand stand eine lange Werkbank mit unzähligen Boxen, in denen sich Nägel in scheinbar sämtlichen Größen befanden. Unterschiedliche Hämmer waren ordentlich mit Halterungen an der Wand platziert. Zwei Nagelpistolen steckten in ihren Schubfächern. Die größere der beiden war druckluftbetrieben, die andere lief mittels eines Akkus. Juliette entschied sich für erstere.

**

Die drei Wachen, die Benjamin damit beauftragt hatte, den Patienten zu Juliette zu bringen, hatten diesem ein

Sedativum gespritzt, sodass er wie ein nasser Sack zwischen ihnen hing.

»Was soll denn die Scheiße?«, fauchte Juliette den ersten Wachmann an. Sie kannte ihn zwar, wusste aber seinen Namen nicht mehr.

Er sah sie verdutzt an. »Was meinen Sie?«

»Na, das da!« Mit der Nagelpistole zeigte Juliette auf den halb bewusstlosen Mann. »Was soll ich damit anfangen?«

Nun betrat Benjamin den Raum. Wie immer war er adrett in einem Anzug mit Krawatte gekleidet. »Legt ihn auf den Boden«, wies er die beiden Männer an, die ihn trugen. Dann an Juliette gewandt: »Oder wollen Sie ihn an die Wand nageln, Frau von Gutenberg?«

»Ich will den Kerl ficken!«, fauchte Juliette. »Warum ist er außer Gefecht gesetzt?«

»Es ist nur ein ganz leichtes Mittel. Er wird schneller auf den Beinen sein als uns lieb ist. Und …« Benjamin bückte sich und zog dem Mann die Hose aus. »Er ist äußerst gut bestückt.«

Das musste Juliette anerkennend bestätigen. Sie schob ein Magazin mit den längsten und dicksten Nägeln in die Pistole und ging zu dem nackt auf dem Boden Liegenden zu. »Streckt seine Arme!«, befahl sie dem Wachpersonal, was dieses sofort in die Tat umsetzte. Dann schoss sie jeweils einen Nagel durch die Handgelenke des Mannes, sodass er am Boden fixiert war. Dasselbe machte sie mit den Schienbeinen. »Ihr könnt uns allein lassen.«

Die Wachen machten sich auf, den Raum zu verlassen, als Juliette Benjamin zurückrief. »Ich verlasse mich auf Ihr Wort«, sagte sie scharf. »Wenn er seinen Mann nicht mehr steht, mache ich Sie persönlich dafür verantwortlich.« Sie streichelte über einige der Nägel, die aus dem Magazin herausschauten.

Benjamin lächelte, wie er es immer tat, und verließ den Raum.

Juliette hasste den Kerl.

***

Es dauerte fünf Minuten, bis der Patient erwachte und anfing zu schreien. Panisch starrte er auf seine am Boden befestigten Arme, aus denen die Nagelköpfe wie metallische Pfähle hervorragten. Als er seine Beine bewegen wollte, verwandelte sich das Schreien in Kreischen.

Juliette drückte ihm die Nagelpistole gegen die Schulter und feuerte ein weiteres Geschoss durch das Fleisch.

»Wenn du nicht augenblicklich das Brüllen einstellst, durchlöchere ich dich von oben bis unten. Hast du das kapiert?«

Der Mann presste die Lippen aufeinander. Tränen liefen aus seinen Augen.

»Okay«, sagte Juliette. Sie griff nach seinem schlaffen Gemächt und knetete es sanft. »Es sieht folgendermaßen aus für dich: Ich bin hammergeil und will ficken. Deshalb habe ich dich bestellt. Wenn du mich befriedigst, bist du in zwei bis drei Stunden zurück auf deinem

Zimmer. Die Löcher in deinen Armen und Beinen werden verarztet werden. Verstanden?«

Er nickte.

»Wenn es mich überkommt, kann es passieren, dass ich dir einen Nagel in den Körper jage. Ich werde gleich kleinere einlegen. Da musst du dann durch. Verstanden?«

Diesmal war das Nicken zögerlicher.

Juliette stand auf und holte die Akkupistole, die sie zuvor mit Fünf-Zentimeter-Nägeln bestückte. Sie würden den Idioten derart an den Boden nageln, dass Harry fluchen wird. Lächelnd zog sie ihre Kleidung aus und stellte sich breitbeinig über ihn.

»Gefällt dir meine Fotze?« Mit zwei Fingern spreizte sie ihre Schamlippen und präsentierte ihm das rosafarbene Innere. Als sie den Kopf wandte, sah sie, dass er steif wurde. Männer waren einfach unglaublich, stellte sie wieder einmal fest.

Sie hockte sich über sein Gesicht und genoss die Zunge, die kurz darauf über ihren Kitzler strich. Sie griff mit ihrer Hand nach hinten und umfasste den steifen Schwanz, aus dessen Spitze die erste Feuchtigkeit austrat.

»Spritz bloß nicht schon ab!«, keuchte sie.

Der Kerl beherrschte seine Zungenarbeit, sodass Juliette Mühe hatte, vernünftige Sätze zu sprechen. Ihre Worte verwandelten sich in ein Stöhnen, als seine Zunge in ihren Arsch eindrang. Der Kerl wollte definitiv überleben. Schreiend stieß Juliette ihren Orgasmus hinaus. Um den nächsten, der sich anbahnte, zu genießen, rutschte sie nach unten und schob sich das harte Stück in die feucht geleckte Rosette.

Als sie kurz darauf ein zweites Mal kam, drückte sie die Akkupistole auf seinen Bauch und feuerte mehrere Nägel hinein. Sie sah, wie er panisch seine Augen aufriss, ließ ihren Oberkörper auf seinen fallen und griff nach der druckluftbetriebenen Pistole mit den großen Nägeln. Keuchend drückte sie seinen Kopf zur Seite und bohrte seinen Unterkiefer in das Holz des Bodens.

Sein Riesending zuckte und pumpte seinen Saft in ihren Darm.

Der nächste Nagel durchdrang seinen Oberkiefer, sodass der Mund nicht mehr geschlossen werden konnte.

Juliette zog seine Zunge heraus und schoss zwei Nägel durch den zuckenden Muskel. Sie spürte, dass er schlaff wurde und kreischte. »Nein! Bleib steif!« Wie eine Wahnsinnige ritt sie ihn und jedes Mal, wenn er tief in sie eindrang, schoss sie einen Nagel in seinen zuckenden Körper.

Als sie abermals kam, riss sie ihren Kopf nach oben, schrie die Decke an und genoss das stumpfe Tackern der Pistole, das sich mit dem Zucken ihres Körpers verband.

Schweißgebadet rollte sie von ihm herunter, breitete die Arme aus und atmete die warme Holzluft in sich hinein, die nach allem Möglichen roch. Sie drehte ihren Kopf zur Seite und blickte in seine offenen Augen, deren Lebenswille langsam erlosch. Unzählige Nägel starrten aus seinem Schädel, manche von ihnen suhlten sich im selben Einschussloch, als würden sie einen nie enden wollenden Streit ausfechten. Blut lief wie Tränen seine Wange hinunter. Kurz blinzelte er. Viel zu langsam. Schon fast tot.

Juliette drückte den Lauf der Pistole gegen das geschlossene Lid, schloss die ihrigen und genoss den Moment. Dann leerte sie das restliche Magazin, ohne dabei die Augen zu öffnen. Sie nahm lediglich wahr, wie sie die Waffe mit jedem Schuss tiefer in den Schädel hineindrücken konnte.

Teil 5

Davide und Paul

Kapitel 1

Vier Wochen zuvor

»Da ist er!« Paul schlug mit der flachen Hand auf den Schreibtisch, sodass Davide aufblickte.

Seine Augen brannten vom Starren auf den Monitor. Als er auf seine Uhr sah, stellte er fest, dass sie das Internet bereits seit sechs Stunden durchforsteten.

Nach der Zerstörung der beiden amerikanischen Höfe hatten Davide und Paul sich zum Ziel gesetzt, den letzten, der sich irgendwo in Deutschland befinden musste, ausfindig zu machen. Sie wollten diesen Oberboss, Gunther von Gutenberg, erwischen und ihm ein für alle Mal das Handwerk legen.

Um das allerdings zu erreichen, mussten sie ihn erst einmal dazu bringen, zu erfahren, dass sie – Davide und Paul – überhaupt existierten und dass sie für die Zerstörung der übrigen Höfe verantwortlich waren. Da es nicht die geringste Spur von von Gutenberg gab, geschweige denn von seinem letzten Hof, hatten sie nur die Möglichkeit, den einzigen Mann auf ihn anzusetzen, der das Ganze überlebt hatte: Charlie Perlmut!

Noch befand er sich in Davides Privatklinik in Hayward, Wisconsin. Nach dem Abtrennen seiner Arme im Haus von Davides Vater, hatten sie ihn dort eingewiesen. Es gab keinerlei Akten über ihn, was der Klinikleitung eine sechsstellige Summe auf dem Konto eingebracht hatte.

Davide und Paul hatten sich im Haus von Giuseppe Malroy eingenistet, nachdem sie seine Leiche beiseitegeschafft hatten. Von hier aus hatten sie die Suche nach Gunther von Gutenberg gestartet.

Davide hatte dafür gesorgt, dass Charlie Perlmut sich in eine der Krankenschwestern, eine aufreizende Blondine mit dem Namen Christine Tapopoulus, verliebte. Christine sollte sein Vertrauen gewinnen, sodass er sie schließlich darum bat, ihm bei einem Telefongespräch behilflich zu sein. Christine war gut in ihrem Job und so dauerte das ganze Unterfangen nur zwei Tage.

Charlie Perlmut hatte sich mit einem gewissen Benjamin verbinden lassen, um ihm mitzuteilen, dass er noch lebe und Informationen über den Terroristen – so drückte er sich wortwörtlich aus – habe, der für die Zerstörung der Höfe verantwortlich war.

Benjamin wollte wissen, wo Charlie war, was dieser ihm bereitwillig mitteilte. Die Adresse hatte ihm Christine zuvor im Vertrauen genannt. Dann sagte er, dass er sich bei ihm melden würde.

Davide hatte das Wachpersonal mit dem Hinweis verstärken lassen, nur soweit Widerstand zu leisten, dass es echt wirkte. In der darauffolgenden Nacht wurde Charlie Perlmut von maskierten Männern aus der Klinik befreit, ohne dass irgendjemand zu Schaden kam.

Seitdem beobachteten Davide und Paul das Darknet nach Hinweisen zum Hof. Und Paul schien gerade diesen gefunden zu haben.

Davide stand auf, reckte sich und ging zu ihm hinüber. »Was hast du?«, fragte er.

»Nicht viel«, antwortete Paul. »Aber dieser Hinweis ist definitiv neu.« Er deutete auf einen langen Text, der sich über den gesamten Bildschirm erstreckte. Wie ein blinkendes Signal fielen Davide die beiden Worte ins Auge: Hof Gutenberg!

»Du denkst, das ist für uns?« Davide blickte seinen Freund an.

»Hundertprozentig. Wie schon gesagt, das ist neu. Dein zwangsamputierter Freund hat ihm alles über dich erzählt. Und jetzt will er dich haben!«

»Steht eine Adresse dabei?«

Paul tippte. »Nur eine E-Mail.«

»Lass mich mal ran.« Paul rutschte zur Seite und überließ Davide die Tastatur.

»*Herzliche Grüße, liebe Hofbesitzer. Plane einen Urlaub im paradiesischen Deutschland.*« Senden.

Paul sah ihn an. »Das ist alles?«

»Lass uns einen Kaffee trinken.« Davide schlug ihm auf die Schulter.

»Die beste Idee, die du seit Langem hattest.«

***

Als sie zwei Stunden später zurück waren, war die Antwort eingetroffen. Sie bestand aus einem Werbeflyer einer PDF-Datei über einen landwirtschaftlichen Betrieb mit Zimmervermietung.

»*Zwecks Reservierung kontaktieren Sie uns bitte unter …*«

Davide ließ die Datei durch den Drucker laufen und wenig später blickten die beiden Männer mit lächelnden

Gesichtern auf das Blatt vor ihren Augen. Es zeigte ein, im amerikanischen Stil erbautes Gebäude, das dem einer Rinderfarm glich. ›Hof Gutenberg‹ stand in geschwungenen Lettern über dem Eingang auf einer Holztafel. Ein weiteres Foto zeigte eine Landschaft aus unzähligen Maisfeldern. Die Adresse lag im Ruhrgebiet, irgendwo zwischen Dortmund und Bochum, zwei Städte, die Davide und Paul nichts sagten.

»Zufall?«, fragte Paul. »Ich meine, er gleicht nicht dem, von dem du mir erzählt hast. Da, wo du zuerst warst. Und dem in Venezuela auch nicht.«

»Texas hat auch keinem von ihnen geglichen«, antwortete Davide. »Es sind zwar keine Kraftwerke vorhanden, aber ich glaube, diese Mail war einzig und allein für uns bestimmt.«

»Wie gehen wir vor?«, fragte Paul.

»Wir reisen nach Deutschland. Ich kenne dort jemanden, der uns mit entsprechendem Equipment versorgt. Lass den Jet klarmachen. Wir werden den Köder schlucken.«

Kapitel 2

Achtundzwanzig Stunden später saßen Davide und Paul in einem Hotelzimmer in der Dortmunder Innenstadt und werteten die Daten der Flugdrohne aus, die sie vor wenigen Stunden über den Hof hatten kreisen lassen.

Die Drohne war mit hochsensiblen Infrarotsensoren ausgestattet, deren Strahlung Wärmequellen im Erdreich in bis zu 1.000 Metern Tiefe ausfindig machen konnten.

»Wow«, gab Paul von sich und lehnte sich auf dem Stuhl zurück. »Ein Bergwerk.«

Davide nickte. Er war nicht minder beeindruckt. Die Aufnahmen zeigten, dass unweit des Hauptgebäudes des Hofes Sohlen in mehreren Hundert Metern Tiefe lagen, von denen einige die Größe von Fußballfeldern aufwiesen. Wärmequellen waren bis zu einer Tiefe von knapp 700 Metern zu erkennen.

»Seit wann sind die so groß?«, murmelt Davide. »Sieht aus, als wäre da unten ein ganzes Dorf versteckt.«

Das Areal erstreckte sich unterhalb der weitläufigen Maisfelder, allerdings nicht unter dem Hauptgebäude selbst. Davide deutete auf ein wesentlich größeres Gebäude, das sich fünf Kilometer abseits, innerhalb eines Vorortes von Dortmund befand. Laut Google Maps handelte es sich um ein Krankenhaus.

Als sie die Liveaufnahmen betrachteten, fiel Davide und Paul auf, dass dieses Gebäude auffällig oft von Krankentransportern angefahren wurde.

»Wir sollten diese Klinik noch einmal genauer untersuchen«, schlug Davide vor. »Ich gehe davon aus, dass das der Eingang zum Bergwerk ist.«

Zwei Tage später hatten sie herausgefunden, dass das Krankenhaus von einem privaten Unternehmen geleitet wurde. Mehrere Männer einer Wachfirma sorgten dafür, dass das Gelände nicht betreten werden konnte.

»Wie gehen wir weiter vor?«, wollte Paul wissen, als sie unweit der Klinik an einer Bushaltestelle saßen, von der man einen guten Blick auf das Gebäude hatte. Tatsächlich fuhren Krankentransporte in stündlichen Intervallen auf das Gelände.

»Wir sorgen dafür, dass sie uns da unten reinlassen«, war Davides Antwort.

»Willst du anklopfen und dich als der Scheich vorstellen?« Paul grinste breit.

»Nein, sie sollen schon denken, dass wir ihnen in die Falle tappen. Und wenn wir erst mal drin sind, dann arbeiten wir von dort aus.«

»Sofern sie uns nicht direkt abknallen.« Pauls Grinsen war verschwunden.

»Ja, sofern sie uns nicht direkt abknallen!«

***

»Sprengkapseln, Zünder, Multifunktionsunterbrecher, Kotzpulver und das Allerschönste …« Der Mann mit Vollbart und Glatze holte zwei kondomähnliche Plastikschlangen aus dem Koffer. »Die Aufbewahrungsboxen für das alles.«

»Sie kommt nicht dahin, wo ich es befürchte«, sagte Paul und stupste die Teile mit dem Finger an, als handelte es sich um ein schleimiges Reptil.

»Genau da kommen sie hin«, grinste der Bärtige.

Davide hatte Jakoby Barnett extra aus Süddeutschland einfliegen lassen. Er war ein langjähriger Mitarbeiter, der schon die Ventilfehlfunktion im Kraftwerk des Hofes in Schleswig-Holstein installiert hatte. Barnett war eine Koryphäe auf dem Gebiet des Ingenieurwesens und der Sprengstofftechnik. Bevor Davide ihn für sich gewonnen hatte, hatte Barnett zwei Jahrzehnte für den Geheimdienst gearbeitet.

»Die Peilsender werden Ihnen direkt unter die Haut gespritzt«, sagte er und sah Paul dabei grinsend an.

»Bekommen wir auch einen Kampfanzug, der fliegen kann?«, fragte dieser.

»Vielleicht beim nächsten Mal. Nun zum Ablauf, meine Herren: Der Sender dient dazu, damit Sie sich wiederfinden, im Falle einer Trennung, die gemäß Ihrer Schilderung, Davide, durchaus gegeben ist. Dazu benötigen Sie ein Handy oder einen Computer. Sie brauchen lediglich diesen Code einzugeben.« Er reichte beiden Männern einen Zettel. »Prägen Sie ihn sich ein. Den Frequenzunterbrecher werde ich in Ihren Absätzen integrieren, damit Sie im Notfall schnell darauf zugreifen können. Ein zweiter befindet sich in der Darmtasche ...« Er lachte kurz auf und sah Paul an. »Falls man Ihnen die Schuhe entwendet. Die Zündkapseln und die Zünder selbst befinden sich ebenfalls da drin. Wir hoffen einfach, dass sie derart erfreut über Ihre Ergreifung sind, dass sie keinen Verdacht schöpfen und Sie nicht durchsuchen.« Er machte mit dem Zeigefinger eine bohrende Bewegung.

»Das Pulver zur schnellen Darmentleerung verstaue ich auch in der Schuhsohle. Sollten sie Ihnen die Schuhe wirklich entwenden, so müssen Sie selbst Hand anlegen, um die Tasche schnell aus Ihrem Innern zu bekommen. Ich empfehle Ihnen, das vorher mehrfach zu üben. Wenn das Ding rauskommt, ist es … ein klein wenig unangenehm.«

»Wie funktionieren die Kapseln«, wollte Davide wissen.

»Im Prinzip ganz einfach. Sie stecken den Zünder oben hinein. Genau in den schwarzen Punkt. Sobald Sie den Unterbrecher betätigen, lösen Sie die Explosion aus. Diese findet übrigens in Richtung des roten Streifens statt, der sich auf der Kapsel befindet. Damit können Sie den Schaden gezielt auswählen, da die Sprengkraft nicht sehr stark ist. Aber wenn Sie die Kapsel zum Beispiel an der Außenwand eines Benzintanks zünden, bleibt nicht mehr viel übrig. Befeuchten Sie die Kapsel und sie haftet auf jedem Untergrund.«

»Und wenn da keine Tanks sind?«, fragte Paul, der das *Kondom* in der Hand hielt und kritisch betrachtete.

»Ihnen wird schon was einfallen«, sagte Barnett. »Denken Sie nur daran, dass die Dinger explodieren, wenn Sie den Unterbrecher drücken. Sie sollten also eventuelle Kameras stilllegen, bevor Sie den Zünder einstecken. Ansonsten müssen Sie ihn zuerst wieder herausziehen.«

190

»Klingt ziemlich kompliziert«, brummte Paul. »Können wir nicht einfach CL20 verwenden, so wie wir es in Texas gemacht haben? Hat doch auch das ganze Ding lahmgelegt. Und wir mussten uns nichts in den Arsch schieben. Ich darf gar nicht dran denken, dass es Sprengstoff ist, den ich dann in mir habe. Ich glaube, ich werde kein Mittel brauchen, um mir in die Hose zu scheißen.«

Davide grinste. Auch ihm war nicht wohl bei der Tatsache, insgesamt zehn Sprengkapseln in seinem Darm zu befördern.

»Ich habe es so konzipiert«, sagte Barnett, »wie es Mister Malroy gewünscht hat. Klein und unauffällig. Sie können sich aber auch gern einen Klumpen CL20 in den Allerwertesten schieben, Paul.«

Kapitel 3

Davide schlich an mehreren Räumen vorbei, die alle diese Fensterattrappen enthielten, auf denen dem Bewohner die Außenwelt vorgegaukelt wurde. Sämtliche Türen waren verschlossen, was dafür sorgte, dass er allmählich daran zweifelte, rechtzeitig ein verdammtes Handy oder einen PC zu finden. Er hoffte inständig, dass von Gutenberg geblufft hatte, was Pauls Folter anbelangte.

Er freute sich darüber, dass er bis jetzt keinem Wachpersonal begegnet war, dennoch bereitete ihm die Leere der Gänge ein ungutes Gefühl. Auf Hof Gutenberg in Schleswig-Holstein konnte er keine zehn Meter gehen, ohne irgendjemandem über den Weg zu laufen. Hier hingegen schien alles ausgestorben zu sein.

Davide war einer weiteren Wegbiegung gefolgt, als er abrupt innehielt und zurücksprang. Mehrere weiß gekleidete Männer schoben eine Trage aus einem der Zimmer.

»Beeilen Sie sich!«, hörte er von Gutenberg brüllen. »Wenn meiner Tochter etwas zustößt, dann ziehe ich jeden von Ihnen zur Verantwortung!«

Erleichtert atmete Davide aus, als er feststellte, dass die Geräusche sich entfernten. Sie schlugen die andere Richtung ein. Dann brüllte von Gutenberg erneut: »Benjamin! Sorgen Sie dafür, dass Harry hier sauber macht! Augenblicklich!«

»Er befindet sich zurzeit in der Sporthalle«, antwortete jemand, der wesentlich ruhiger klang.

»Das ist mir SCHEISSEGAL! Sorgen Sie dafür, dass er hier sauber macht! AUGENBLICKLICH!«

»Selbstverständlich.« Das darauffolgende Funkgespräch konnte Davide nur kurz hören.

Vorsichtig spähte er um die Ecke. Der Gang war inzwischen leer, aber Davide sah etwas, das ihn wahrlich erfreute: eine offen stehende Tür.

Schnell war er in dem Zimmer verschwunden, welches augenscheinlich von einer jungen Frau bewohnt wurde. Von Gutenbergs Tochter. Sie hatten die Kleine, die Paul und er aus dem Schacht gezogen hatten, also geschnappt. Davide schloss die Tür hinter sich und sah sich um.

Sie hatten das Mädchen nicht nur eingefangen, sondern allem Anschein nach übel zugerichtet. Das Sofa war mit Blut gesprenkelt. Ein Eimer, der zur Hälfte mit einer roten wässerigen Flüssigkeit gefüllt war, stand daneben. Die Tür zum Bad war geöffnet und auch das Waschbecken zeugte davon, dass dort etwas nicht minder Unblutiges geschehen war. Davide erkannte einen Tacker am Rand neben einem Seifenspender.

Von Gutenberg hatte offenkundig doch nicht alles unter Kontrolle. Allerdings konnte Davide sich darum nicht auch noch kümmern. Er musste Pauls Position ausfindig machen, damit sie dem Ganzen hier den Gnadenstoß verabreichen konnten. Auch wenn ihm die Kleine leidtat. Sie schien echt nett gewesen zu sein.

Auf einem akkurat aufgeräumten Schreibtisch stand ein zugeklapptes Notebook. Davide fuhr es hoch und wartete. Wider Erwarten war das Ding nicht durch ein

Passwort geschützt und der Windows-10-Desktop tauchte wenig später auf.

Davide verband sich mit dem Internet und gab Barnetts Code ein. Eine Karte der äußeren Gegend des Hofes öffnete sich kurz darauf, auf der ein blinkender roter Punkt und ein gelber zu sehen waren. Davide zoomte die Punkte heran und staunte nicht schlecht, als ein kompletter Plan des Bergwerks auftauchte. Das gelbe Leuchtsignal zeigte seine Position im Zimmer des Mädchens an. Bei dem roten blinkenden Punkt handelte es sich um Pauls Sender.

Davide stellte fest, dass sich dieser ein Stockwerk tiefer aufhielt. Das gesamte Konstrukt glich einem Labyrinth, eine durchdachte Anordnung der Gänge war nicht zu erkennen. Alles wirkte, als hätte sich ein Riesenwurm willkürlich durchs Erdreich gegraben. Laut der winzigen Meterangabe neben den Punkten befand sich Davide in einer Tiefe von 623 Metern, Paul vierzehn Meter tiefer.

»Scheiße, was machen Sie denn da?«

Davide wirbelte herum.

Ein stark behaarter Mann stand mit einem Eimer und diversen Putzutensilien im Türrahmen. Davide sah, wie dieser nach seinem Funkgerät griff, das in einer Halterung am Gürtel befestigt war. Blitzschnell riss Davide die Elektroschockpistole hoch und feuerte die beiden Bolzen in Richtung der Reinigungskraft. Als sie in den Körper des Cleaners eindrangen, erstarrte dieser in einer einheitlichen Muskelkontraktion. Fünf Sekunden später kippte er nach vorn und schlug ungebremst auf dem Boden auf. Der Eimer rollte ein Stück zur Seite.

Davide rannte zur Tür, schob die Beine des Mannes beiseite und schloss diese.

Der Typ war dabei, sich stöhnend aufzurichten, als Davide ihm einen weiteren Stromschlag verpasste.

»Sie sollten da liegen bleiben«, sagte er, nachdem das Zucken des Körpers aufgehört hatte.

»Okay, okay«, keuchte der Kerl. »Lass nur den Strom weg, Alter!«

Ohne ihn aus den Augen zu lassen, holte Davide den Laptop und stellte ihn neben den Mann.

»Wie komme ich dorthin?« Er deutete auf den roten Punkt.

Der Mann rieb sich über die Augen. Selbst seine Finger waren von schwarzem Haar bedeckt.

»Das ist unten«, keuchte er.

»Das ist mir bekannt«, zischte Davide. »Ich will wissen, wie man dahin kommt.«

»I... Ich kann Sie hinbringen. Allein finden Sie das nie.« Er blickte auf. »Wer sind Sie überhaupt. Ein Patient?«

Davide runzelte die Stirn. »Kommen wir da ungesehen hin?«

»Scheiße, keine Ahnung! Ich mach hier nur sauber.«

Davide hob kurz die Pistole, die noch immer durch die Drähte mit dem Kerl verbunden war.

»Schon gut. Schon gut. Aber ich weiß es wirklich nicht. Hier oben sind die Quartiere der Mitarbeiter. Um diese Zeit sind alle beschäftigt. Die, die gerade keine Schicht haben, werden pennen. Denk ich. Aber da unten ist schon mehr los.« Noch einmal blickte er auf den Monitor. »Das ist ein Gästezimmer.«

Davide wurde hellhörig. »Was bedeutet das?«

Der andere sah ihn an. »Wie, was bedeutet das?«

»Wird dort gefoltert?«

»Nee, für gewöhnlich wird das in extra dafür eingerichteten Bereichen gemacht. Obwohl ...« Er schien zu überlegen. »Es gibt auch Gäste, die lassen sich die Patienten aufs Zimmer bringen.« Abermals betrachtete er den Monitor. »Aber das Zimmer ist nicht belegt.«

»Und das wissen Sie genau?«

»Klar weiß ich das genau. Wenn die Zimmer besetzt sind, stehen sie auf meiner Liste. Das Zimmer da steht nicht drauf. Ist also nicht belegt. So einfach ist das.«

Diese Auskunft beruhigte Davide ein wenig. Vielleicht wurde Paul ja nicht gefoltert.

»Wie lange benötigen wir bis dorthin?«

»Zehn Minuten.«

»Ich lasse die Elektroden in Ihrem Körper«, sagte Davide. »Wenn wir entdeckt werden, drücke ich so lange den Abzug, bis mir jemand das Ding aus der Hand nimmt. Und ich werde sehr lange darum kämpfen. Kapiert?«

Der Mann nickte.

»Gibt es sonst etwas, was ich wissen muss? Befinden sich zum Beispiel Kameras auf dem Weg dorthin?«

»Auf den Fluren sind jeweils nur am Anfang und am Ende welche.«

»Sie sagen mir rechtzeitig Bescheid, wenn wir uns so einem Ding nähern. Denken Sie daran, was ich gesagt habe.«

»Haben Sie schon mal so einen Stromschlag bekommen?«, fragte der Mann.

»Nein.«

»Dann vertrauen Sie mir: Das fühlt sich scheiße an. Und ich verzichte gern auf weitere.«

***

Als sie kurz darauf aus dem Zimmer traten, starrte Davide auf das Elektrofahrzeug, das auf dem Flur stand. Es besaß eine kleine Ladefläche, an der Blut und Hautfetzen klebten. Dennoch schien sie geeignet.

»Warum haben Sie nicht gesagt, dass Sie so ein Ding haben?«

»Sie haben nicht gefragt«, antwortete der Mann knapp. »Fahren wir damit?«

»Das machen wir! Ich lege mich auf die Ladefläche. Wessen Blut ist das?«

Der Cleaner zuckte mit den Schultern. »'n junges Paar. War noch gar nicht lange hier. Totgepeitscht. Hab 'n Auge in einer Ecke …«

Davide legte einen Finger an die Lippen und die Reinigungskraft verstummte. »Bringen Sie mich sicher nach unten und halten Sie einfach die Klappe!« Er stieg auf die Ladefläche und zog eine ebenfalls blutbeschmierte Plastikfolie ein Stück über sich.

»Ich beobachte Sie«, zischte er, nachdem der Mann sich auf den Sitz gesetzt hatte. Der legte wortlos einen Hebel um und setzte das Fahrzeug in Bewegung. Davide hatte nicht mit einem derartigen Ruck gerechnet, weshalb ihm beinahe die Waffe aus der Hand gerutscht wäre.

Sie fuhren knapp drei Minuten durch die leeren Flure, als der Typ das Fahrzeug frontal gegen eine Wand steuerte. Davide krachte gegen die Bordwand der Ladefläche und verlor die Pistole.

Als er aufblickte, starrte er in das grinsende Gesicht des behaarten Mannes. Dieser hielt die Waffe an den Kabeln, sodass sie wie ein Pendel hin und her schwang. Mit einem Ruck riss er sich die Elektroden aus der Haut und schleuderte alles vom Wagen.

»Hast wohl gedacht, du kannst den alten Harry einfach als Geisel nehmen. Falsch, mein Freund!«

Die haarigen Hände griffen nach Davide, der ihnen blitzschnell auswich. Er sprang auf die Knie, umfasste mit beiden Armen den Kopf des Mannes und brach ihm mit einer ruckartigen Bewegung das Genick.

Kurz sah Davide sich um. Das Fahrzeug stand vor einer Wand, neben der sich die Türen eines Aufzugs befanden.

Davide zog den Toten auf die Ladefläche und bedeckte ihn mit der Folie. Dann sprang er auf den Fahrersitz, orientierte sich kurz und steuerte den Wagen zurück. Er setzte ihn seitlich neben den Aufzug und betätigte den Knopf.

Bitte hilf mir, Noemi! Nur noch dieses eine Mal!

Teil 6

Lektionen

Kapitel 1

Mit akkuraten, gleichmäßigen Schwimmzügen legte Tjark Beschkay seine Bahnen zurück. Der Taucher genoss das kühle Wasser des Beckens und die Einsamkeit der Schwimmhalle, die er für sich gebucht hatte. Das Wasser umspülte seine Haut und kühlte die Erregung, die ihm die Badekappe aus Kiras Brust bescherte. Morgen würde sich die Haut ihrer Füße um die seinen schmiegen. Er wusste, dass sie zu klein sein würde, aber er wusste auch, dass Haut enorm dehnbar war. Ganz besonders die von jungen Frauen.

Er konzentrierte sich darauf, keine Erektion zu bekommen. Diese bewahrte er sich immer bis zum letzten Tag auf. Bis zu jenem Tag der unendlichen Verzückung. Jenem Tag, an dem er ihre komplette Haut auf dem Körper tragen würde. Eng würde sie sich an ihn schmiegen. Kira, das Mädchen, das er schon so lange begehrte und bei dem er nie zu hoffen gewagt hatte, sie jemals besitzen zu dürfen. Aber dann war von Gutenberg auf ihn zugekommen.

»Würden Sie sich um meine Tochter kümmern?«

Eine Frage, die Tjark einen warmen Schauer über den Körper gejagt hatte.

»Wie darf ich das verstehen?«, hatte er wissen wollen.

»Nicht so, wie Sie vielleicht zu hoffen wagen. Ich möchte ihr lediglich eine Lektion erteilen.«

Der Schauer war augenblicklich verschwunden.

»Ich bin hier, um meinen Spaß zu haben«, hatte Tjark gesagt. »Nicht, um Lektionen zu erteilen.«

Von Gutenberg hatte gelächelt. So, wie er es immer tat. Freundlich und kalt. »Ihr gesamter Besuch wird für Sie kostenlos sein. Erst die Lektion, dann Ihr Vergnügen. Sie zahlen nicht einen Cent.«

»Wie soll die Lektion aussehen?«, hatte Tjark daraufhin lächelnd gefragt.

Er erreichte den Beckenrand, tauchte hinab und stieß sich von der Wand ab. Die Brusthaut lag straff an seinem Kopf. In drei Tagen, wenn er Kiras Haut anhatte und seine Sauerstoffausrüstung trug, um den Rest des Tages unter Wasser zu verbringen, würde sie dort oben in einem Rollstuhl sitzen und ihm zusehen. Er würde sich ihr, bevor er ins Wasser stieg, präsentieren. Sie sollte ihn und jedes einzelne Detail bestaunen. Er würde die Erektion nicht mehr unterdrücken müssen. Sie sollte seinen Schwanz bewundern, der zwischen der Haut ihrer Schamlippen hervorstand. Er würde sie zum Abschied küssen. Mit ihren eigenen Lippen.

Konzentrier dich!

Gleichmäßig verließ die Luft seine Lunge sowie das Blut seine Lenden. Sein durchtrainierter Körper genoss jeden einzelnen Schwimmzug. Er liebte das Leben hier, weit unter der Erdoberfläche, das sich so sehr von dem realen Leben dort oben unterschied. Oben war er ein fürsorglicher Familienvater. Seine beiden Töchter und seine Frau liebten ihn abgöttisch. Und ja, auch er liebte sie.

Seine berufliche Laufbahn hatte ihn in kürzester Zeit zum leitenden Branddirektor der Berufsfeuerwehr gebracht. Dort oben durfte er Menschen retten, wenn sie der unbändigen Macht des Feuers ausgesetzt waren. Eines Feuers, das ihnen ansonsten bei lebendigem Leib die Haut vom Körper fressen würde.

Hier unten war er selbst das Feuer. Und das Schöne daran war, es gab niemanden, der versuchte, ihn zu löschen. Hier existierte das Außerhalb nicht. Hier gab es keine Realität.

Er knickte in der Körpermitte ab und tauchte bis zum Grund, berührte die Fliesen, die seiner Hitze mühelos standhielten. Dank des Wassers, das sie schützte. Er tauchte auf, durchstieß die Oberfläche, deren Luft er mit einem Aufschrei in seine Lunge beförderte. Ja, er liebte das Leben. Sowohl unten als auch oben.

Der nächste Schwimmzug brachte ihn bis zum Rand, an dem er sich diesmal festhielt. Für heute hatte er genug.

Mit der flachen Hand strich er über seinen Kopf und betastete die tote Haut, die er tragen würde, bis er in vier Tagen zurück an die Oberfläche reiste. Bis das andere Leben wieder begann. Häufig fingen die Teile nach zwei Tagen an zu stinken, aber das störte ihn nicht. Der Geruch des Todes gehörte zum Leben dazu. Wie gern würde er ihn als allgegenwärtig willkommen heißen? Wie gern würde er ihn mit nach oben nehmen, ihn seinen Kindern vorstellen und seiner Frau. Sie würden ihn genauso liebgewinnen, wie er ihn selbst in sein Herz geschlossen hatte. *Heiliger Tod, der du dich so vom Leben unterscheidest und doch so gleich bist.*

Vielleicht würde Tjark es irgendwann machen. Vielleicht würde er das Unten mit nach oben nehmen. Oder gar das Oben in ein Unten verwandeln. Was wäre ein besserer Liebesbeweis, als sein eigen Fleisch und Blut am Körper zu tragen? Was würde seine Frau sagen, wenn er sie mit den Lippen ihrer gemeinsamen Kinder küssen würde? Wenn er sie mit der Töchter Hände ausziehen würde? Stück für Stück. Sie würde sich selbst betrachten können, wenn er in ihrer Haut vor ihr stehen und sie anlächeln würde. Haut auf Haut. Töchter auf Vater. Mutter auf Töchter. Und wenn er zum Schluss ihre Kopfhaut nehmen und sich in sie verwandeln würde, ja, dann wäre das Unten überall.

Ein harter, schneller Ruck an seinem Kopf ließ ihn kurz aufschreien. Augenblicklich färbte sich das Wasser um ihn herum rot.

»Was fällt Ihnen ein, Sie Dreckskerl?« Jemand schrie ihn von oben an.

Tjark wischte über seine Augen, in die Blut eingedrungen war. Ein kühles Brennen umrundete seinen Kopf. Als er mit der Hand drüberfuhr, stellte er fest, dass die Brusthaut des Mädchens verschwunden war.

»Kommen Sie da raus!«

Tjark blickte nach oben und starrte in den Lauf einer Waffe. Was zum Teufel ging hier vor?

Der Mann, der auf ihn zielte, trat einen Schritt zurück. »Raus da!«, brüllte er erneut.

Tu, was er sagt! Du kannst ihn da oben besser ausschalten!

Ja, das konnte er wirklich. Wer immer ihn da bedrohte, würde es bereuen. Abermals wischte er das Blut aus den Augen. Dann hievte er seinen Körper aus dem Becken.

***

Als er sich erheben wollte, traf ihn der erste Schlag an der Schläfe. Tjark hatte nicht damit gerechnet, verlor den Halt auf den nassen Fliesen und schlug auf dem Boden auf.

»Sind Sie irre?«, kreischte ihn jemand an. »Was fällt Ihnen ein, meine Tochter zu quälen?« Die Stimme war so laut, dass sie in der Halle ein Echo erzeugte.

Verwirrt rappelte Tjark sich auf. Jetzt erkannte er von Gutenberg, der mit der Waffe auf ihn zielte.

Beschwichtigend hob Tjark die Hand. »Hey, Doc. Was ist los mit Ihnen?«

»Halt dein dreckiges Maul!« Von Gutenberg war wie von Sinnen. Er hielt den Hautlappen, den er dem Taucher vom Kopf gerissen hatte, in der Hand.

»Gutenberg, ich bitte Sie! Es war doch Ihr ausdrücklicher Wunsch!«

»Was?«, kreischte der Professor weiter und kam mit der Waffe auf Tjark zu. Dieser wich wachsam zurück, bis er mit dem Rücken gegen die Wand stieß. »Ich habe gesagt, Sie sollen ihr eine Lektion erteilen! Ein Schlag in den Magen war abgemacht! *Ein* Schlag!« Er spannte den Hahn.

»Moment!« Tjark schüttelte den Kopf und wischte weiteres Blut von der Stirn. »Juliette sagte, dass Sie es sich anders überlegt haben!« Er sah die kurze Verunsicherung in den Augen des Professors. Dies nutzte er aus, sprang nach vorn und packte den Arm mit der Waffe. Gekonnt drehte er ihn so, dass von Gutenberg diese schreiend fallen ließ. Dann stieß er den Professor von sich.

Von Gutenberg stolperte gegen die Wand und sah sich hektisch nach der Waffe um, die aber unerreichbar in einigen Metern Entfernung lag.

»Sobald Sie sich auch nur in die Richtung bewegen, schlage ich Sie tot!«, zischte Tjark. »So und nun in aller Ruhe. Was geht hier vor?«

Von Gutenbergs Augen blitzten. »Sie!«, fauchte er und deutet mit der Hand, die die Haut seiner Tochter umfasste, auf den Taucher. »Sie haben meine Tochter wie einen ganz gewöhnlichen Patienten behandelt!«

»Ja! Weil Sie es so wollten!«

»Ich habe Ihnen genau gesagt, was ich wollte!«

»Richtig! Und Ihre Frau hat gesagt, dass Sie sich umentschieden haben!«

»Unsinn!« Von Gutenberg spuckte das Wort hinaus.

»Fragen Sie sie doch selbst. Ich habe Ihnen von vornherein gesagt, dass ich nicht hier bin, um Lektionen zu erteilen, Gutenberg! Es war *Ihr* ausdrücklicher Wunsch! Ganz allein Ihrer und der Ihrer schwachsinnigen Frau!«

Plötzlich sprang von Gutenberg blitzartig nach vorn.

Tjark wich aus und hörte, wie der Professor hinter ihm auf den Fliesen aufschlug. Als er sich umdrehte, sah Tjark den silbernen Gegenstand, der unter dem Brustlappen in von Gutenbergs Hand hervorlugte.

Tjark wollte auf den Mann zugehen, ihn packen und in den Pool werfen. Dort würde er ihn so lange untertauchen, bis der Spinner zur Vernunft gekommen war. Er machte einen Schritt auf den Professor zu, als er seine Beine nicht mehr spürte. Ein taubes Kribbeln hatte von ihnen Besitz ergriffen. Stattdessen bemerkte er, wie etwas aus ihm herauskroch. Tjark blieb stehen, sah die aufeinandergepressten Lippen des Professors, die hasserfüllten Augen. Bei dem Gegenstand in seiner Hand handelte es sich um ein Skalpell. Die winzige Spitze war rot.

Tjarks Hände griffen zu seinem Bauch, doch da war nur eine wurmartige Masse, in die seine Finger drangen. Etwas umschlang sie, quoll zwischen ihnen hindurch und platschte auf den Boden. Tjark sah nach unten. Darmschlingen hingen aus einem langen Schnitt in seiner Bauchdecke. Sie umspülten seine blutigen Hände und reichten bis hinunter zu den Zehen.

Ungläubig hob Tjark die Hände, betrachtete das schillernde Fleischgewirr, das sich schlangengleich aus seiner Umklammerung befreite.

»Mein Name ist *von* Gutenberg«, zischte ihm jemand ins Ohr. »Haben Sie das kapiert? *Von* Gutenberg!«

Den harten Schlag in die Seite, der ihn ins Becken stieß, spürte er kaum. Das Wasser, das wenig später in seine Lunge strömte, verwirrte ihn, da es schmerzte. Es fühlte sich falsch an.

Es dauerte keine zehn Sekunden, bis der zuckende Körper des Tauchers auf den Grund des Pools sank. Eine Weile sammelte sich das Gedärm an der Oberfläche, um dann langsam vom Gewicht des Toten nach unten gezogen zu werden, rotem Seegras gleich, das von der Strömung sanft umspült wurde.

Von Gutenberg spuckte ihm hinterher und griff nach
seinem Walkie-Talkie. »Harry, bitte kommen!«

Kapitel 2

Davide war mit dem Reinigungsfahrzeug in den Lastenaufzug gefahren. Dieser quietschte beängstigend, als er sich zitternd in die Tiefe bewegte.

Es dauerte eine scheinbare Ewigkeit, bis sich die Türen öffneten und die Sicht auf einen Vorraum, von dem drei Flure abgingen, preisgab. Davide trat das Gaspedal und langsam surrte das Fahrzeug hinaus.

Er steuerte auf einen Wegweiser zu, auf dem er ausmachte, dass er in den linken Gang fahren musste, um zu den Gästezimmern zu gelangen.

Gerade, als er in den Flur hineinfuhr, kamen ihm zwei Wachmänner entgegen. Davide erkannte es an den Tasern, die in Halftern an ihren Gürteln steckten. Er hielt das Fahrzeug an.

Die Männer sahen ihn an, ohne den Weg frei zu machen. »Wo ist Harry?«, fragte einer der beiden.

»Wenn ich das wüsste, wäre mir geholfen«, antwortete Davide. »Hat mir gesagt, ich soll den Müll hier runterbringen.« Er deutete auf die Ladefläche. »Würde hier irgendwo auf mich warten, hat er gesagt.«

»Wer bist du?«, wollte der andere wissen. »Hab dich noch nie gesehen.«

»Bin seit heute früh hier. Soll Harry helfen. Die Gäste machen zu viel Dreck, sagt der Boss.«

Der Mann lächelte kurz. »Stimmt wohl. In letzter Zeit sind wir fast immer ausgebucht. Hier bist du auf jeden Fall falsch. Hier gehts zu den Gästezimmern.«

»Ich weiß«, sagte Davide. »Harry wollte bei einem von denen warten. Zimmer 313.«

Die Männer sahen sich an. »Warum wartet er denn dort?« Die Frage triefte vor Skepsis.

»Keine Ahnung!«, sagte Davide, mit genervtem Unterton. »Wahrscheinlich, weil es da aussieht wie Sau. Aber kommt doch mit und fragt ihn selbst.«

Die Männer wichen seinem Blick nicht aus. Es waren endlose Sekunden, die verstrichen und Davide bereitete sich darauf vor, die beiden auszuschalten, als der eine den anderen anstieß und sie den Weg frei machten.

»Grüß ihn von uns«, sagte er.

Davide setzte den Wagen in Bewegung. »Mach ich.« Er hatte sich gerade ein paar Meter entfernt, als es unter der Folie krächzte: »Harry, bitte kommen!«

Davide trat fester auf das Gaspedal, in der Hoffnung, dass niemand außer ihm den Funkspruch gehört hatte.

»Hey! Moment!«, ertönte eine Stimme weit hinter ihm.

Da das Fahrzeug nicht schneller wurde, bremste Davide es ab. Er hörte, wie die beiden Männer auf ihn zukamen.

»Was ist da unter der Folie?«, rief einer.

Davide stieg vom Wagen und ging kopfschüttelnd auf die Ladefläche zu. »Hab wohl mein Walkie-Talkie da liegen gelassen. Ich würde meinen Kopf vergessen, wenn der nicht angewachsen wäre, hat meine Mutter immer gesagt.«

Einer der Männer hatte den Taser gezogen. Davides Muskeln spannten sich an.

»Mach die Folie weg!«, brüllte der andere, als sie den Wagen erreichten.

»Keine Panik, Leute. Ist nur mein Funkgerät.« Davide nestelte auffallend langsam an der Folie. Dann wirbelte er urplötzlich herum und warf sie gegen die beiden Männer. Er hörte ihr Fluchen, sprang auf sie zu, packte einen der Köpfe und rammte ihn auf sein Knie. Der andere hatte sich unterdessen aus der Folie befreit, richtete die Waffe auf Davide und drückte ab.

Blitzschnell duckte dieser sich. Das obere Projektil flog über seine Schulter hinweg, das untere drang in seinen Brustmuskel. Davide riss den Widerhaken heraus und hechtete auf den Mann. Der war äußerst geschickt, sprang zur Seite und sorgte dafür, dass Davide über das ausgestreckte Bein stolperte. Er schlug gegen die Wand, wollte sich gerade drehen, als ihm der andere in die Nieren trat.

Davide umfasste das Bein und drehte es so, dass der Typ den Halt verlor und ebenfalls zu Boden fiel.

»Wir brauchen sofort Hilfe! Flur Gästezimmer!«, hörte er jemanden in seiner unmittelbaren Nähe sagen.

Davide sprang auf dem Mann mit dem Walkie-Talkie vor den Lippen zu, wurde aber von dessen Kumpel zurückgerissen. Der Funker warf das Gerät beiseite und versetzte Davide einen Fausthieb ins Gesicht, während der andere sich auf seinen Rücken stürzte. Ein weiterer Schlag traf seine Wange. Davide drehte sich herum, lag nun rücklings auf dem Kerl, der noch immer an seinem Rücken klebte und entging einem erneuten Fausthieb, der lediglich seine Stirn streifte. Der Kerl war eindeutig ein Boxer.

Davide schnappte sich den Arm, drehte ihn, bis ein Knacken ertönte. Der Mann schrie und riss ihn zurück. Der andere unter seinem Rücken versuchte, sich zu befreien, sodass Davide ihm einen Ellenbogenstoß versetzen und von ihm herunterspringen konnte. Mit einem Satz katapultierte er sich nach vorn, an dem Elektrofahrzeug vorbei. Von Weitem drang das Geräusch schneller Schritte durch den Flur. Rufe folgten. Die verdammte Verstärkung war unterwegs!

Davide griff in seine Hosentasche und beförderte zwei Sprengkapseln hervor. Der Boxer tauchte neben dem Wagen auf und Davide trat ihm ins Gesicht. Blitzschnell steckte er die Zündantennen in die Kapsel, leckte sie an und klebte eine an die Außenseite des Fahrzeugs. Die andere warf er in den Flur, von wo aus er die Stimmen hörte.

»Was zum Teufel ist das für 'ne Scheiße?«, keuchte der Wachposten, der an Davides Rücken gehangen hatte und nun die Kapsel zwischen den Fingern hielt.

Davide kramte den Unterbrecher aus der Tasche, als in dem Moment der Boxer um den Wagen sprang und ihn mit dem Kopf an der Stirn erwischte. Davide spürte, wie der Unterbrecher aus seiner Hand geschleudert wurde. Für einen winzigen Moment wurde alles dumpf um ihn herum.

»Ich hab ihn!«, brüllte der Boxer, verpasste ihm einen Schlag mit der Faust, die Davide vorhin verdreht hatte, und schrie vor Schmerz auf.

214

Den Moment nutzte Davide, um ihm ebenfalls ins Gesicht zu schlagen. Er traf die Nase, die knackend nachgab. Ein Blutstrom erschreckenden Ausmaßes ergoss sich über das Gesicht des Boxers. Dies schien ihn nicht zu stören, denn er stürzte sich erneut auf Davide.

Inzwischen waren die Stimmen der Verstärkung überdeutlich hörbar. Davide sah den Unterbrecher zwei Meter von sich entfernt an der Flurwand liegen. Er rammte dem Boxer sein Knie zwischen die Beine, was dieser damit quittierte, dass er ihm das Blut ins Gesicht spuckte. Dann kippte er würgend zur Seite, die Hände in seinen Schritt gepresst.

Davide hechtete in Richtung des ringförmigen Gegenstands, der ihn hoffentlich aus dieser Situation befreien konnte. Er erreichte ihn, drehte sich auf den Rücken und sah zwei weitere Männer neben dem Wagen, die ihre Taser auf ihn gerichtet hatten.

Die Projektile flogen auf ihn zu und Davide drückte den Knopf des Unterbrechers. Die Beine der beiden Männer wurden in einer lauten Explosion weggesprengt, genau in jenem Moment, als die Projektile in Davides Oberkörper eindrangen.

Davide stellte sich auf den Schmerz der 50.000 Volt ein, doch nichts passierte. Scheinbar hatte die Sprengung nicht nur die Beine, sondern auch die Verbindungskabel durchtrennt.

Keuchend stand er auf. Die zweite Sprengkapsel hatte ein wahres Massaker angerichtet. Der Posten, der sie in seinen Händen gehalten hatte, lag armlos und mit aufgerissenem Leib an der Wand. Ein weiterer klebte an der gegenüberliegenden. Das Gesicht war verschwunden und seine verbrannten Hände tasteten ungläubig in der fleischigen Masse. Die Seite seines Körpers war aufgerissen und eine breiige Masse, die wohl einmal Gedärm gewesen war, pappte wie ein Fächer auf der Tapete neben ihm.

Von wegen ›geringe Sprengkraft‹, Herr Barnett!

Davide riss sich die Elektroden aus dem Körper, als er abermals hektische Stimmen vernahm, die sich über den Flur näherten. Es hätte ihn auch gewundert, wenn das Ganze unbemerkt geblieben wäre.

Währenddessen hatte sich der Boxer von seinen Schmerzen erholt und versuchte keuchend, auf die Beine zu kommen. Davide trat ihm ins Gesicht und traf erneut die gebrochene Nase. Diesmal blieb er endgültig liegen.

Davide drehte den Mann um, schnappte sich den Taser und rannte los. Der lange Flur sah aus wie der eines Hotels, nur dass die Türen einen größeren Abstand zueinander hatten und wesentlich robuster wirkten.

Er passierte das Zimmer mit der Nummer 204 und rannte schneller. Die Stimmen, die er noch vor wenigen Sekunden gehört hatte, waren verschwunden. Wahrscheinlich hatten sie den Schlachthaufen erreicht, den er verursacht hatte.

Unter der Decke, jeweils an der rechten und linken Flurseite, hingen Kameras, an deren Seite ein rotes Licht anging. Dieser Cleaner hatte ihn also verarscht; die Scheißdinger waren überall. Davide betätigte den Unterbrecherknopf und die Lichter erloschen. Es gab demnach mehr Kameras als nur jeweils eine am Anfang und Ende des Flurs. Davide musste auf der Hut sein.

Er war an Zimmer 214 vorbeigerannt, als eine Gabelung auftauchte. Davide musste sich laut Hinweisschild links halten. Bei Zimmer 254 begegnete er einem dicken Mann im Bademantel, der erschrocken zur Seite wich und verschämt den Blick senkte. Vermutlich einer der Gäste, dachte Davide und überlegte kurz, ob er dem Typ das Genick brechen sollte. Aber er musste zu Paul und so ließ er dem Kerl den Rest seines erbärmlichen Lebens, bis Davide dafür sorgte, dass es hier unten nichts mehr außer Erde und Gesteinsmassen geben würde.

Zimmer 296! Eine weitere Gabelung. Davide spürte die Galle, die in ihm aufsteigen wollte. Konnte es wirklich sein, dass es hier über 300 Gästezimmer gab? Wenn diese alle besetzt wären, wäre das Ganze ein Schlachthaus, das sogar einen Großbetrieb für Tierschlachtungen übertraf. Woher kamen all die Menschen – oder Patienten, wie man sie hier nannte?

Zwei weitere Kameras, die Davide abschaltete. Dann stand er vor dem Raum, in dem er seinen Freund vermutete. Er war verschlossen.

In Windeseile zog er eine Sprengkapsel aus der Tasche und machte sie scharf. Er befestigte sie in Höhe der Klinke. Gerade wollte er den Zünder betätigen, da fiel ihm ein, dass Paul direkt hinter der Tür stehen konnte.

Er schlug mit der Faust gegen das Blatt und rief seinen Namen.

»Na endlich«, erklang es gedämpft.

»Geh von der Tür weg. Ich sprenge sie auf!«, rief Davide.

»Alles klar!«

Davide trat ein paar Schritte zurück und drückte auf den Knopf des Unterbrechers. Mit einem dumpfen Knall flog die Tür auf und schlug krachend gegen die Wand.

Davide rannte durch den Qualm. Er entdeckte Paul, der grinsend auf der fahrbaren Trage lag, an Händen und Füßen gefesselt.

»Hast dir ja mächtig Zeit gelassen«, sagte dieser. »Aber zumindest hast du gut geschissen, wie ich sehe.«

Davide öffnete die Lederriemen und Paul erhob sich. »Hätten die mich wirklich gefoltert, hätte ich dir die Zeit übelgenommen.«

»Schön, dass du deinen schwarzen Humor nicht verloren hast«, zischte Davide. »Wir müssen hier weg. Ich war unterwegs sehr laut.«

»Ja«, sagte Paul und stand auf. »Habe die Explosionen gehört. Hast du noch genug Kapseln? Meine befinden sich noch in Sicherheit.«

Davide ging nicht weiter darauf ein und rannte zum Ausgang. »Komm schon!«, rief er.

Kapitel 3

»Verdammte Scheiße! Melden Sie sich, Harry!« Von Gutenberg brüllte in das Walkie-Talkie. Nachdem drei Sekunden später keine Antwort kam, wechselte er den Sender.

»Benjamin! Kommen!« Von Gutenberg betrachtete den Pool, dessen Wasser sich partiell rosa gefärbt hatte. Er fluchte innerlich, denn er würde es komplett auswechseln müssen. Noch immer waren Darmschlingen zu erkennen, die durch die trübe Oberfläche brachen, um kurz darauf in der Tiefe zu verschwinden. Das Ganze war viel zu schnell gegangen. Von Gutenberg hätte den Kerl gern leiden lassen, so wie dieser Kira hatte leiden lassen.

»Ihre Frau hat gesagt, dass Sie es sich anders überlegt haben!«

So ein Bullshit! Juliette hatte es akzeptiert, dass er eine erwachsene Tochter hatte und dass diese im Betrieb integriert war. Zu Anfang hatte sie zwar mürrische Versuche unternommen, ihn diesbezüglich zu beeinflussen, aber von Gutenberg hatte ihr irgendwann klargemacht, dass Kira ein Teil seines Lebens war. Und zwar der wichtigste Teil. Juliette hatte es lächelnd akzeptiert. Er dachte gern an den Blowjob zurück, den sie ihm daraufhin verpasst hatte. Oh ja, seine Frau war eine wahre Göttin, was die Lustbefriedigung anbelangte.

»Ich höre, Herr von Gutenberg!«, krächzte es aus dem Funkgerät.

»Ich erreiche den Cleaner nicht!«, brüllte von Gutenberg. »Er muss sich um den Pool kümmern, wenn er mit Kiras Zimmer fertig ist.«

»Ich schicke jemanden vorbei und melde mich!«

»Beeilen Sie sich. Und ich will eine Erklärung haben, warum er nicht erreichbar ist. Sagen Sie ihm das!« Von Gutenberg steckte das Funkgerät in den Gürtel, ging zu einem Regal mit Handtüchern und nahm eines heraus. Er legte die Haut seiner Tochter darauf, bedeckte sie behutsam und nahm das Handtuch an sich. Dann machte er sich auf den Weg zur Krankenstation.

Oh, wie gern hätte er dem Kerl die Haut vom Körper gezogen.

***

»Scheiße, wie groß ist dieser Laden?« Paul keuchte, als sie um eine weitere Kurve rannten.

Seit fünf Minuten liefen sie durch die Flure.

Seit der letzten Abzweigung schienen sie an den Gästezimmern vorbei zu sein. Zumindest standen keine Nummern mehr an den Türen, die nicht mehr dicht beieinanderlagen.

Davide blieb stehen. »Das hat keinen Sinn. Ich habe keine Ahnung mehr, wo wir uns befinden. Wir brauchen einen Computer oder ein Handy. Doch Letzteres scheint hier niemand zu besitzen.«

Paul lehnte sich an die Flurwand und stützte die Hände auf die Oberschenkel. »Da war der Hof in Texas ja ein Klacks«, schnaufte er.

»Da waren wir auch besser ausgerüstet und noch nicht so bekannt. Wenn die schlau sind«, sagte Davide, »dann wissen sie genau, wo wir sind. Sie müssen nur gucken, welche Kameras ausgehen.« Er hatte zwar darauf geachtet, die Unterbrechungen so kurz wie möglich zu halten, aber Davide ging davon aus, dass sie einen Überwachungsraum besaßen. Und wenn dieser durch einen Posten besetzt war, der seine Sache ernst nahm, dann würde es ihm auffallen. Die Frage war, warum hatten sie sie dann noch nicht erwischt? Seit Pauls Befreiung waren sie keinem Wachpersonal mehr begegnet.

»Die werden ihre mickrigen Waffen austauschen«, sagte Paul und deutete auf Davides Taser.

Eine Tür in ihrer Nähe öffnete sich mit einem Mal.

Davide riss die Waffe hoch.

Das Gesicht einer alten grauhaarigen Frau lugte aus der Öffnung. Als die Oma Davide und Paul entdeckte, lächelte sie. »Habe ich doch richtig gehört«, sagte sie und trat auf den Flur hinaus. Um ihren Hals trug sie eine Weihnachtsgirlande.

Davide ließ den Taser sinken.

»Mein Mann sagt immer, ich könne nicht mehr gut hören, aber wissen Sie was?« Noch immer lächelnd kam sie auf Davide zu. Geheimnisvoll sah sie sich kurz um und legte die faltigen Finger an den Mund. »Ich tue nur so, weil mir sein Gequassel manchmal gehörig auf die Nerven geht.« Sie kicherte glucksend.

»Ma'am.« Paul trat nach vorn. »Haben Sie vielleicht ein Handy auf dem Zimmer?«

Die Augen der Frau wurden riesig, als sie Paul von unten bis oben ansah. Paul war fast doppelt so groß wie die Alte. »Ich werd verrückt«, sagte sie beeindruckt. »Sie sind ein echter Neger.«

Paul sah Davide an. Dann lächelnd an die Frau gewandt: »Ja, Ma'am, das bin ich wohl. Haben Sie denn ein Handy?«

»Mein Gatte hat eins.« Sie ließ den Blick nicht von Paul. »Kommen Sie doch einfach mit aufs Zimmer, meine Herren, und trinken Sie einen Kaffee mit uns. Mein Mann und ich wollen das heilige Fest feiern und schmücken gerade den Baum.« Sie strich über die silberne Girlande. Sie lachte erfrischend auf, als sie die verdutzten Gesichter der beiden Männer sah. »Wir sind nicht von Sinnen, falls Sie das denken!« Abermals dieses Lachen. Ihr Gesicht nahm einen traurigen Ausdruck an. »Eduard, das ist mein Mann, wird beim nächsten Fest nicht mehr bei mir sein, müssen Sie wissen. Bauchspeicheldrüsenkrebs. Er hat immer so gern mit mir zusammen den Baum geschmückt. Abends singen wir dann gemeinsam Lieder.« Schnell wischte sie eine Träne beiseite.

»Und dann feiern Sie *hier* Weihnachten?« Paul sah sie ungläubig an. »Hier?«

»Aber selbstverständlich hier.« Das Lächeln war zurück. »Unser Sohn leitet dieses hübsche Hotel und wir dürfen hier unseren Lebensabend verbringen. Haben Sie Gunther schon kennenlernen dürfen? Ein toller Junge.«

»Wir kennen ihn«, sagte Davide. »Und wir würden gern Ihre Einladung zum Kaffee annehmen.«

222

»Na, dann kommen Sie, meine Herren. Eduard wird sich freuen.«

Sie folgten der alten Dame zur Tür, durch die es nach gebackenen Keksen und Zimt duftete. Davide sah sich um. Die Kamera, die den Flur überwachte, war schon viel zu lange aus. Sie betraten den Raum und Davide betätigte den Unterbrecher.

Kapitel 4

Gunther von Gutenberg lehnte an der Wand des Aufzugs, der mit einer atemberaubenden Geschwindigkeit in Richtung Oberfläche fuhr. Hin und wieder ruckelte es, gefolgt von kurzem, metallischem Kreischen. Der Fahrstuhl war noch derselbe, der zu Bergwerkszeiten betrieben wurde, nur mit dem Unterschied, dass das Ende nicht mehr aus einem Fördergerüst bestand, sondern einer modernen Anlage für Hochgeschwindigkeitsaufzüge, die direkt in die Privatklinik führte. Hier wurden die Patienten, die den Aufenthalt ihres Gastes überlebten, wieder zusammengeflickt. Von Gutenbergs Chirurgenteam bestand aus herausragenden Ärzten, denen er blind vertraute.

Als der Aufzug Minuten später langsamer wurde und schließlich anhielt, eilte von Gutenberg zum OP, in dem seine Tochter operiert wurde. Im Umkleideraum schlüpfte er in seine OP-Kleidung, desinfizierte sich und betrat wenig später den Saal.

Professor Stefan Bertelmann, ein Genie auf dem Gebiet der Nervenchirurgie und Hauttransplantationen, saß auf einem Hocker mit Rollen und hatte den Kopf über Kiras Körper gebeugt.

Von Gutenberg stellte sich neben ihn und betrachtete seine Arbeit. Er war dabei, Kiras Muskelgewebe zu reinigen und die unzähligen Risse zu verschließen.

»Ich habe die Haut«, sagte von Gutenberg. Obwohl er selbst ein ausgezeichneter Chirurg war und aus seiner Sicht keinerlei Hoffnung mehr für eine Transplantation bestand, wollte er diese Entscheidung lieber seinem Kollegen überlassen.

Bertelmann übergab die Instrumente seinem Assistenten, der wortlos seinen Platz einnahm. Auch dieser war ein Spezialist, was seine Arbeit anbelangte.

Von Gutenberg führte seinen Kollegen zu einem Tisch, auf dem das Handtuch lag, in dem die Brusthaut eingewickelt war. Mit Vorsicht öffnete Bertelmann den Stoff. Er drehte die Haut und betrachtete sie kurz. Dann hob er den Kopf und sah von Gutenberg in die Augen. »Es tut mir leid«, sagte er. »Diese Haut ist zerstört.«

Von Gutenberg nickte.

»Ich weiß auch nicht, ob ich die Brust Ihrer Tochter retten kann«, sagte Bertelmann. »Durch das Abreißen ist viel irreparabel zerstört worden.«

»Sie wollen ihre Brust amputieren?« Von Gutenbergs Stimme war ein Krächzen.

»Die Gefahr einer Nekrose ist sehr hoch. Ich werde versuchen, einen Teil des Gewebes zu retten, aber ich kann nichts versprechen. Allerdings ist eine Entfernung und ein späterer Aufbau heutzutage kein Problem mehr.«

Von Gutenberg beobachtete, wie Bertelmann sich zurück an seinen Platz begab, sah den Körper seiner Tochter. Was hatte er nur getan?

Er sah ihr Lächeln, als sie die Kerzen auf der Torte ausblies, die er ihr zu ihrem achten Geburtstag gebacken hatte.

»Darf ich mir etwas Besonderes von dir zum Geburtstag wünschen, Paps?«, hatte sie ihn mit ihrer piepsigen Stimme gefragt.

»Alles, was du möchtest, mein Engel.«

»Ich möchte eine Torte haben.«

Er hatte sie mit hochgezogenen Brauen angesehen. Sie kniete auf dem Sessel vor seinem Schreibtisch und klatschte aufgeregt in die Hände.

»Eine Torte? Aber das ist doch nichts Besonderes. Die bekommst du doch jedes Jahr.«

»Ich möchte ja auch, dass du sie backst, Paps. Ganz allein.«

Oh, wie sie gekichert hatte.

»Ich könnte Gerd eine extra besonders tolle Torte backen lassen«, hatte er es noch versucht. Gerd war der beste Konditor der Stadt und von Gutenberg und er kannten sich seit frühester Kindheit.

»Nein!«, war Kiras Antwort gewesen, woraufhin sie grinsend auf ihn gezeigt hatte.

Und er hatte es getan. Er hatte sich ein Rezept aus dem Internet heruntergeladen, es ausgedruckt und sogar selbst die Zutaten gekauft. Obwohl er die Torte – es war eine Obsttorte mit einer Sahneschicht und Streusel obenauf – genau nach Rezept angefertigt hatte, hatte sie grausam geschmeckt. Aber Kira fand sie toll. Ihre Augen hatten sich mit Tränen gefüllt, als er sie ihr präsentierte. Er musste nicht einmal sagen, dass er sie selbst gebacken hatte. Sie war derart krumm und schief, dass es niemand anderes hätte gewesen sein können.

»*Das ist das schönste Geschenk, das du mir jemals gemacht hast, Paps.*« Sie war um den Tisch herumgekommen, hatte ihn umarmt und auf die Wange geküsst.

Und nun lag sie dort unter einer sterilen Decke und ein Arzt würde ihr mit hoher Wahrscheinlichkeit die Brust entfernen müssen. Und warum? Weil ihr eigener Vater derart verbohrt war und auf Regeln bestand, die jenseits von Gut und Böse waren.

Er drückte mit den Fingern auf seine Augen, in denen ein unangenehmes Brennen entstand. Dann verließ er schweigend den Operationssaal.

Nachdem er sich umgezogen hatte, ging er in sein Klinikbüro, das in geringer Entfernung zum OP lag. Er wollte in Kiras Nähe sein.

Zuvor teilte er seiner Assistentin mit, dass sie ihm Bescheid geben sollte, wenn die Operation vorbei sei oder wenn sich Komplikationen ergaben.

»Und verbinden Sie mich bitte mit Benjamin.«

***

»Gut, dass Sie sich melden, Herr von Gutenberg.«

»Was ist passiert?«

»Dieser Scheich ist geflohen. Und er hat seinen Kumpel befreit. Er hat auch Harry und ein paar Leute vom Wachdienst getötet.«

Von Gutenberg rieb sich den Nacken. »Wo sind sie jetzt?«

Kurzes Schweigen am anderen Ende der Leitung. »Genau können wir es nicht sagen. Aber wir gehen davon aus, dass sie die Sohle nicht verlassen haben.«

»Sie gehen davon aus? Was ist mit den Kameras?«

»Er hat irgendeine Möglichkeit gefunden, sie auszuschalten.«

»Dann suchen Sie ihn dort, wo sie aus sind!«

»Er schaltet sie wieder ein, wenn er sie passiert hat. Aber ich habe alle Männer auf ihn angesetzt. Wir werden ihn finden.«

»Halten Sie mich auf dem Laufenden. Ich bin in der Klinik.« Von Gutenberg beendete die Verbindung. Seit dieser Scheich existierte, ging sein Leben den Bach herunter. Es wurde höchste Zeit, ihn endlich dingfest zu machen. Von Gutenberg wählte Juliettes Nummer.

»Ich habe mir Sorgen gemacht, Liebster. Wo bist du denn?«

»Hast du dem Taucher gesagt, er dürfe Kira wie eine Patientin behandeln?«

»Wie kommst du auf so eine absurde Idee? Du weißt, dass ich deine Tochter liebe. Aber was meinst du damit? Hat er sie etwa …«

»Er hat ihre Brust gehäutet.«

»Oh mein Gott. Sag mir, wo du bist. Ich komme sofort zu dir. Wie geht es Kira?«

»Sie wird noch operiert. Aber sie wird es überleben.«

»O… Okay. Das … das ist gut. Und wo ist Tjark?«

»Er liegt da, wo er sich immer am wohlsten gefühlt hat. Ich bin oben in der Klinik. Ich würde es begrüßen, wenn du bei mir wärst.«

»Ich mache mich sofort auf den Weg, mein Schatz.«

»Danke. Ich freue mich.«

Nachdem er den Hörer aufgelegt hatte, ging er hinüber zur Couch, zog seine Schuhe aus und legte sich hin. Er wünschte sich, dass der Tag schnell zu Ende ginge. Ohne dass noch etwas passierte.

Kapitel 5

»Sieh mal, Eduard. Wir haben Besuch. Du wirst es nicht glauben: Es ist sogar ein echter Neger dabei!«

Davide stieß Paul mit dem Ellenbogen in die Seite und grinste. »Wenn du nicht aufpasst, lässt sie dich auspeitschen.«

»Das ist *nicht* komisch, weißer Mann!«

Sie befanden sich in einem häuslich eingerichteten Zimmer, das sich im Wesentlichen nicht von den anderen Gästezimmern unterschied. Es war vielleicht ein bisschen größer. Anstelle zweier Einzelbetten stand ein Doppelbett an der rechten Seite. Ein Sofa nebst passendem Sessel stand um einen Couchtisch, auf dem sich diverse Zeitschriften sammelten.

»Nehmen Sie doch schon Platz. Ich sage meinem Mann Bescheid. Anscheinend hat er mich nicht gehört.« Sie gackerte. »Aber behauptet, ich sei schwerhörig.« Sie ging zu einer Tür, betrat den Raum dahinter, und schloss sie wieder.

Schnell sah Davide sich um. Paul tat es ihm gleich, doch schon nach kurzer Zeit mussten sie feststellen, dass sich weder ein Computer noch ein Telefon in dem Zimmer befanden. Glücklicherweise fehlten auch die Kameras, was Davide begrüßte. Er hätte sie zwar abschalten können, aber wer weiß, was dann ebenfalls alles ausgegangen wäre. Vielleicht die Baumbeleuchtung. Davide grinste.

»Soll ich fragen, ob ich die Toilette benutzen darf?«, fragte Paul.

Davide schüttelte den Kopf. »Noch nicht. Mir ist das Ganze hier nicht geheuer. Irgendwas stimmt mit der Alten nicht.«

»Meinst du, sie ruft gerade ihren Sohn an?«

»Immerhin wollte sie nicht wissen, wer wir sind.«

»Vielleicht denkt sie wirklich, dass das hier ein Hotel ist«, sagte Paul.

»Ja, vielleicht. Und wenn das wirklich von Gutenbergs Eltern sind, dann hätte uns nichts Besseres passieren können.«

»Du meinst, wir nehmen sie als Geiseln?«

»Wir sollten es in Erwägung ziehen. Obwohl ich mir bei seiner Skrupellosigkeit durchaus vorstellen kann, dass er sie, ohne mit der Wimper zu zucken, opfern würde, um an mich heranzukommen. Schließlich ist seine Tochter nicht grundlos geflohen.«

»Dann hoffen wir mal, dass der Alte ein Handy hat. Und dass wir bald vernünftige Waffen finden. Wir können ja nicht jeden Wachposten wegsprengen.«

Die Tür öffnete sich. Lächelnd trug die alte Frau ein Tablett herein, auf dem eine Kaffeekanne und ein Milchkännchen standen. »Eduard wird gleich zu uns stoßen.« Sie schob mit dem Arm die Zeitschriften zur Seite, stellte das Tablett auf den Tisch und sagte zu Davide: »Wären Sie so nett, mir vier Tassen aus dem Schrank dort drüben zu geben? Die Untertassen stehen direkt darunter.«

Davide lächelte sie an. »Sollte das nicht lieber der Neger machen?«, fragte er, und während er zum besagten Schrank ging, hörte Paul ihn glucksen.

Paul ließ sich in den Sessel fallen. »Ich freue mich, einmal nicht für meinen Herrn arbeiten zu müssen«, sagte er zu der Frau, die ihn verdutzt ansah.

Ein greiser Mann mit weißem Haar, das aus einem Kranz um seinen Kopf bestand, kam aus dem Nebenraum. Er hatte die Ärmel seines Hemdes hochgekrempelt und wischte sich mit einem Tuch die Hände.

»Oh, da ist er ja«, trällerte die Frau, ging auf ihn zu und ergriff seinen Arm.

Der zog ihn mit einem mürrischen Gesichtsausdruck von ihr fort. »Ich kann allein laufen!« Er legte das Tuch auf die Sofalehne und ging auf Paul zu. »Herzlich willkommen. Darf ich fragen, wer die Herrschaften sind?«

Davide trat heran und stellte die Tassen auf den Tisch. »Wir sind Gäste Ihres Sohnes«, sagte er freundlich.

Der Alte warf seiner Frau einen Blick zu.

»Ich habe die Herren auf dem Flur gesehen und sie zu einem Kaffee eingeladen.« Sie füllte Pauls Tasse. »Wie trinken Sie Ihren?«, fragte sie ihn und sah ihn an, als wären ihre Augen mit den seinen verschmolzen.

»Schwarz!«, antwortete Paul. Als die Tasse voll war, griff er nach dem Milchkännchen und schüttete einen Teil in seine Tasse, was die alte Dame zu verwirren schien.

Davide konnte sich ein Lachen verkneifen. »Wir haben leider unser Telefon auf dem Zimmer gelassen und müssten dringend telefonieren«, wandte er sich an den Mann. »Ihre Frau sagte uns, dass sie ein Telefon besitzen.«

Erneut dieser seltsame Blick zu seiner Frau.

»Dein Handy, Eduard. Er fragt nach deinem Handy.«

»Ich habe ihn schon verstanden.«

Davide wartete. Als der Alte nichts sagte, wiederholte er seine Frage: »Dürfen wir Ihr Telefon benutzen, Sir?«

»Sir? Sind Sie ein Aristokrat?«

Kurz ärgerte sich Davide über diesen Ausrutscher. »Meine Eltern sind adliger Herkunft«, sagte er. »Manchmal rutscht es mir noch heraus. Was ist nun mit dem Telefon?«

Der Alte stand auf. »Ich habe es drüben. Kommen Sie doch einfach mit. Meine Frau und ich sind gerade dabei, den Baum zu schmücken.«

»Oh ja!« Auch die Oma erhob sich. »Das müssen Sie sich anschauen.« Dann an Paul gewandt: »Sie dürfen Ihren Kaffee gern mitnehmen.«

»Vielen Dank, Ma'am. Sie sind äußerst xenophil.«

Die Alte lächelte pflichtbewusst, obwohl man ihr ansah, dass sie Paul nicht verstand.

Der Mann stand unterdessen vor dem Nebenraum. »Vielleicht mögen die Herrschaften ja sogar mit uns feiern. Wir haben noch genug Platz.«

Davide und Paul folgten ihm. »Immer lächeln«, flüsterte Davide, als Paul direkt neben ihm war.

Sie traten durch den Türrahmen und erstarrten.

Eine Tanne, die vom Boden bis zur Decke reichte, nahm die Mitte des Raumes ein. Davide wusste nicht, was er zuerst in seinen Verstand aufnehmen sollte. Da waren die fünf nackten Personen, die auf Stühlen an der hinteren Wand saßen. Zwei von ihnen hatte man den Torso geöffnet und das Innere herausgeholt. Das hing nun als menschlicher Weihnachtsschmuck am Baum. Darmschlingen pendelten, Girlanden gleich, zwischen den Zweigen. Innereien waren auf Haken gespießt oder lagen auf den Ästen und wurden von den elektrischen Kerzen angestrahlt. Augäpfel an dünnen Aufhängungen ersetzten die bunten Kugeln. Insgesamt zählte Davide zehn Stück. Er blickte auf die drei lebenden Personen, die ohne Augen zu ihm herüberstarrten. Ihre Münder waren zu einem lautlosen Schrei geöffnet. Sie schienen etwas sagen zu wollen, doch kein Ton entwich der dunklen Öffnung.

Die Zähne fehlten bei allen. Sie lagen zu einem Haufen getürmt auf einem Tischchen, zusammen mit einem Handbohrer und einem Faden, auf dem einige von ihnen aufgefädelt worden waren. Diverse Hautteile waren den Opfern entfernt worden – ganz und gar nicht fachmännisch, wie Davide feststellte – und hingen in dünne Streifen geschnitten von den Ästen herab. Lametta aus Menschenhaut. Den beiden Ausgeweideten – es waren Männer – hatte man die Geschlechtsteile entfernt. Eines von ihnen bildete, auf die Tannenspitze gespießt, einen grotesken Abschluss. Die vier Testikel waren, den Augäpfeln gleich, an dünnen Haken aufgehängt.

Davide griff nach dem Taser. Seine Bewegung war schnell, sehr schnell, doch im selben Moment spürte er ein Stechen in seinem Nacken. Er wirbelte herum. Vor ihm stand das alte Ehepaar. Es wich einen Schritt zurück und lächelte. Beide hatten eine Spritze in ihren Händen. Die Alte faltete die Finger ineinander. »Ein echter Neger,

Eduard. Kannst du dir das vorstellen? So etwas habe ich mir schon immer gewünscht.«

Aus den Augenwinkeln heraus erkannte Davide, wie Paul taumelnd versuchte, sich am Türrahmen festzuhalten.

»Lass uns diesmal die Stimmbänder drin lassen, ja Schatz?!«, hörte Davide die Oma lallen. »Ich möchte hören, wie der Neger schreit.«

Verschwommen sah er den Mann nicken. Dann schienen die beiden größer zu werden, was daran lag, dass er selbst zu Boden sackte.

Kapitel 6

Juliette genoss die harten Stöße in ihren Arsch. Sie kniete im Büro ihres Mannes vor dem Sofa und sah zu, wie er sich im Saft des Kerls aus dem Holzraum austobte. Gleichwohl konnte sie sich dem Vergnügen nicht so hingeben wie sie es sonst tat. Ein Problem ging ihr nicht aus dem Kopf: Kira!

Die kleine Schlampe lebte und wurde von Gunthers Spezialisten Bertelmann operiert. Was das bedeutet, wusste Juliette nur zu genau. Wer unter Bertelmanns Messer lag, überlebte. In all den Jahren, in denen dieser Mann für den Hof arbeitete, war keiner seiner Patienten gestorben. Gut, die meisten schafften es erst gar nicht auf seinen Tisch, aber wenn, dann kamen sie durch. Das war Fakt. Und deshalb würde auch dieses verhasste Miststück durchkommen.

Tjark war tot. Dafür hatte Gunther gesorgt. Juliette biss in den Sofabezug, was ihren Mann dazu animierte, es ihr härter zu besorgen. Was das Ficken anbelangte, war Gunther ein wahrer Stier. Er war eigentlich der perfekte Ehemann. Juliette konnte mit ihm all ihre perversen Gelüste austoben. Egal wie extrem diese waren, er machte mit, beziehungsweise sorgte dafür, dass die Realisation überhaupt möglich wurde. Alles wäre so schön, wenn da nicht … Ein Orgasmus ließ ihren Körper unkontrolliert zucken. Gunther schlug ihr unterdessen die Pobacken rot.

Sie hatte versucht, Tjark zu überzeugen, ihrer Stieftochter die komplette Haut bereits am ersten Tag abzuziehen. Um ihm seine Entscheidung zu erleichtern, hatte sie sich seinen Riesenprengel bis in den Rachen geschoben. Er hatte ihr sein Sperma förmlich in den Magen gepumpt und dann trotzdem Nein gesagt. Er würde seinem Ritual treu bleiben. Am ersten Tag die Brust, am zweiten die Füße. Tag drei Hände und am letzten den Rest. So war es und so blieb es!

Okay, also musste sie aufpassen, dass Gunther in den nächsten Tagen seiner Tochter nicht zu nahekam, hatte sie sich gedacht. Juliette war davon ausgegangen, dass dieses Unterfangen nicht schwierig sein würde, da die beiden mal wieder einen ihrer Vater-Tochter-Konflikte ausfochten. Sie musste sich nur ordentlich um Gunther kümmern. Und wenn ihr das nicht gelingen sollte, wem dann?

Seine Stöße wurden schneller. Härter. »Du fickst so geil!«, schrie sie in das Kissen. Er quittierte es mit weiteren Schlägen auf ihre nackte Haut, was dazu führte, dass der nächste Orgasmus nicht mehr lange auf sich warten ließ.

Für einen kurzen Moment verfluchte Juliette ihre Geilheit. Hätte sie diese besser unter Kontrolle, dann wäre sie sofort zu Gunther gegangen, nachdem sie dem Häuten von Kiras Brust beigewohnt hatte. Aber was hatte sie stattdessen getan? Sie hatte ihrer Lust nachgegeben und sich im Holzzimmer vergnügt. Und in dieser Zeit war Gunther auf die dumme Idee gekommen, seinen Vatergefühlen nachzugehen.

Sie schrie und zuckte, als sie spürte, dass ihr Mann sich ebenfalls schreiend in ihrem Arsch entleerte. Als er seinen Schwanz aus ihr herausgleiten ließ, drehte sie sich um und leckte ihn sauber. Darauf stand er. Sie war gerade dabei, seine Eier in ihren Mund zu schieben, als das Telefon auf dem Schreibtisch läutete.

»Sorry«, keuchte er, »aber ich muss rangehen. Es könnte Bertelmann sein.«

Juliette legte ihre Zähne sanft aufeinander, womit sie dafür sorgte, dass er seinen Sack nicht ohne Weiteres aus ihrem Mund ziehen konnte. Sie schielte nach oben und sah, dass er kurz die Augen schloss.

Dann versuchte er behutsam, ihren Kopf von sich zu schieben. »Ich muss da wirklich ran.«

Juliette drückte ihren Finger gegen seine Rosette und er stöhnte auf. Langsam öffnete sie ihren Mund und ließ ihn frei. Sofort bückte er sich und gab ihr einen Kuss auf die Stirn. »Ich liebe dich!«

Juliette lächelte ihm nach. Sie ließ sich aufs Sofa fallen, als er den Hörer abnahm. Er machte ein paar brummende Geräusche, dann sagte er: »Ja, ich bedauere es auch. Trotzdem vielen Dank für die gute Arbeit, Herr Kollege. Machen Sie sie fertig. Ich nehme sie mit.« Er legte den Hörer auf und rieb sich durchs Gesicht.

»Hat sie es überstanden?«, fragte Juliette.

Er nickte.

»Gott sei Dank.« Sie stand auf, ging zu ihm hinüber und massierte sanft seinen Nacken, was er mit einem wohligen Seufzen quittierte.

»Wir können Kira gleich abholen und mit runternehmen. Ich will nicht, dass sie hier oben aus der Narkose erwacht, wo alles kalt und steril ist. Wir werden sie in unser Zimmer bringen.«

»Das ist eine gute Idee«, antwortete Juliette.

Kapitel 7

»Ich glaube, ich habe sie.«

Benjamin sprang von seinem Stuhl auf und eilte zu seinem Kollegen, der vor den Überwachungsmonitoren hockte.

Die Luft in dem spärlich eingerichteten Raum war stickig und kaum atembar. Benjamin konnte seinen eigenen Schweißgeruch wahrnehmen, was ihm zuwider war. Er hasste nichts mehr als ungepflegte Menschen, deren Ausdünstungen schon von Weitem zu riechen waren. Er hatte vorhin überlegt, rasch aufs Zimmer zu laufen und sich zu duschen, doch er wollte jederzeit für Herrn von Gutenberg erreichbar sein.

Norman, der zuständige Wachmann, dessen Aufgabe die Kontrolle der Monitore war, rutschte mit seinem Stuhl ein Stück zur Seite.

Benjamin hatte ihn damit beauftragt, sämtliche Aufzeichnungen der letzten halben Stunde zu sichten. Die beiden Flüchtigen mussten schließlich irgendwo sein. Nun starrte er auf einen Monitor, der einen der vielen Flure zeigte.

»Ich kann nichts sehen«, sagte er mürrisch. Wenn er nicht bald Ergebnisse lieferte, würde Herr von Gutenberg sehr ungehalten werden. Und was das bedeutete, wusste Benjamin nur zu gut. Herr von Gutenberg war wahrlich ein loyaler Chef, daran gab es keinen Zweifel, und was die Gehaltszahlungen anbelangte, war das Wort großzügig noch weit untertrieben, aber er konnte auch anders. Immer dann, wenn etwas nicht nach seinen

Vorstellungen oder Regeln verlief. Und mit ziemlicher Sicherheit würde er Benjamin dafür verantwortlich machen, wenn der Scheich und dessen Begleiter nicht bald wieder in Gewahrsam wären.

»Warte«, sagte Norman. Er drehte einen Knopf, der das Video zurücklaufen ließ. Am Bild veränderte sich zwar nichts, aber Benjamin erkannte es an der Zeitangabe am unteren Bildrand. Plötzlich eine Bewegung. Ganz kurz nur.

»Am Ende des Flurs ist die Tür zugegangen«, sagte Benjamin, mehr zu sich selbst als zu Norman.

»Ja genau. Es ist der ›Von-Gutenberg-Raum‹«, bestätigte dieser.

»Aber warum sehen wir nicht, wie sie geöffnet wurde?«

»Er hat die Kameras ausgeschaltet. Wir haben einfach Glück gehabt. Diese hat er zu früh wieder eingeschaltet.«

»Und du bist sicher, dass es der Scheich ist? Vielleicht hat die Alte nur kurz rausgeschaut.«

»Dann hätten wir auch gesehen, wie sie die Tür öffnete«, sagte Norman.

»Du hast recht. Hoffen wir, dass sie noch drin sind.«

Norman lachte laut auf. »Glaubst du, die Alten lassen die freiwillig gehen?«

Benjamin antwortete nicht darauf. Er schlug seinem Kollegen auf die Schulter. »Gut gemacht!« Dann verließ er den Raum und war froh, frische Luft einatmen zu können.

***

Während der Aufzug in die Tiefe glitt, starrte Juliette auf das schlafende Mädchen. Sie betrachtete ihren Mann, der über sie gebeugt dastand und ihre Wange streichelte.

Juliette hätte kotzen können. Noch vor wenigen Stunden hatte er seine Tochter einem der gefährlichsten Gäste überlassen. Gut, es war Juliettes Idee gewesen, weil ihr das ständige Gejammer ihres Mannes über den Ungehorsam und die Aufmüpfigkeit seiner Tochter auf die Nerven ging. Dennoch widerte er sie in diesem Moment an.

»Du darfst dir nicht ständig von ihr auf der Nase herumtanzen lassen, Schatz«, hatte sie ihm gesagt, nachdem sie schweißgebadet nebeneinander im Bett gelegen hatten. Sein Samen war in ihrem Gesicht verteilt und trocknete dort.

»Das weiß ich ja«, hatte er geantwortet, »aber was soll ich denn machen? Sie hat sich in letzter Zeit so verändert. Beinahe alles, was ich mache, stellt sie infrage. Inzwischen frage ich mich selbst, ob sie jemals in meine Fußstapfen treten kann.«

»Hast du schon einmal dran gedacht, dass sie das gar nicht will?«

Er hatte sie lange angesehen. »Hof Gutenberg ist ein Familienbetrieb.«

»Eine Familie kann aus mehr als einem Kind bestehen«, hatte sie ihm entgegengehaucht und seine Hand auf ihren Bauch gelegt.

»Bist du schwanger?«

»Was nicht ist, kann ja noch werden. Wäre das denn keine Option?« Juliette sah zum ersten Mal eine echte Chance, das Miststück von Stieftochter loszuwerden.

»Durchaus würde ich mich über ein zweites Kind freuen, aber ich würde Kira deswegen doch nicht verstoßen.«

Oh, sie musste auf der Hut sein. *»Das sollst du doch auch nicht, Liebling. Aber du musst aufpassen, dass sie nicht auf dumme Gedanken kommt, die das ganze Unternehmen gefährden können.«*

Er hatte schweigend zur Decke geschaut und Juliette hatte gespürt, dass die ersten Samen des Zweifels gesät worden waren.

Der Aufzug ruckte und kam zum Stillstand. Juliette öffnete die Gittertür und von Gutenberg schob das Bett mit seiner schlafenden Tochter hinaus auf den Flur.

Als Kira ein leises Stöhnen von sich gab, zuckte Juliette zusammen. Was sollte sie tun, wenn die Göre aufwachte? Garantiert wäre das Miststück nicht erfreut, sie zu sehen. Und mit Sicherheit würde sie alles ausplaudern. Gott sei Dank folgte dem Laut kein weiterer.

»Ich dachte schon, sie wird wach«, sagte Juliette und versuchte, ihrer Stimme einen fröhlichen Klang zu verleihen.

»Das wird noch ein Weilchen dauern. Selbst wenn die Narkose nicht mehr wirkt, so wird sie noch etwas länger schlafen.«

Juliettes aufkeimende Panik verschwand. Dennoch musste sie sich schnellstens etwas einfallen lassen.

»Kümmern wir uns heute Abend noch um diesen Scheich?« Sie legte ihre Hand auf die seine, die wiederum auf der Schulter seiner Tochter lag. »Du hast versprochen, dass du mir einen neuen Ficktorso schneidest. Einen lebenden Ficktorso.«

Er lächelte herüber. »Ich würde gern bei Kira sein, wenn sie aufwacht.«

Langsam gingen sie weiter den Flur entlang.

»Ich glaube, das ist keine so gute Idee«, sagte Juliette nach einer Weile.

»Wie meinst du das?«

»Nun, du hast sie doch zum Taucher geschickt, um ihr eine Lektion zu erteilen. Gut, der Kerl ist definitiv zu weit gegangen, aber das weiß sie nicht. Wenn du sofort den fürsorglichen Vater spielst, dann könnte sie denken, dass es dir leidtut. Und dann war alles umsonst. Wenn sie aber denkt, dass du deine Drohungen wirklich wahrmachst, dann wird sie sich davor hüten, dir noch einmal zu widersprechen. Dann hätte diese schreckliche Tat wenigstens einen Sinn.«

Von Gutenberg schien kurz nachzudenken, als sein Funkgerät krächzte.

»Herr von Gutenberg? Hier spricht Benjamin. Können Sie mich hören?«

Von Gutenberg hielt das Bett an und zog das Walkie-Talkie aus der Halterung. »Ich höre.«

»Wir haben sie gefunden.«

Von Gutenberg atmete erleichtert aus. »Wo?«

»Sie … sie sind im Zimmer … Ihrer Eltern.«

»Scheiße«, murmelte dieser ins Mikrofon. »Schicken Sie alle Männer rüber, die Sie haben. Ich bin auf dem Weg.«

»Ist schon geschehen, Herr von Gutenberg. Ich selbst mache mich auch auf den Weg.«

Von Gutenberg steckte das Funkgerät zurück. Juliette sah ihn fragend an. »Wer ist bei deinen Eltern?«

»Der Scheich und sein Kollege. Sie sind entkommen«, sagte er. Er räusperte sich, da seine Stimme brach. »Traust du dir zu, Kira allein aufs Zimmer zu bringen?«

»Das ist überhaupt kein Problem, Schatz. Beeil dich, damit du deine Eltern retten kannst.«

Er gab ihr einen Kuss auf die Stirn. »Um die mache ich mir am wenigsten Sorgen.«

Kapitel 8

Davide hörte ein Surren, das ihn an das Geräusch einer fliegenden Hummel erinnerte.

»Hier, trinken Sie einen Schluck.« Er fühlte, dass etwas seine Unterlippe berührte. Als die Flüssigkeit in seinen Mund eindrang, schluckte er sie gierig hinunter. Sein Hals war ausgetrocknet wie Wüstensand.

Langsam öffnete er die Augen. Im ersten Moment war ihm das Licht zu grell, weshalb er heftig blinzelte. Dann tauchte eine Silhouette vor ihm auf, die sich allmählich in das Gesicht der alten Frau verwandelte.

»Trinken Sie ganz langsam, sonst müssen Sie sich übergeben.«

Davide bemerkte, dass er sich nicht bewegen konnte. Sein Geist driftete zeitlupenartig in die Realität zurück und zeigte ihm, dass er sowohl mit Händen als auch mit den Füßen an einen Stuhl gebunden war. Die Lederschnallen waren so eng um seine Gelenke gelegt, dass seine Finger und Zehen kribbelten.

Die Alte lächelte. Sie war seinem Gesicht derart nahe, dass er ihren fauligen Atem riechen konnte.

»Schön, dass Sie wieder da sind. Und schön, dass Sie und Ihr Freund unsere Einladung zum Weihnachtsfest angenommen haben.« Sie drehte sich um. »Eduard! Sieh mal, wer wach ist!«

»Ja, schön!«, kam es von irgendwoher. »Gib mir die Girlande!«

Eine faltige Hand strich über Davides Wange. »Sie müssen kurz ohne mich auskommen. Sie können ja noch ein Momentchen die Augen schließen.«

Sie stand auf und Davide blickte ihr nach. Unmittelbar neben ihm saß Paul, ebenfalls an einen Stuhl gefesselt. Sein Kopf hing herab und ein langer, schleimiger Blutfaden verband sein Gesicht mit seinem nackten Schoß. Bei jedem Atemzug bewegte der Faden sich sanft hin und her, ohne jedoch seine Spannung zu verlieren und zu reißen.

»Ihr Freund schläft noch«, sagte die Alte, die nun vor einer jungen Frau stand, deren Augen entfernt worden waren. Anscheinen war auch etwas mit ihren Stimmbändern nicht in Ordnung. Lautlos schreiend drehte sie den Kopf in seine Richtung. Davides Erinnerungen kamen zurück.

Er blickte nach vorn und sah den grotesken Weihnachtsbaum inmitten des Raumes. Der alte Mann stand auf einer Leiter, an der er sich mit blutigen Händen festhielt. Als er sah, dass er von Davide beobachtet wurde, lächelte er freundlich und nickte.

Davide sah an sich hinunter und stellte fest, dass auch er keine Kleidung mehr trug. Ob sie die Sprengkapseln in seiner Hosentasche entdeckt hatten?

Ein Rumpeln zu seiner Linken, ließ seinen Kopf herumfahren. Das Geräusch war von der jungen Frau gekommen, die sich mit dem Oberkörper so heftig bewegt haben musste, dass die Stuhllehne gegen die Wand geschlagen war.

Der gebeugte Rücken der Alten verdeckte die Sicht, aber Davide sah das Gesicht der Frau, das noch immer in seine Richtung gedreht war. Die leeren Augenhöhlen klagten ihn an. Der zahnlose Mund öffnete und schloss sich, während die Alte ächzte, bei dem, was sie tat.

Kurz darauf lief ein träger roter Bach zwischen den Lippen hervor. Von Gutenbergs Mutter richtete sich auf und drehte sich um.

»Sie sollten doch noch die Äuglein schließen«, sagte sie lächelnd. Mit ihren Händen versuchte sie, einen wabernden Haufen frischen Gedärms zu bändigen. Sie drückte die Masse gegen ihre Brust, um sie besser halten zu können. Langsam tapste sie an Davide vorbei, hinüber zu dem Tisch, auf dem Davide vorhin die Zahnketten gesehen hatte. Dort legte sie die Masse ab, die augenblicklich zu allen Seiten quoll, was aussah, als befänden sich glitschige Schlangen auf der Flucht.

»Vermaledeiter Schmuck«, fluchte die Alte, dann lächelte sie Davide an. Dieser erkannte den Magen, der noch mit dem Darm verbunden war und nun zwischen Tisch und Boden baumelte. Ohne hinzusehen, griff sie geschickt nach dem Organ und trennte die Verbindung mit Hilfe eines Ausbeinmessers.

»Haben Sie die Baumkugel Ihres Freundes schon bewundert?«, fragte von Gutenbergs Mutter, während sie die Darmschlinge ihrem Mann reichte. Dieser nahm sie wortlos entgegen und drapierte sie unter der Penisspitze des Baumes in den Zweigen. »Ein paar passen noch«, sagte er.

»Für die Negergirlande lasse ich mir etwas ganz Besonderes einfallen, Eduard. Sie soll richtig schön zur Geltung kommen, ja?«

»Wie du meinst.«

Die Alte kam auf Davide zu, blieb neben dem Baum stehen und deutete auf einen baumelnden Augapfel. »Hach«, lächelte sie. »Ich muss gestehen, dass ich nicht warten konnte. Schauen Sie sich dieses Prachtexemplar an. Solch eine braune Pupille habe ich zuvor noch nicht gesehen. Schon fast schwarz.« Ehrfürchtig löste sie den dünnen Haken und brachte das Auge zu Davide. »Schauen Sie sich das doch einmal an. Und dann sagen Sie mir, ob sie etwas Vergleichbares schon gesehen haben. Ich glaube, so etwas können nur Neger hervorbringen.«

Davide wollte der Hexe ins Gesicht spucken, doch dafür war sein Mund zu trocken. »Wenn ich hier jemals rauskomme«, zischte er, »dann bringe ich Sie eigenhändig um.«

Erschrocken wich die Alte zurück. »Um Gottes willen, was reden Sie denn da? Ist das der Dank für unsere Gastfreundschaft? Dafür, dass wir Sie an unserem Fest teilhaben lassen? Sie sollten sich schämen, junger Mann! Schämen! Das wird das letzte heilige Fest für meinen Mann sein und Sie haben nichts Besseres im Sinn, als derart böse Worte von sich zu geben!« Wutschnaubend machte sie kehrt und hängte Pauls Auge zurück an den Baum.

»Ich möchte, dass du ihm sofort die Stimmbänder durchtrennst, Eduard. Dieser Mensch äußerst sich wahrlich ungehörig.«

Ihre Stimme klang, als würde sie jeden Moment anfangen zu weinen. »Eduard!«

»Ja! Ich kümmere mich gleich darum. Du siehst doch, dass ich beschäftigt bin!«

Sie brach in einen Weinkrampf aus, schlug die Hände vors Gesicht und lehnte den Kopf gegen die Leiter. Hemmungslos schluchzend hob und senkte sich ihr Rücken.

»Nicht weinen, Schatz.« Der Alte legte das restliche Gedärm auf einen der Äste und stieg ächzend die Leiter hinab. Unten angekommen, nahm er seine Frau in die Arme, die daraufhin heftiger schluchzte. »Du kannst dir nicht vorstellen, welch böse Worte er zu mir gesagt hat, Eduard. Du kannst es dir nicht vorstellen.«

Der Mann starrte über die Schultern seiner Frau hinweg in Davides Richtung. »Setz dich einen Augenblick drüben aufs Sofa, Herzchen, und ruh dich etwas aus. Ich sorge dafür, dass er nie wieder böse mit dir spricht. Ich wusste gleich, dass etwas mit ihm nicht stimmt. Schon als du ihn reingebracht hast.«

»Ja«, schluchzte sie und zog den Rotz in ihrer Nase nach oben. »Ich bin einfach zu vertrauensselig. Ich sehe immer nur das Gute in den Menschen.«

Er küsste sie. »Deshalb liebe ich dich doch so sehr. Du bist der gute Pol in unserer Partnerschaft. Komm, ich helfe dir! Stütz dich auf meinen Arm!«

Während die beiden durch die Tür zum Wohnbereich gingen, sah sich die Alte noch einmal um. »Sie übler Schmutzfink!«, rief sie Davide zu, der sie fassungslos anstarrte.

***

Kaum, dass die beiden aus seinem Blickfeld verschwunden waren, versuchte Davide, sich von den Fesseln zu befreien. Frustriert stellte er fest, dass die Chancen bei null lagen.

»Paul!«, zischte er zu seinem Freund. »Paul! Kannst du mich hören?«

Er sah, wie der Blutfaden pendelte. Ob Paul etwas von der Augenextraktion mitbekommen hatte?

Das gedämpfte Weinen der Alten drang durch die geschlossene Tür. Davide spürte die Verzweiflung, die in ihm aufsteigen wollte. Das alles hier durfte doch nicht wahr sein! Hatte er in seinem beschissenen Leben so viel durchmachen müssen, um jetzt von durchgeknallten Rentnern kaltgemacht zu werden? Warum verdammt noch mal, hatte er nach dem Gefängnis nicht ein normales Dasein begonnen? Mum und Dad würden dann bestimmt noch leben. Mit Sicherheit würden sie das, denn schließlich hatte ja Davide Dad getötet, weil er ihm die Schuld an seinem verkorksten Leben gegeben hatte.

Dabei war es Davide selbst gewesen, der die falschen Entscheidungen getroffen hatte. Er allein hatte den Entschluss gefasst, nach Deutschland zu fliegen und sich dort an einem Projekt zu beteiligen, das ihn in den endgültigen Abgrund gezogen hatte. Alle, die er getötet hatte, wären noch da, außer Hank Bauer, Gregory Watson und Bob Pinnok. Aber die drei hatten es verdient und dafür hatte er mit zwanzig Jahren seines Lebens bezahlt. Alles hätte sich zum Guten wenden können, hätte Davide sich nicht zum Märtyrer ernannt, um gegen ein Unternehmen vorzugehen, dessen Ausmaß er gewaltig unterschätzt hatte.

Die Tür zum Wohnraum öffnete sich. Von Gutenbergs Vater kam mit schnellen Schritten, die Davide ihm niemals zugetraut hätte, ins Zimmer gestürmt. Er rannte zum blutbeschmierten Tisch, wobei er beinahe auf dem am Boden liegenden Magen der jungen Frau ausgerutscht wäre, und kramte klimpernd durch diverse Werkzeuge.

Noch einmal versuchte Davide, die Lederriemen zu zerreißen. Ein hoffnungsloser Versuch, der ihm um ein Haar einen Schrei der Verzweiflung entlockt hätte.

Der Alte hatte gefunden, was er suchte und kam mit drei chirurgischen Instrumenten auf Davide zu. Zwei von ihnen, eine lange Zange, deren Spitze gebogen war und eine dünne, ebenfalls lange Schere legte er auf Davides Oberschenkel. Der nun folgende Griff in Davides Wange ließ diesen aufschreien. Kaum hatte sich der Kiefer geöffnet, presste der Alte einen Kieferspreizer zwischen die Zähne. Er betätigte einen Hebel und Davides Mund wurde so weit geöffnet, dass die Mundwinkel einrissen.

»Ich werde dich lehren, meine Frau zu beschimpfen, junger Freund«, keuchte er. Sein pestilenzartiger Atem übertraf den seiner Frau um ein Vielfaches.

Er nahm die Zange und schob sie Davide in den Hals. »Wenn du mich vollkotzt, schneide ich zur Strafe deine Augenlider ab. Hast du mich verstanden?«

Ein Stöhnen von rechts ließ den Alten kurz zur Seite blicken. »Dein schwarzer Freund wird wach.«

Pauls Keuchen wurde lauter. »Verdammte Scheiße …! Oh, *fuck*!«

Aus dem Augenwinkel erkannte Davide, dass Paul den Kopf anhob und kurz darauf in seine Richtung blickte. Sein linkes Auge war verschwunden und der Blutfaden riss. »Scheiße, Dave … Was … was ist hier los?« Dann schrie er. Davide vermutete, dass er sich des Schmerzes in der Augenhöhle bewusst wurde.

Der Alte sprang auf Paul zu, packte in sein Haar und riss den Kopf nach hinten. Er nahm die gebogene Zange und führte sie in die blutende Augenhöhle ein.

Paul presste die Lippen aufeinander, sodass sein schmerzerfüllter Schrei sich in ein gepresstes Keuchen verwandelte. Der Alte zog die Zange hinaus. »Wenn du nicht willst, dass ich das noch mal mache, dann halt dein verschissenes Maul! Meine Frau will dich zwar schreien hören, aber ich will das nicht! Würde es nach mir gehen, würde ich euch beiden die Stimmbänder durchtrennen. Damit hab ich kein Problem. Schon tausendfach gemacht. Das heißt aber nicht, dass ich dich nicht zum Schweigen bringen kann, schwarzer Mann.«

Pauls Brustkorb hob und senkte sich in raschen, kräftigen Atemzügen.

»So ist es gut«, sagte der Alte.

Er wandte sich wieder Davide zu, dessen eingerissene Mundwinkel den dünnen Blutfaden in seinen Bart lenkten. Inzwischen hatte sich Speichel gebildet, der sich unter seiner Zunge sammelte.

»Ginge es nach mir, würde ich dein Maul mit Toilettenreiniger desinfizieren«, hauchte ihn der Alte an.

Davide hätte ihm am liebsten entgegengespuckt, dass er diesen besser selbst benutzen sollte, doch legte der Spreizer zwischen seinen Zähnen jegliche Artikulation lahm.

Grinsend schob der Alte die Zange in Davides Mund. Der Würgereiz bahnte sich an.

»Wag es ja nicht!«, zischte er. In der anderen Hand hielt er die Schere. Er führte sie zu Davides Lippen, als ein lautstarkes Klopfen zu hören war.

»Eduard!«, ertönte die Stimme der Alten. »Da ist jemand an der Tür.«

»Scheint dein Glückstag zu sein, Bürschchen.« Er stand auf, legte beim Vorbeigehen Zange und Schere auf das Tischchen und verließ den Raum.

Davide und Paul sahen sich an. »Scheiße, was haben die mit meinem Auge gemacht? Es fühlt sich an, als ob da ein glühendes Eisen drinsteckt.«

Davide starrte wortlos mit gespreiztem Mund auf ihn. Er konnte sich gut vorstellen, wie bescheuert das aussehen musste, dennoch hätte er nicht mit seinem Freund tauschen wollen.

Er blickte an Paul vorbei. Die beiden lebenden Frauen auf den Stühlen hatten den Kopf in seine Richtung gedreht. Auch ihre Münder waren geöffnet und Blut lief aus ihnen hinaus.

»Hast du 'ne Idee, wie wir hier rauskommen?«

Davide schüttelte den Kopf.

Paul zerrte an den Fesseln, allerdings war das ebenso wenig von Erfolg gekrönt wie bei Davide selbst. Die Alten verstanden ihr Handwerk. Kein Wunder! Wer wusste schon, wie lange sie es praktizierten? Vermutlich bereits ihr ganzes armseliges Leben.

Die Tür wurde geöffnet und drei Männer vom Wachpersonal traten ein. Einer von ihnen erblickte den Weihnachtsbaum, presste die Hand vor den Mund und stürmte sofort wieder hinaus.

»Nehmen Sie die Toilette, verdammt noch mal!«, ertönte von Gutenbergs Stimme aus dem Wohnraum.

Davide ließ den Kopf sinken. Sie waren also wieder am Anfang. Der hochgewachsene Mann mit den akkurat nach hinten gekämmten Haaren tauchte im Türrahmen auf. »Nehmt die beiden mit!« Er deutete auf Davide und Paul. »Muss ich Sie betäuben lassen, Mister Malroy?«

Davide schüttelte den Kopf.

»Gut. Legt ihnen Handschellen an! Wo sind ihre Sachen, Mutter?«

Die alte Frau trat neben ihn. »Bitte lass sie hier, Junge. Den Bösewicht mit dem schmutzigen Mundwerk kannst du gern mitnehmen, wenn es unbedingt sein muss. Aber bitte lass mir den Neger.«

256

Von Gutenberg sah zu seiner Mutter hinunter und nahm ihr Gesicht in beide Hände. »Ihr habt schon fünf Patienten bekommen. Das muss für euer Fest reichen. Wir haben noch weitere Gäste und kaum noch Nachschub.«

»Aber wir hatten noch nie einen Neger. Sieh doch, wie schön er ist.«

»Okay«, sagte von Gutenberg. »Ich schlage dir einen Kompromiss vor: Du darfst nachher in den Operationsraum kommen und ihn aufschneiden. Aber jetzt muss ich ihn erst einmal mitnehmen.«

»Darf ich seine Girlande mitnehmen?«

»Ja, Mutter. Das darfst du.«

»Und das andere Auge?«

Von Gutenberg lachte. »Ach, Mutter, du bist und bleibst die Beste.« Er nahm sie in den Arm. »Selbstredend auch das andere Auge.«

Sie zog ihren Sohn zu sich herunter und gab ihm einen Kuss auf den Mund. »Ich bin stolz auf dich. Darf Eduard auch mitkommen?«

»Ich will gar nicht mit«, brummte der Alte vom Sofa aus. Er saß dort mit breiten Beinen und blutigen Händen. »Hab doch noch zwei junge Hühner da hinten.« Er deutete auf den Nebenraum und gackerte los.

»So etwas will ich gar nicht hören«, sagte von Gutenberg und verzog angewidert das Gesicht.

»Traust deinem alten Herrn nicht zu, dass er noch was mit feuchten Mösen anfangen kann, stimmts, Junge?« Erneut dieses Gackern.

»Darüber möchte ich einfach nicht nachdenken, Paps. So! Raus mit uns! Mutter? Ich lasse dich abholen, wenn wir so weit sind.«

»Guter Junge.«

Die Wachposten führten Davide und Paul aus dem Weihnachtszimmer, als Paul sich plötzlich losriss und auf die alte Frau sprang. Beide stürzten auf das Sofa. Von Gutenbergs Vater fuhr erschrocken auf.

»Ich werde dir zeigen, zu was ein Neger alles imstande ist, altes Weib!« Mit auf dem Rücken gefesselten Händen schlug er seine Zähne in die knochige Schulter der Frau, die kreischend um Hilfe schrie. Es dauerte keine zwei Sekunden, bis die Projektile zweier Taser in Pauls Rücken drangen und er zuckend zu Boden ging.

Blitzschnell sprang von Gutenberg auf ihn und schlug ihm mit der Faust gegen die blutende Augenhöhle.

Davide stieß seinen Wachposten beiseite, duckte sich, als dieser nach ihm griff, und trat gleichzeitig gegen von Gutenbergs Kopf. Auch er wurde augenblicklich von einem Stromschlag niedergestreckt.

Von Gutenberg erhob sich taumelnd. »Bringt sie hier raus! Und wenn sie noch einmal auch nur aufmüpfig gucken, dann setzt sie unter Strom, bis die Scheiße aus ihnen herausläuft!«

Die Männer packten Davide und Paul unter den Armen und schleiften sie hinaus.

Von Gutenbergs Mutter saß bleich auf dem Sofa und zog das Kleid von ihrer Schulter. Rote Bissspuren, die aber nicht bluteten, zierten ihre faltige Haut.

»Diese Neger sind so ungestüm und wild. Hast du das gesehen, Eduard?«

»Du solltest ihm 'ne Kugel verpassen, Junge«, brummte Eduard und nahm seine Frau in den Arm. »Der Kerl ist gemeingefährlich.«

Die Alte sah ihren Mann erschrocken an. »Aber nicht, bevor ich ihn öffnen durfte.«

»Seine Innereien sehen aus wie bei jedem anderen Menschen auch«, sagte Eduard.

»Das kannst du nicht wissen. Hast du jemals einen Neger von innen gesehen?«

Eduard schüttelte den Kopf und blickte zu seinem Sohn hinüber. »Melde dich einfach, wenn du deine Mutter holen lässt. Ich bin froh, wenn ich ein wenig Ruhe habe.«

Von Gutenberg trat heran und untersuchte die Wunde, die seiner Mutter zugefügt worden war.

»Ich gebe dir nachher eine Salbe, Mutter. Wir haben ihn, zum Glück, rechtzeitig stoppen können.«

»Ist schon gut, Junge. Alles halb so schlimm. Lass mich einfach nicht so lange warten, okay?«

Von Gutenberg gab seiner Mutter einen Kuss auf die Wange, bevor er den Raum verließ. »Es wird nicht lange dauern. Versprochen!«

»Wollen wir noch ein wenig weiterschmücken, Eduard?«, fragte die Alte, als sie wieder allein waren.

Kapitel 9

Juliette schob das Bett mit ihrer Stieftochter betont langsam über den langen Flur, vorbei an den Zimmern der Gäste. Noch immer überlegte sie, wie sie am geschicktesten vorgehen konnte, um das Mädchen aus dem Weg zu räumen. Sollte sie es einem anderen Gast überlassen? Einem, der nicht so verbohrt war wie Tjark, und der sofort handeln würde? Sie könnte später vor Gunther behaupten, der Gast hätte sie überfallen und ihr Kira entwendet. Würde er ihr das abkaufen?

Sie lächelte.

Er kauft dir alles ab!

Ja, das war wirklich so. Seit sie sich erinnern konnte, glaubte ihr jeder Kerl alles, was sie ihm auftischte. Schwanzgesteuert wie sie waren, war es ihnen offenbar egal, Hauptsache, sie durften ihr Ding versenken. Und was das anbelangte, war Juliette nie zimperlich gewesen. Sie liebte Schwänze. Überall. In jedem ihrer Löcher. Gern auch gleichzeitig. Kurz bevor sie Gunther kennenlernte, hatte sie es ausschließlich mit mindestens drei Kerlen zur selben Zeit getrieben. Einer vorn, einer hinten, einer in ihrem Mund. Alles andere war ihr zu eintönig. Noch geiler fand sie es, wenn sie in jeder Öffnung gleichzeitig zwei Schwänze hatte. Das allerdings war ihr bisher nur ein Mal geglückt, da die Männer dabei schon arg akrobatisch vorgehen mussten. Aber es hatte sich gelohnt.

Dann war Gunther in ihr Leben getreten. Sie fand ihn von Anfang an attraktiv, keine Frage, und er war verdammt ausdauernd, was sie an ihm bewunderte. Er war nicht übermäßig bestückt, da war sie Größeres gewöhnt, aber er konnte damit umgehen.

Schnell hatte sie jedoch gemerkt, dass er allein sie langfristig nicht befriedigen konnte. Ihr machte der Sex mit ihm Spaß und er hatte auch nichts dagegen, dass der ein oder andere Kerl mitmischte, aber sie stellte fest, dass ihr etwas fehlte. Sie hätte damals nicht sagen können, was genau es war, dennoch wollte sie zumindest versuchen, es herauszufinden.

Gunther schien zu bemerken, dass sie sich veränderte und er sprach sie darauf an. Juliette hatte gespürt, dass sie ihm vertrauen konnte.

»Ich glaube, ich habe genau das, was dir fehlt«, hatte er gesagt. *»Ich zeige dir das Paradies der sexuellen Wünsche.«*

»Das kann ich mir zwar nicht vorstellen, aber ich lasse mich gern eines Besseren belehren«, hatte sie altklug von sich gegeben.

»Du musst mir nur vertrauen. Ich werde dir das Paradies zeigen. Aber nicht den Weg dorthin.«

»Wie meinst du das?«

»Wortwörtlich.«

Er hatte ihr gesagt, dass sie den Weg nicht kennen dürfe und er sie zuvor betäuben müsse. Juliette hatte gelacht. *»Fick dich!«* Sie war aufgestanden, hatte sich angezogen und war gegangen.

Oh, sie konnte sich noch genau an jenen Tag erinnern. Für wie bescheuert hielt der Kerl sie? Noch nie in ihrem Leben hatte sie die Kontrolle abgegeben. Man konnte alles mit ihr machen, aber sie musste immer die Zügel in der Hand halten. Sie solle sich betäuben lassen! Hatte er das allen Ernstes von ihr verlangt?

Kopfschüttelnd hatte sie an der Haltestelle gesessen und auf den Bus gewartet, als er mit seinem Wagen vorgefahren war.

»Komm schon. Steig ein!« Lächelnd hatte er sich über den Beifahrersitz gelegt und die Tür aufgestoßen.

»Ein Gentleman wäre ausgestiegen und hätte mir die Tür geöffnet«, hatte sie gerufen.

Er zog daraufhin die Tür zu, was Juliette einen kurzen Stich ins Herz verursachte. Dann war er ausgestiegen, hatte ein Jackett von der Rückbank geholt und es angezogen. Er knöpfte es zu und schloss den obersten Knopf seines Hemdes, um die Krawatte strammziehen zu können. Er trat um das Auto herum, kam auf sie zu und sank auf die Knie.

»Erweist du mir die Ehre, meine Frau zu werden?« Er griff in die Tasche des Jacketts und holte eine Schatulle hervor. Als er diese öffnete, funkelte der Diamant auf dem Ring derart hell, dass Juliette blinzelte.

Mit offenem Mund starrte sie ihn an. Der Kerl war eindeutig verrückt.

»Und?«, fragte er.

»Willst du mich betäuben, um mir das Paradies zu zeigen?«

Er hatte den Kopf geschüttelt und sie hatte Ja gesagt.

Bring sie zum Schredder!

Die Idee kam derart plötzlich, dass Juliette kurz zusammenzuckte.

Und dann sagst du, sie wäre wieder abgehauen!

263

Ein breites Lächeln formte sich auf ihrem Gesicht. Sie blickte auf die schlafende Person, die bald ihren letzten Atemzug erleben würde.

Der Schredder! Warum bin ich da nicht früher draufgekommen? Sie hatte Harry einmal begleiten dürfen, als dieser mehrere Leichen – es waren insgesamt sieben gewesen – entsorgen musste.

Das war das erste Mal, dass sie den Schredder gesehen hatte. Ein überdimensionaler, in den Boden eingelassener Trichter, dessen Mahlwerk gemächlich vor sich hin tuckerte, egal, was man ihm zum Fressen gab.

Harry hatte einen Körper nach dem nächsten hineingeschmissen und Juliette hatte fasziniert zugesehen, wie die Walzen sie in winzige Stücke zermalmten. Das Knirschen der berstenden Knochen hatte sich angehört, als würde man trockene Äste mit den Füßen zertreten.

Es war ein herrlicher Anblick gewesen, der sie dermaßen feucht werden ließ, dass sie ihren Saft an den Oberschenkeln gespürt hatte, an denen er langsam hinuntergelaufen war.

Danach waren sie in den Raum darunter gegangen. Der menschliche Brei war in einem Plastikbehälter aufgefangen worden. Harry hatte ihr eine Atemschutzmaske gegeben und sich ebenfalls eine angelegt, bevor er ein paar Flaschen Säure hinzuschüttete.

»Morgen ist alles weg«, hatte er gesagt.

Ja, morgen ist alles weg. Gunther wird denken, Kira wäre abermals die Flucht nach oben gelungen. Das klingt doch logisch. Nachdem, was er ihr hatte antun lassen, würde sie von hier verschwinden wollen. Das würde Juliette ihrem

Mann schon glaubhaft machen. Sie würde dabei seinen Schwanz bearbeiten und er würde ihr, wie immer, alles abkaufen.

Erst jetzt bemerkte Juliette, dass sie stehen geblieben war. Ihr Entschluss stand fest. Eine bessere Idee, für die Entsorgung, gab es nicht. Sie musste sich nur zunächst um Norman aus dem Überwachungsraum kümmern. Das würde nicht schwierig werden. Der Kerl stand auf sie. Vielleicht würde er sogar mitmachen, wenn sie ihm dafür gewisse Vorzüge auf Lebenszeit versprach.

»Hallo, Frau von Gutenberg.«

Juliette zuckte zusammen, als der Adjutant ihres Mannes um die Ecke bog.

»Scheiße, du hast mich erschreckt, Benjamin.«

»Oh, ich bitte um Entschuldigung. Das entbehrt jeglicher Absicht. Wie geht es Kira?«

Juliette musste den schmierigen Typen loswerden. Warum war er überhaupt hier?

»Hast du nichts zu tun?«, fragte sie schroff.

Benjamin zwang sich zu einem gequälten Lächeln. »Ich bin auf dem Weg zu Ihrem Mann. Aber ich kann Ihnen genauso gut helfen, das Bett zu schieben.«

Auch Juliette setzte ein Lächeln auf. »Danke, Benjamin, aber das schaffe ich allein. Lass ihn lieber nicht warten.«

»Oh, das ist kein Problem. Warten Sie kurz.« Er griff nach seinem Funkgerät. »Herr von Gutenberg?«

Juliette spürte das Brodeln, das in ihr aufstieg.

»Ja?«, Gunther hörte sich genervt an.

»Ich habe gerade Ihre Frau getroffen und wollte ihr helfen, das Bett Ihrer Tochter zu schieben. Oder brauchen Sie mich anderweitig?«

»Nein, helfen Sie ihr. Kira soll in ihr altes Zimmer in meiner Suite gebracht werden. Wie geht es ihr?«

»Sie schläft. Die Atmung ist gleichmäßig und ruhig.«

»Danke, Benjamin. Ende!«

»Na, sehen Sie. Schon erledigt.«

Der Kerl grinste ihr eindeutig zu fett. Sie überließ ihm ihren Platz und folgte ihm zum Aufzug. Sie würde also zwei Hindernisse ausschalten müssen.

***

Nachdem sie die Suite erreicht und Kira in ihr altes Bett – es stammte noch aus Jugendtagen – gelegt hatten, überlegte Juliette, wie sie diesen schleimigen Typen loswerden konnte. Ihn außer Gefecht zu setzen, würde kein Problem darstellen – der Kerl hatte die Statur eines gerade mal volljährigen Jünglings – aber was dann? Klar konnte sie ebenfalls ihn in den Schredder werfen, doch wie sollte sie sein Verschwinden erklären? Benjamin war Gunther gegenüber derart loyal, dass ihr Mann niemals glauben würde, dass er sich abgesetzt habe. Schon gar nicht mit seiner Tochter.

Sie beobachtete ihn, wie er vor Kiras Bett stand und auf sie hinabsah. Ob er heimlich verknallt war?

Juliette kam eine Idee. Wenn sie den Kerl verführen konnte, was mit Sicherheit kein Problem darstellen würde, dann könnte sie Gunther erzählen, er habe sich

266

an sie herangemacht, ja, sogar vergewaltigt. Gunther würde durchdrehen und ihn einem der Gäste zum Fraß vorwerfen. Ja, sie würde sich gleich von ihm ficken lassen und ihm dann irgendetwas über den Schädel ziehen.

Langsam ging sie auf Benjamin zu und stellte sich hinter ihn. Er bemerkte sie und drehte sich um. Seine Gesichtsfarbe wechselte ins Rote. »Sie können sich ruhig etwas ausruhen, Frau von Gutenberg. Ich passe auf und sage Ihnen Bescheid, wenn sie aufwacht.«

»Das ist nett von dir, Benjamin.« Sanft legte sie ihre Arme um seine Hüften und streifte dabei seinen Schritt.

Benjamin wich zur Seite und grinste verlegen.

»Wir könnten uns zusammen hinlegen, wenn du möchtest.« Abermals versuchte sie, ihre Arme um ihn zu legen, doch er drückte sie von sich weg.

»Ich ... ich fühle mich geehrt, Frau von Gutenberg. Aber ich ... ich würde doch gern hierbleiben.« Nervös rückte er seine Krawatte zurecht. »Allein«, fügte er rasch hinzu.

»Ich würde deinen Schwanz lutschen, wie es noch keine andere zuvor getan hat. Und es würde unter uns bleiben.« Sie öffnete leicht ihre Lippen und atmete schneller. Niemand konnte ihr widerstehen. »Du darfst alles mit mir machen.« Sie hob ihren Rock an und gewährte ihm einen Blick auf ihre glatt rasierte Scham.

Erneut wich Benjamin einen Schritt zurück. »Ich ... ich stehe nicht auf Frauen. Bitte entschuldigen Sie, Frau von Gutenberg.«

Juliette ließ den Rock sinken. *Fuck!* Das hatte sie nicht einkalkuliert.

»Dieses Gespräch bleibt unter uns«, sagte Juliette.

»Selbstverständlich, Frau von Gutenberg.«

Juliette lächelt ihn noch einmal an. Diesmal war es kalt. Im Nebenraum klingelte das Telefon und sie war froh, der Situation entfliehen zu können.

»Ist Benjamin noch da?«, fragte Gunther am anderen Ende der Leitung.

»Ja, er ist bei Kira.« Juliette war bemüht, sich die Wut nicht anmerken zu lassen.

»Sehr gut. Sag ihm, er soll bei ihr bleiben. Und du kannst in den OP kommen. Ich habe etwas vorbereitet.«

Sofort entstand ein heißes Kribbeln in ihrem Unterleib. »Krieg ich meinen Torso?«

»Den bekommst du. Du musst mir nur zeigen, wo ich schneiden soll.«

»Oh, Liebling, du machst mich verrückt. Ich liebe dich so sehr, weißt du das? Ich bin in zehn Minuten bei dir.«

»Ich warte«, hauchte von Gutenberg in den Hörer und beendete die Verbindung.

Juliette ließ sich aufs Sofa fallen. Das würde eine heiße Nacht werden. *Scheiß auf Kira!* Juliette würde einfach alles abstreiten, was die kleine Schlampe behauptete. Sie würde schockiert hinter ihrem Mann Schutz suchen. Er würde sie verteidigen, weil er es nicht glauben würde. Und um alles noch glaubwürdiger zu machen, würde Juliette Kira in seinem Beisein *ihre Lüge* verzeihen.

Dann würde sich zeigen, für welche Frau sich Gunther entschied. Und sollte er sich, wider Erwarten, auf die Seite seiner Tochter stellen, würde sie das Problem ein für alle Mal beseitigen. Denn nichts auf der Welt würde ihr dieses Paradies hier unten wegnehmen. Nicht Gunther, und schon gar nicht Kira. Juliette traute sich durchaus zu, den Laden hier allein zu schmeißen. Die Gäste liebten sie und wenn sie ihnen anbot, es auch einmal mit der Chefin treiben zu dürfen, dann würden sie ihr aus der Hand fressen. Sie wäre eine würdige Nachfolgerin. Zweifelsohne nur, falls Gunther sich von ihr abwandte, und wovon sie selbstverständlich nicht ausging.

Teil 7

Kira

Kapitel 1

Kira war schon eine ganze Zeit wach gewesen, als der Aufzug die untere Sohle erreichte. Sie hatte das Gespräch ihres Vaters und seiner Frau mitbekommen. Sie planten bereits ihre nächste Perversität. Wie es sich anhörte, mit den beiden Männern, die Kira aus dem Schacht geholfen hatten. Ja, der Scheich und sein Gehilfe. Kira hatte in den letzten Tagen und Wochen viel von ihnen gehört. Mittlerweile bezweifelte sie allerdings, dass alles der Wahrheit entsprach, was dieser armlose Freund von Paps erzählt hatte. Er war ein Wichtigtuer, wie er im Buche stand, und zerfressen von Hass auf den einen Menschen, der ihm mit einer Kettensäge die Arme amputiert hatte. Am Küchentisch. Kira hatte ein Grinsen unterdrücken müssen, als Charlie Perlmut das alles mit theatralischen Worten zum Besten gab.

Aber ob wahr oder nicht, war inzwischen egal. Kira hatte keinen Vater mehr. Der Mann, der sie an den Taucher übergeben hatte, ohne mit der Wimper zu zucken, war für sie gestorben. Und die Schlampe, die er geheiratet hatte, stand ihm in nichts nach.

Nachdem sie zurück unter Tage waren, war ihr Erzeuger dann abberufen worden. Irgendwer war bei Großvater und Großmutter. Allem Anschein nach der Scheich. Kira drückte ihm innerlich die Daumen, dass er sein Vorhaben in die Tat umsetzen konnte.

Als Juliette sie kurz darauf allein über den Gang geschoben hatte, überlegte Kira, aufzuspringen und wegzurennen. Doch wohin? Dann war Benjamin aufgetauscht und sie hatte ihre Überlegung verworfen. Gegen zwei gleichzeitig hatte sie keine Chance.

Sie hatten Kira in ihr altes Zimmer gebracht und sie in ihr Bett gelegt. Und da hatte sie zum ersten Mal die Schmerzen gespürt, die langsam aus ihrer Brust emporkrochen. Und in diesem Moment war ihr alles eingefallen. Jedes winzige und perfide Detail. Sie hatte den Taucher vor sich gesehen. Glatt rasiert und mit verkniffenem Gesicht, als er die Haut von ihrer Brust gezogen hatte. Sie spürte die Schläge in ihren Magen, die sie zum Kotzen gebracht hatten.

Jetzt saß Benjamin, der im Arsch ihres Vaters zu wohnen schien, neben ihrem Bett und bewachte sie. Kira hatte das widerwärtige Angebot ihrer Stiefmutter mit angehört, das Benjamin abschlug, indem er behauptete, er sei schwul. Aber Kira wusste es besser. Dieser schmierige Typ stand auf die Tochter des Chefs und nicht auf dessen Ehefrau. Seine triefende Freundlichkeit war genau zu jenem Zeitpunkt abgeflacht, als er mitbekommen hatte, dass Kira mit Martin zusammen war.

Vermutlich war es sogar Benjamin gewesen, der ihrem Vater steckte, dass sie eine Beziehung hatten. Mit Sicherheit war er es gewesen.

Kira hörte, wie die Tür zu ihrem Zimmer geöffnet wurde. Dann Juliettes Stimme, die nichts mehr von der Wollust von vor einigen Minuten an sich hatte. »Mein Mann wünscht, dass du auf sie aufpasst. Ich bin mit ihm im OP.«

»Ich werde hierbleiben, Frau von Gutenberg.«

Die Tür wurde geschlossen.

Sehr gut! Die Schlampe ist schon mal weg. Vorerst. Nun galt es, Benjamin auszuschalten. Kira schlug die Augen auf und erwischte ihn dabei, wie er sich genüsslich in der Nase bohrte.

Schnell riss er den Finger heraus und steckte die Hand in die Hosentasche, um den Popel dort loszuwerden. »Oh, Kira, du bist wach. Ich soll auf dich aufpassen.«

»Ich habe Durst«, krächzte sie. Den hatte sie wirklich. Das Brennen in ihrer Brust nahm mit jedem Atemzug zu.

Benjamin stand auf. »Ich hole dir ein Glas Wasser.«

»Bringst du mir einen Kugelschreiber und einen Block mit?«

Er sah sie irritiert an.

»Ich möchte Paps einen Brief schreiben«, sagte sie, »und mich bei ihm entschuldigen.«

Sein verdutzter Gesichtsausdruck wurde von einem Lächeln abgelöst. »Das ist eine sehr schöne Idee. Er wird sich bestimmt darüber freuen.«

Kira entgegnete nichts darauf, sodass er unverzüglich den Raum verließ.

Vorsichtig schob sie die Decke von ihrem Oberkörper. Die Tränen, die ihr augenblicklich die Wangen hinunterliefen, konnte sie nicht verhindern. Sie zog das OP-Hemd, in das sie gehüllt war, nach oben und fand Bestätigung in ihrer Befürchtung. Ein breiter Verband war um ihre Brüste geschlungen, der bis hinunter zum Bauchnabel reichte. Ihre linke Brust war leicht eingedrückt, aber deutlich zu erkennen. Dort, wo sich ihre rechte Brust befinden sollte, war keine Wölbung mehr vorhanden.

Kira schloss die Augen und kämpfte gegen den Würgereiz an, der in ihrem Magen entstand.

Sie haben mir die Brust abgeschnitten! Verdammte Scheiße!

Als sich die Tür öffnete, zog sie die Decke über sich. Benjamin kam mit einem Glas Wasser, einem Block und einem silberfarbenen Kugelschreiber zurück.

Er legte die Schreibutensilien auf ihren Schoß und stellte das Glas auf den Nachttisch. »Komm, ich helfe dir, dich hinzusetzen.« Er stutzte und sah sie fragend an. »O… Oder geht das noch nicht.«

»Gib mir einfach das Glas«, sagte Kira, hob den Kopf und trank es leer. »Hat jemand Schmerztabletten hiergelassen?«

»Nein, aber ich kann welche kommen lassen.«

»Das wäre toll.«

Abermals eilte er zur Tür und kurz darauf hörte sie ihn telefonieren.

Sie brauchte dringend Tabletten, sonst würde sie nicht mehr lange klar denken können.

***

Seit fast einer Stunde war sie hier in ihrem Zimmer und hatte das Schreibzeug noch nicht angerührt. Sie musste erst auf die Wirkung der Tabletten warten, bevor sie sich ihrem Plan widmen konnte. Und der war mit Sicherheit nicht das Schreiben eines Briefes. Nun setzte diese ersehnte Wirkung langsam ein. Es war die reinste Wohltat, zu spüren, wie die Schmerzen allmählich nachließen.

Benjamin saß auf einem Stuhl an ihrem ehemaligen Schreibtisch und las in einem Buch, das er offenkundig in Paps Büro gefunden hatte.

Kira schloss noch einmal die Augen, versuchte die Verzweiflung über ihre Verstümmelung zurückzudrängen und griff nach dem Stift und dem Schreibblock.

»Brauchst du Hilfe?« Benjamin legte das Buch zur Seite.

»Geht schon. Danke.«

»Sag einfach Bescheid, okay?«

Sie lächelte ihn an, öffnete den Block und schrieb etwas auf.

Benjamin nahm das Buch wieder zur Hand, als Kira anfing zu röcheln. Er sah, wie sie sich an den Hals griff, sprang vom Stuhl auf und eilte zum Bett.

»Kira, was hast du?« Behutsam legte er seine Hand unter ihren Nacken. Ihr Atem war ruckartig und unkontrolliert.

Mit zitternden Fingern deutete sie auf den geschlossenen Schreibblock. »Öffnen«, krächzte sie.

Benjamin wusste nicht, was das zu bedeuten hatte, dennoch klappte er den Block auf. Seine Stirn runzelte sich. Auf dem Papier stand: *»Du bist tot! Genauso wie mein Vater!«*

Kira riss ihren Arm hoch und legte ihn um Benjamins Nacken. Sie zog seinen Kopf zu sich heran, schob ihm die Spitze des Kugelschreibers in die Nase und schlug mit der flachen Hand dagegen. Es knackte kurz, bevor er verschwunden war. Ein Blutschwall schoss aus dem Nasenloch und Benjamin fiel zu Boden.

In Windeseile setzte Kira sich auf die Bettkante. Der Körper des Adjutanten lag ausgestreckt auf dem Rücken. Bewegungslos. Seine Augen starrten weit zur Decke. Kira konnte ein winziges Stück des Kugelschreibers erkennen. Sie ließ sich vom Bett gleiten und trat mit der Hacke gegen den Stift, der daraufhin nicht mehr zu sehen war.

Ein Schwindel ergriff Besitz von ihr, sodass sie sich am Pfosten festhalten musste. Als er wenig später verschwunden war, tapste sie zu ihrem alten Kleiderschrank und schlüpfte in eine Jeans. Das OP-Hemd tauschte sie mit einem weit geschnittenen Baumwollhemd, von dem sie nur die unteren Knöpfe schloss.

Als sie ein weiteres Mal auf Benjamins Körper blickte, setzte in diesem ein Zucken ein, das aussah, als wäre er unter Strom gesetzt. Sein Schritt wurde nass und ein Gestank nach Scheiße erfüllte augenblicklich den Raum. Das Zucken verstärkte sich und Schaumblasen traten zwischen seinen Lippen hervor.

Kira wich zurück. Sie war davon ausgegangen, dass sie ihm den Kugelschreiber ins Hirn getrieben und ihn dadurch getötet hatte. Doch dem war ganz und gar nicht so. Schnell verließ sie den Raum und lief durchs Wohnzimmer zum Büro ihres Vaters. Von dort zu seinem Schreibtisch. Sie öffnete die unterste Schublade und holte die Automatikpistole heraus. Das Magazin war gefüllt. Achtzehn Schuss.

Abermals kämpfte sie gegen einen kurzen Schwindel an, bevor es ihr möglich war, zurück zu ihrem Zimmer zu eilen. Auf dem Weg entsicherte sie die Waffe.

Als sie ihr altes Kinderzimmer erreichte, erstarrte sie. Benjamin war verschwunden! Der bestialische Gestank, der in der Luft hing, kroch bedrohlich auf sie zu und nahm ihr fast den Atem.

Sie wollte gerade den Raum betreten, als ihr die Tür derart heftig entgegenschlug, dass sie zurück ins Wohnzimmer taumelte und zu Boden fiel. Die Pistole rutschte unter das Sofa.

Und dann tauchte er auf. Sein Oberkörper war ein wenig nach vorn gebeugt, die Arme baumelten kraftlos an seinen hängenden Schultern. Trotz der gebeugten Haltung war sein Kopf nach vorn gestreckt. Eines der aufgerissenen Augen starrte in einem unmöglichen Winkel zur Decke, das andere direkt auf Kira. Noch immer lief Blut aus dem Nasenloch, so als hätte man einen Wasserhahn nicht richtig zugedreht.

Das Benjamin-Ding hatte Kira wahrgenommen. Ein Arm hob sich und wies mit einem gekrümmten Finger in ihre Richtung. Ein gutturaler Laut drang aus dem geöffneten Mund. Schlurfend kam es auf sie zu.

Kira wirbelte herum, versuchte, den stechenden Schmerz in ihrer Brust zu ignorieren, und robbte zum Sofa, unter dem die silberne Waffe glänzte.

Die Laute hinter ihrem Rücken klangen wie der letzte Atemzug eines Sterbenden, aber sie wusste, dass Benjamin noch lange nicht tot war, denn sie hörte seine Schritte, die sich ihr näherten.

Sie kroch unter dem Couchtisch hindurch, erreichte das Sofa und schob ihren Arm darunter. Ein lautes Krachen, direkt über ihr, ließ sie aufschreien. Panisch drehte sie sich um und starrte in das Gesicht des Adjutanten, das nur wenige Zentimeter über ihrem hing. Er war auf den Tisch gestürzt, auf dem er nun mit seinem Oberkörper lag.

Kira sah, wie die Beine des Mannes noch immer die schlurfenden Bewegungen des Gehens imitierten, dabei aber lediglich über den Teppich rutschten. Sein Blut floss unaufhörlich aus dem Nasenloch und rann auf ihr Gesicht. Sie hatte sich vom ersten Schock erholt, als seine Hände über die Tischplatte krochen und nach ihr griffen. Kira schrie, versuchte, sie wegzuschlagen, doch sie waren wie eiserne Klammern, die sich um ihren Hals legten.

Der Druck entstand augenblicklich und nahm ihr den Atem. Sie schlug mit den Beinen gegen den Tisch, krallte sich in den Stoff seines Jacketts und versuchte, die Arme wegzureißen. Sein Auge starrte auf ihr rot anlaufendes Gesicht, und schien doch direkt durch sie hindurchzublicken. Die Pupille des anderen war so verdreht, dass Kira nur noch einen winzigen Teil sehen konnte.

Die Waffe!

Scheiße, die hatte sie vergessen. Ihr Blickfeld wurde enger. Woher nahm der Kerl diese Kraft? Nicht einen Millimeter ließen sich die Arme bewegen.

Kira streckte den Arm nach hinten, schlug hektisch gegen die Unterseite des Sofas, doch da war nichts. Keine Waffe. Als sie den anderen Arm zur Hilfe nahm, wurde der Druck an ihrem Hals unerträglich. Ein Zittern, das in ihrem Bauch entstand, verwandelte sich in ein statisches Zucken. Nun verdrehte sich auch Benjamins anderes Auge. Es begann zu kreisen, so als würde es etwas suchen.

Kira spürte was Hartes in ihrer Hand, riss den Arm nach vorn, streckte die Pistole gegen das Gesicht, das hinter einem verschwommenen Schleier lag, und drückte ab. Zweimal. Für einen kurzen Moment war kein Unterschied im Griff um ihren Hals spürbar, dann rutschten die Hände zur Seite. Der Kopf sackte nach unten und breiige Hirnmasse suppte aus der geöffneten Schädeldecke auf Kira.

Noch immer hatte sie das Gefühl, die Hände würden ihre Kehle zusammendrücken. Noch immer schaffte sie es nicht, Luft in sich hineinzusaugen. Panisch umfasste sie ihren Hals, fühlte das taube Fleisch und realisierte, wie es um sie herum schwarz wurde.

Nein! Nein! Nein!

Ein schmerzhaftes Husten entwich ihrer Kehle. Sie wischte sich den Schleim aus dem Gesicht, um ihn nicht einzuatmen, und genoss den Sauerstoff, der langsam ihre Lunge füllte.

Mühsam schob sie ihren Kopf unter den Tisch, sodass die Masse, die aus Benjamins Schädel floss, nun den Teppich tränkte.

Als sie halbwegs wieder atmen konnte, kroch sie unter dem Tisch hervor. Der Gestank, als sie die Beine des Toten passierte, war bestialisch, sodass sie nur durch den Mund atmete. Sie stand mühsam auf und richtete die

Automatik auf den Toten. Ihre Hände zitterten und sie war kurz davor, erneut auf ihn zu feuern.

Er ist tot!

Das hatte sie vorhin auch gedacht.

Du hast ihm zweimal in den Kopf geschossen!

Langsam ließ sie die Waffe sinken. Sie musste an ihre Mission denken. *Martin!*

Wenn sich allerdings jedes Hindernis als derartig schwierig entpuppte, bezweifelte sie, ihn noch rechtzeitig zu finden. Aber jetzt war sie bewaffnet. Niemand von Paps' Wachposten besaß eine scharfe Waffe. Sie waren lediglich mit Tasern ausgerüstet. Doch auch diese konnten ihr gefährlich werden, wenn sie sie aus dem Hinterhalt angriffen.

Du bist die Tochter des Chefs! Dich wird niemand angreifen!

Ja, das war richtig. Warum machte sie sich diesbezüglich Sorgen?

Noch einmal vergewisserte sie sich, dass Benjamin tot war, dann ging sie zurück ins Büro ihres Vaters. Sie wusste, wo er das Buch mit den Reservierungen aufbewahrte. Sekunden später lag es geöffnet auf dem Schreibtisch. Kein Außenstehender hätte aus den kryptischen Texten etwas deuten können, aber für Kira ergaben die scheinbar willkürlich aneinandergereihten Buchstaben und Zahlen ein klares Bild.

Sie dachte kurz an den Live-Mitschnitt, den ihr Paps von Martin und dem Perforator gezeigt hatte. Darauf war deutlich zu erkennen gewesen, dass es sich um ein Gästezimmer gehandelt hatte.

Nummer 298! Ohne das Buch zu schließen, verließ sie das Büro.

***

Auf dem Flur zu den Gästezimmern war ein riesiger Tumult. Mehrere Männer und Frauen vom Personal mit Reinigungsutensilien waren damit beschäftigt, einen Bereich zu säubern, in dem Kira Blutspuren an den Wänden erkannte. Fetzen von Haut und Innereien schwammen in unzähligen Putzeimern.

»Was ist passiert?«, fragte sie einen der Männer.

»'n Fluchtversuch. Hat Harry und fünf Männern das Leben gekostet. Dumme Sache. War dieser Scheich, den Ihr Vater endlich erwischt hat.«

Kira nickte und ging wortlos weiter. Ihre Brust schmerzte höllisch und jeder Atemzug sorgte dafür, dass es immer schlimmer wurde.

Fünf Minuten später stand sie vor dem gesuchten Zimmer.

Nachdem sie die Suite ihres Vaters verlassen hatte, war sie zu ihrer eigenen Wohnung gegangen, um die Generalkarte zum Öffnen der Türen zu holen. Es hatte sie arge Überwindung gekostet, den Raum zu betreten. Dabei hatte sie die gesamte Zeit über – und es hatte wirklich nicht lange gedauert – vermieden, auf das Sofa zu schauen. Sie hatte den Geruch des Tauchers wahrgenommen, so als würde er jeden ihrer Schritte begleiten.

Kira entsicherte die Waffe, zog die Karte aus der Tasche des Baumwollhemdes und zog sie durch den Schlitz. Ein Surren ertönte.

Vorsichtig blickte Kira ins Innere. Da waren die Sitzecke und das Bett an der rechten Seite. Die Tür zum Bad und zum Nebenraum, in dem die Folterungen stattfanden, waren geschlossen. Kira betrat das Zimmer.

Das gedämpfte Kreischen einer Bohrmaschine ertönte.

Kira nahm die Waffe in Anschlag und ging auf den Nebenraum zu. Sie atmete einmal kräftig aus, registrierte kurz, dass die Schmerzen in ihrer Brust verschwunden waren, und stieß die Tür auf, die ins Innere führte.

Für einen winzigen Moment befand sie sich wieder im Büro ihres Vaters, hockte in seinem Ledersessel und starrte auf die Monitore. Nichts schien sich seitdem verändert zu haben, abgesehen davon, dass Unmengen an Blut überall verteilt waren.

Der Perforator saß noch immer auf dem Hocker. Martin hing noch immer gefesselt in dem Zahnarztstuhl. In seinem Mund steckte eine rote Kugel, die mit Lederriemen um seinen Kopf gebunden war, sodass er sie nicht ausspucken konnte. Schleim von Erbrochenem trocknete an seinem Kinn. Seine Augen waren geschlossen.

»*Merde. Que faites-vous ici?*« Der schwitzende Kerl mit Halbglatze, starrte zu Kira herüber. Er hatte die Bohrmaschine abgestellt. Ein fingerdicker Bohrer steckte zur Hälfte in Martins Kniescheibe.

Sie drückte zweimal ab. Ein Teil des Schädels des Getroffenen platzte weg und schlug gegen ein Sideboard, auf dem weitere Bohraufsätze in unterschiedlichen Größen lagen. An allen klebte Blut, Hautreste und Knochensplitter. Erst jetzt kippte der nackte Körper des Perforators vom Hocker. Die Bohrmaschine ragte wie ein groteskes Mahnmal aus dem Knie.

Kira steckte die Waffe in den Bund ihrer Jeans und eilte auf Martin zu. Behutsam umfasste sie die Maschine, stellte sie auf Rücklauf und beförderte den Bohrer aus der Kniescheibe ihres Freundes. Sein gesamter Körper war mit Löchern perforiert, aus denen dünne Rinnsale flossen. Es war, als würde sein Leib aus unendlich vielen Augen weinen.

Schnell löste sie die Riemen um seinen Kopf und befreite ihn von dem Knebel. Sie berührte seine Wange, woraufhin er die Augen einen Spalt breit öffnete.

»K… Kira?« Seine Stimme vibrierte.

»Versuch, nicht zu sprechen«, flüsterte sie. »Diesmal hole ich uns hier raus. Ich verspreche es dir.«

Sie sah, dass er versuchte, zu lächeln.

»Warum … bist du hier?«

»Das ist eine lange Geschichte.« Sie konnte die Tränen nicht mehr zurückhalten. Tief in ihrem Innern wusste sie, dass sie Martin niemals hier herausbringen würde. Sie befreite ihn von Hand- und Fußfesseln. Seine Arme rutschten von der Stuhllehne, so als gehörten sie nicht zu seinem Körper.

»Es … es tut nicht mehr weh.« Noch einmal versuchte er zu lächeln, aber es klappte nicht. Dann schloss er die Augen und starb.

Kira nahm seine Hand, legte sie auf ihren Mund und küsste sie. Sie schmeckte sein Blut, das aus den Löchern über ihre Lippen lief.

Es ist besser so!

»Nein«, flüsterte sie und dachte an die Zukunft, die sie gemeinsam mit Martin geplant hatte. Da draußen. Weit weg von diesem Pfuhl des Bösen, mit dem sie aufgewachsen war.

»Ich werde trotzdem bei dir sein.« Sie holte die schwere Waffe hervor und spannte den Hahn.

Teil 8

Das letzte Kapitel

Kapitel 1

Nachdem sie Davide und Paul aus dem Zimmer der Alten geschleift hatten, waren sie sehr viel später in einem Aufzug gewesen.

Davide konnte sich nur noch schemenhaft erinnern, weil die Wärter ihn ständig mit Stromschlägen traktiert hatten. Irgendwann waren seine Muskeln derart geschwächt gewesen, dass er nicht einmal mehr laufen konnte. Paul ging es nicht besser. Er wurde von zwei kräftigen Wachposten gestützt, während noch immer Blut aus seiner Augenhöhle tropfte und eine Spur auf dem Flurteppich hinterließ.

Zwischendurch hatte Davide versucht, an die Sprengkapseln in seiner Hosentasche zu kommen. Die Wärter hatten es bemerkt und ihn abermals schachmatt gesetzt. Dann hatten sie sie ihm weggenommen und an von Gutenberg übergeben.

»Damit wollten Sie also meinen Hof auslöschen?«, hatte der gesagt. Gelacht oder gegrinst hatte er dabei nicht. Offenkundig war er erleichtert, dass er das Vorhaben des verhassten Scheichs noch rechtzeitig hatte verhindern können.

Sie brachten Davide und Paul nach unten. Davide hatte gedacht, sie würden sich im untersten Stockwerk befinden, aber er wurde eines Besseren belehrt.

Sie waren zu einer Schiebetür gekommen, die von Gutenberg mithilfe einer Karte geöffnet hatte. Als das Licht aufflackerte, hatte Davide erkannt, dass es sich um einen überdimensionalen Operationsraum handelte. Der schwere Duft von Desinfektionsmittel hing in der Luft und überall glänzte es von metallischen Instrumenten auf Rollwagen und Schränken.

Davide und Paul wurden von ihrer Bekleidung befreit und auf Pritschen geschnallt. Von Gutenberg bedankte sich bei den Männern und schickte sie fort. Daraufhin begab er sich in einen gläsernen Nebenraum, von wo aus er telefonierte.

»Das wars dann wohl«, hörte Davide Paul neben sich sagen.

Als er ihn ansah, blickte dieser zur Decke.

»Bereust du es?«, wollte Davide wissen.

Paul sah ihn nicht an. »Nein. Es wäre schöner gewesen, wenn wir auf der Flucht erschossen worden wären. Aber nein, ich bereue es nicht. Ich denke, wir haben viel erreicht.«

»Da hast du recht«, sagte Davide. »Das denke ich auch. Dennoch frage ich mich, ob wir nicht mehr erreicht hätten, wenn wir das Ganze besser durchdacht hätten. Das mit der freiwilligen Gefangennahme war eine dumme Idee.«

Paul drehte den Kopf. »Es war die einzige Chance. Wir hätten auch ein paar Söldner rekrutieren können, und den Laden einfach stürmen. Doch leider funktioniert so was nur in Filmen.«

Hatte Paul recht? War es die einzige Möglichkeit gewesen? Doch was brachte es, darüber nachzudenken? Ihre Mission war gescheitert und sie sahen nun ihrem Tod entgegen.

Für gewöhnlich würde sich hier sein Dad einmischen und kluge Ratschläge erteilen, aber seit dessen Tod war es diesbezüglich still geworden.

Davide schloss die Augen und dachte an Noemi. Er spürte, wie er sich anstrengen musste, um sie sich ins Gedächtnis zu rufen. Seine kleine Schwester war dabei, für immer aus seinen Gedanken zu verschwinden. Er dachte an die Nächte, in denen sie früher zu ihm ins Bett gekrochen war.

»Ich habe Albträume, Davi. Darf ich bei dir schlafen?«

Irgendwann hatte sie ihm dann gestanden, dass sie selten welche gehabt hatte, in seiner Nähe aber immer besser schlafen konnte.

Sieben Jahre war sie alt geworden. Und allmählich starb sie auch langsam für ihn.

Von Gutenberg betrat den Raum und Davide öffnete die Augen. Der Mann war in einen Operationsanzug gekleidet und trug ein Tuch auf dem Kopf, auf welchem Kühe auf einer Weide zu erkennen waren.

»Nun ist es also so weit, meine Herren.« Er stellte sich neben Davide und betrachtete ihn. »Der Scheich hat ausgedient und wird bald das irdische Dasein verlassen.« Von Gutenberg nahm ein Tuch und legte es auf Davides Schoß. »Es reicht, wenn sich meine Frau daran ergötzt.«

Davide erkannte, dass von Gutenberg ein Klemmbrett in der Hand hielt.

»Ich benötige noch immer eine Unterschrift von Ihnen.«

Davide lächelte ihn an.

»Ihre Entscheidung wird den Ablauf bis zu Ihrem Tod stark beeinflussen, Mister Malroy. Auch den Ihres Partners.« Er sah hinüber zu Paul. »Das mit dem Auge bedauere ich zutiefst. Aber sie haben sich selbst in die Höhle der Löwin begeben.« Jetzt lächelte er tatsächlich.

»Wie sie ja mitbekommen haben, wird sich meine Mutter gleich weiter mit Mister Paul beschäftigen. Das werde ich nicht verhindern können. Aber ich kann beeinflussen, ob sie es an einen lebendigen oder an einem toten Körper tut.« Er hielt Davide das Klemmbrett hin. »Wenn Sie nun einverstanden sind, werde ich Ihren Arm losbinden.« Er nahm ein Skalpell von einem Tablett. »Und falls Sie sich erhoffen, die Situation ausnutzen zu können, so werde ich dafür sorgen, dass Sie genauso aussehen wie Ihr Partner.«

»Sie werden niemals an mein Vermögen herankommen, Gutenberg. Selbst dann nicht, wenn ich Ihnen zehn Unterschriften gebe.«

Die Augenlider des Professors zuckten. »Ich heiße *von* Gutenberg, Mister Malroy. Lassen Sie uns, ungeachtet der Lage, die Höflichkeit nicht außer Acht lassen. Nun, wenn Sie der Meinung sind, ich käme nicht an Ihr Geld, dann können Sie ja, ohne Bedenken, unterschreiben.«

»Ich muss kacken«, kam es von Paul herüber.

»Beherrschen Sie sich!«, fauchte von Gutenberg. »Sie sind kein kleines Kind mehr.«

»Ich wollte es nur gesagt haben. Für den Fall, dass Ihre werte Frau Mutter gleich in meinen Eingeweiden rumspielen will.«

»Sie werden noch früh genug dazu kommen, sich zu entleeren, Mister Paul.« Dann an Davide gewandt: »Was ist nun mit uns?«

In diesem Moment zischten die Türflügel und eine Frau in Minirock und kniehohen Stiefeln betrat den OP. Ihre wohlgeformten Brüste präsentierten sich unter dem fast durchsichtigen Shirt.

»Da bist du ja schon«, trällerte von Gutenberg. »Meine Herren, ich darf Ihnen meine Gattin vorstellen.«

Die Frau trat heran und steckte ihre Zunge in den Rachen ihres Mannes. Dann zog sie Rock und Shirt aus und stellte sich nahe ans Bett. Davide konnte ihr Parfum riechen. Allerdings war da eine zusätzliche Geruchsnuance, die er nicht zuordnen konnte.

»Das ist er also«, sagte sie, beugte sich hinunter und roch an Davides Hals. »Hallo, Mister Torso«, flüsterte sie in sein Ohr.

»Sie leben gefährlich, Miss«, flüsterte Davide zurück und schlug mehrfach die Zähne aufeinander.

Irritiert wich die Frau nach hinten. »Hast du ihn schon vorbereitet?«, fragte sie ihren Mann.

»Noch nicht. Mister Malroy und ich wollten noch etwas besprechen.«

»Fangen Sie ruhig an, Gutenberg! Ich habe mich entschieden, nicht zu unterschreiben. Ist das okay für dich, Paul?«

»Tu, was immer du für richtig hältst, mein Freund. Wir sehen uns auf der anderen Seite.«

Von Gutenberg riss das Klemmbrett von Davides Bett und brachte es wutschnaubend zu einem Schrank, auf dem er es ablegte. Er betätigte ein paar Knöpfe und sanfte Klänge klassischer Musik ertönten. Als er zurückkam, war sein Gesicht so, als sei nichts passiert. Er kniff seiner Frau in den nackten Po, woraufhin diese übertrieben aufstöhnte. »Weißt du, was ich heute erfahren habe?«

»Sag es mir«, hauchte sie ihm entgegen.

»Wir haben sogar einen Spitznamen hier.«

»Das Chirurgenpärchen«, sagte sie lächelnd. »Den haben wir schon lange.«

»Oh«, er gab ihr einen Kuss. »Warum sagt mir so etwas keiner?« Er gab seiner Frau einen schwarzen Edding. »Ich schlage vor, wir beginnen. Ab sofort ist es Ihnen untersagt, ohne unsere Erlaubnis zu sprechen, meine Herren. Sie werden von nun an als wertlose Tiere von uns behandelt, die lediglich der Befriedigung unserer Gelüste dienen.«

Davide und Paul sahen sich an. Es juckte Davide unter den Fingernägeln, einen geistreichen Kommentar abzugeben, aber irgendetwas in ihm sagte, dass er es lieber nicht tun sollte.

Von Gutenberg stellte sich hinter seine Frau und griff nach ihren Brüsten, um sie sanft zu kneten. »Und nun zeichne auf, was ich wo abschneiden soll.«

Die Frau legte den Edding an die Lippen und tat, als würde sie überlegen. »Den rechten Arm möchte ich zum Ficken behalten.« Sie zog einen Strich um Davides Handgelenk. »Beim Rest machen wir es uns einfach. Hier – hier – und hier.«

Drei weitere Kringel waren entstanden, jeweils um Davides Oberschenkel in Hüfthöhe und an seinem linken Arm in Höhe des Schultergelenks.

»Na, da bleibt ja nicht mehr viel von dir übrig, weißer Mann.« Paul klang amüsiert.

»Es darf nicht reden!«, brüllte von Gutenberg durch den Raum. Er stürmte um Davides Pritsche herum, stieß diese beiseite und hackte mit dem Skalpell in Pauls Oberschenkel, als hätte er vor, eine Sau zu schlachten. Pauls Schreie hallten durch den Raum. Nach zehn Stichen ließ von Gutenberg keuchend von ihm ab. Der Muskel bestand nur noch aus einer roten Masse, aus der das Blut auf den gekachelten Boden floss.

»Denkt es etwa, dies sei alles ein Scherz?«, kreischte der Professor weiter. Abermals holte er aus und rammte das Skalpell in Pauls Schulter. Dann ging er mit strammen Schritten zu einem Schrank und kam mit Verbandzeug zurück, um Pauls Wunden zu versorgen. Die gesamte Zeit über stand seine Frau neben Davide und starrte ihm in die Augen. Davide überlegte, wer von beiden verrückter war. Wahrscheinlich nahmen sich beide nichts. Ein wenig ärgerte es ihn, dass Paul und er es nicht geschafft hatten. Alle drei Höfe, die sie ausgelöscht hatten, waren nichts, im Vergleich zu diesem hier. Hier war die Wurzel allen Übels. Sogar generationsübergreifend.

Doch sosehr Davide sich bemühte, ihm fiel nichts ein, wie sie heil aus dieser Situation herauskommen konnten. Oder, wenn sie schon sterben mussten, wie sie den irren Oberboss und seine Sippe mitnehmen konnten.

Von Gutenberg kam heran. »Kannst du Mutter anrufen und ihr sagen, dass ich sie in einer Stunde abholen lasse? Sonst kommt sie eh nicht zur Ruhe und macht Paps nur wahnsinnig.«

Juliette küsste ihn auf den Mund. »Ich sage Bescheid. Bereite du ihn derweil vor.« Sie rieb über seinen Schwanz. »Du kannst dir nicht vorstellen, wie geil ich bin.«

»Das kann ich, Liebling. Das kann ich sehr gut.«

***

»Hiermit lege ich die Extremitäten lahm«, sagte von Gutenberg und drückte die Spritze an mehreren Stellen in Davides Arm, der in Höhe des Handgelenks amputiert werden sollte. Den Inhalt einer weiteren Spritze verteilte er in dem anderen, sowie eine in jedes Bein.

»Es wird weder Arme noch Beine bewegen können, aber dennoch alles spüren. Und damit es nicht ohnmächtig wird, gibt es kurz vor den Amputationen meinen ganz besonderen Spezialcocktail.«

Sein Vortrag schien ihn sichtlich zu erfreuen, denn er lächelte durchgehend. »Nun lasse ich es einen Moment allein, bis die Wirkung einsetzt. Ich werde es währenddessen meiner Frau besorgen.«

Davide spuckte ihm ins Gesicht, ohne danach den Blick von ihm abzuwenden. Ganz kurz zuckten die Mundwinkel des Professors, dann wischte er den Speichel fort und lächelte. »Ich werde es nicht vorher von seinen bevorstehenden Qualen erlösen, auch wenn es das noch so sehr wünscht. Aber bei der nächsten Missachtung meiner Anweisung werde ich seine Nase abschneiden.«

Er ging zum gläsernen Raum, wo seine Frau gerade den Telefonhörer auflegte. Er schien irgendetwas gesagt zu haben, denn sie stand auf, legte sich mit dem Oberkörper über den Schreibtisch und präsentierte ihm ihren Arsch, den sie mit den Händen auseinanderzog. Davide wandte den Blick ab.

»Ist es auszuhalten?«, fragte er Paul, der unregelmäßig atmend auf seiner Pritsche lag.

»Scheiße, wenn ich dran denke, was die Alte noch alles vorhat ... Ich dachte immer, ich sei härter im Nehmen.«

»Es tut mir leid.«

Paul blickte herüber. »Mein Freund, sie werden dir gleich deine Körperteile absäbeln. Ich glaube, da komme ich noch ganz gut weg.«

Davide sah die Decke an. Noch immer ertönte klassische Musik aus irgendwelchen Lautsprechern, die er nicht sehen konnte. Dazwischen das lustvolle Schreien der Frau des Professors.

»Vielleicht explodiert die Alte ja, wenn sie mir den Darm rausschneidet.«

Davide sah ihn fragend an.

»Na, wenn sie zufällig in eine Kapsel sticht«, fügte Paul hinzu.

»Die sind ohne Zünder harmlos. Leider.«

»Meinst du, wir können so lange die Luft anhalten, bis wir ersticken?« Paul lachte, was augenblicklich in ein schmerzhaftes Keuchen überging.

Davide spürte, wie sich eine wohltuende Wärme in seinen Armen und Beinen ausbreitete. Als er versuchte, die Finger zu bewegen, passierte nichts. Bei den Zehen war es dasselbe. Sein Gehirn gab eindeutig den Befehl, doch dieser wurde irgendwo zwischen Sender und Empfänger blockiert. Laut von Gutenbergs Aussage allerdings nur für Bewegungsabläufe und nicht für Schmerzsignale. Ihm schauderte.

Ein lang gezogener Schrei zeugte vom Orgasmus der Frau. Es würde nicht mehr lange dauern.

Lass dir was einfallen, Davide!

Er grinste hölzern.

Hank Bauer hast du auch in seine Schranken verwiesen!

Da konnte ich auch noch meine Arme und Beine benutzen.

Das Chirurgenpärchen kam zurück. Arm in Arm, wie ein frisch verliebtes Paar, das über den Sunset Boulevard flanierte. Lachend gingen sie zu Pauls Pritsche und schoben sie zur hinteren Wand.

»Es wird sich noch ein bisschen gedulden müssen«, sagte von Gutenberg.

Davides Pritsche schoben sie unter die große OP-Lampe. Während die Frau sich auf einen Hocker direkt hinter Davides Kopf setzte – wohlweislich darauf achtend, nicht in Reichweite seiner Zähne zu geraten –, schob von Gutenberg einen silberfarbenen Wagen heran, auf dem sich diverse Instrumente befanden.

»Nimmst du die Elektrische für die Hand? Ich habe wirklich Lust und will nicht warten.«

Von Gutenberg sah seine Frau an. »Du bist einfach unersättlich.«

Sie lachte quiekend. »Mit deinem Saft in meinem Arsch rutscht er bestimmt richtig schön rein.«

Von Gutenberg nickte. »Das wird er, Darling. Das wird er.«

Lass dir was einfallen, Davide!

Es gibt nichts!

Der Professor befreite den rechten Arm vom Riemen. Er hob ihn an und ließ ihn los, woraufhin dieser ungebremst zurückklatschte. Davide fühlte alles. Vom Hochheben bis zum Runterfallen. Verhindern hätte er es jedoch nicht gekonnt. Sein Arm gehörte nicht mehr zum Rest seines Körpers.

Abermals hob von Gutenberg den Arm an. Diesmal hielt er ein Skalpell in der anderen. Er setzte es am Strich der Markierung an und durchtrennte Haut und Sehnen, bis er auf den Knochen traf.

Der Schmerz war derart gewaltig, dass Davide zunächst nicht schreien konnte. Etwas hatte sich in seinen Hals und seinen Kopf geschoben, was das verhinderte. Dann platzte dieses Etwas weg und der Schrei brach aus ihm heraus. Davide riss den Kopf nach hinten, spürte die ekelerregenden Hände der Frau, die auf seinen Wangen lagen. Von weit weg vernahm er das hohe Kreischen einer Säge, als kurz darauf der Schmerz tausendfach durch seinen Körper jagte. Dann wurde es schwarz.

Kapitel 2

Juliette hielt den leblosen Kopf zwischen ihren Händen und starrte mit großen Augen auf ihren Mann. Dieser schien gar nicht mitbekommen zu haben, dass es nicht mehr schrie.

Unterdessen durchtrennte die Säge das letzte Knochenstück. Von Gutenberg schaltete sie ab und warf die Hand in einen Behälter für Amputationsabfälle. Dann blickte er verdutzt in Juliettes Richtung.

Diese hob fragend die Hände. »Es ist tot!«

Von Gutenberg wischte sich die Hände ab. »Quatsch«, sagte er. »Es kann nicht tot sein.« Rasch nahm er den Kauter und verschloss die blutende Wunde. Ein Geruch nach verbranntem Steak erfüllte die Luft.

»Ihr dreckigen Schweine!«, brüllte Paul.

Von Gutenberg ging um den OP-Tisch herum. »Wenn es nicht augenblicklich still ist, dann komm ich mit dem Skalpell.«

»Na und? Dann verarbeite mich doch zu Hackfleisch, du krankes Stück Scheiße!«

Von Gutenberg schnappte sich das Skalpell und wollte losstürmen, als Juliette brüllte: »Hey!«

Abrupt blieb er stehen und sah sie an.

»Würdest du dich mal um ihn hier kümmern? Was ist da passiert?«

Von Gutenberg legte das Skalpell beiseite und trat an Davide heran. Er legte die Finger an seinen Hals. »Es lebt noch«, sagte er nach einer schier endlosen Weile, in der Juliette kurz vor einem Nervenzusammenbruch stand.

»Warum ist es dann ohnmächtig, verdammt?«

»Scheiße«, murmelte ihr Mann.

»Was?«, fauchte Juliette. Sie wollte ficken, und zwar auf eine richtig perverse Art und Weise. Schließlich hatte er ihr das Paradies versprochen.

»Also, was ist scheiße?«, fragte sie noch einmal, als er nicht sofort antwortete.

»Ich hab das verdammte Mittel vergessen!«

Juliette sprang auf. »Das ist doch scheiße!«, schrie sie.

»Sag ich doch«, brummte von Gutenberg.

»Wie kann das passieren?«

Blitzartig schoss seine Hand vor und umfasste ihren Hals. Juliette griff nach seinem Arm, konnte sich an diesem aber lediglich festhalten. Atmen konnte sie nicht mehr.

»Du solltest dir mal wieder bewusst machen, wen du vor dir hast«, zischte er. »Haben wir uns verstanden?«

Juliette versuchte zu nicken, was ihr aber nicht gelang. Dann verschwand der stählerne Griff.

Von Gutenberg wandte sich ab und begann damit, den OP-Tisch grob zu reinigen. Davides Hand warf er in einen Plastikeimer für Körperabfälle. Für gewöhnlich leerte Harry diesen regelmäßig, doch hatte ja der Scheich dafür gesorgt, dass das ab sofort jemand anderes übernehmen musste. Wer das sein würde, wusste von Gutenberg noch nicht.

Er spürte eine sanfte Umarmung von hinten.

»Es tut mir leid, Liebling«, krächzte Juliette. Es war ihr anzuhören, dass sie versuchte, ein Husten zu unterdrücken.

Er umfasste ihre Hände und drückte sie. »Wir sollten ihn rüberschieben. Geben wir ihm etwas Ruhe, bis er aufwacht. Dann hast du mehr Spaß mit ihm.«

Sie drehte ihn herum. »Bitte verzeih mir meine Ungeduld. Ich hatte mich nur so sehr auf es gefreut.«

»Das verstehe ich. Und ich verspreche dir, du wirst noch heute deinen Spaß mit ihm haben. Was hältst du davon, wenn wir es schon mal in das Gerüst spannen.«

Juliette lächelte. »Du bist mir nicht mehr böse?«

Er küsste sie auf die Stirn. »Ich bin dir nicht mehr böse.«

»Dann lass es uns rüberbringen. Deine Mutter wird auch bald hier sein. Wir können ihr ja solange zusehen, bis es wieder fit ist.«

»Das machen wir. Mutter wird sich freuen, mal andere Gesellschaft zu haben als unseren mürrischen Paps. Ich werde es nur noch kurz nachspritzen.«

»Aber nicht den Fickarm.«

Von Gutenberg lächelte. »Den natürlich nicht.«

»Fickst du mich noch mal schnell, wenn wir es rübergebracht haben?«

»Ich liebe dich«, sagte er lachend.

Kapitel 3

Als Davide die Augen öffnete, war es still um ihn herum. Er hatte von Noemi geträumt, doch sosehr er sich bemühte, er wusste nicht mehr, was es gewesen war. Da er aber ein gutes Gefühl hatte, ging er davon aus, dass es auch ein guter Traum gewesen war.

Er sah sich um und stellte fest, dass er sich, vom Kopf abgesehen, nicht bewegen konnte. Dennoch konnte er erkennen, dass er sich in einem etwa fünfundzwanzig Quadratmeter großen, kahlen Raum befand. Das einzige Möbelstück war die Matratze, auf der er lag.

Plötzlich drangen leise Töne heran. Davide lauschte. War das Beethoven? Er hatte sich im Gefängnis eine Zeit lang für klassische Musik interessiert, doch das war irgendwann verflogen. Direktor Harrington hatte ihm sogar gestattet, sich seine Sammlung nebst CD-Player auszuleihen. Offensichtlich hatte er gehofft, jemanden zum Diskutieren gefunden zu haben.

Als Davide versuchte, sich auf die Musik zu konzentrieren, kam er wie eine Explosion zurück: der Schmerz. Davide presste die Lippen aufeinander, um nicht laut aufzuschreien. Der Schmerz stammte von seinem Arm. Die Erinnerung war zurück. Übermächtig und erschreckend real. Er hob den Kopf und sah es. Sein rechter Oberarm war in ein metallisches Gerüst geschnallt, sodass der Unterarm, an dem die Hand fehlte, steil nach oben ragte.

Sie haben dir alles abgeschnitten!

Er erinnerte sich an die Frau, die die Markierungen auf seiner Haut gesetzt hatte.

Das alles kann weg!

Davide schloss die Augen. Er konnte weder Arme noch Beine spüren. Sollte das bedeuten, dass sie ihm tatsächlich alles amputiert hatten?

Panisch riss er die Augen auf und schaute an sich hinab. Nur die Hand! Sie hatten ihm nur die Hand entfernt. Trotz der paradoxen Situation ließ er erleichtert den Kopf sinken. Nur die Hand.

Bis jetzt!

Er erinnerte sich an die Spritzen, die seine Extremitäten lähmten, ohne das Schmerzzentrum auszuschalten. An von Gutenbergs Frau, die sich mit ihm vergnügen wollte. An Paul!

Davide zuckte zusammen. Was war mit Paul? Er dachte an von Gutenbergs Ausraster, bei dem er immerzu auf Pauls Bein eingestochen hatte. Aber was war dann mit ihm passiert?

Girlanden!

Ja, da war die alte Hexe, von Gutenbergs Mutter, die ihn ausweiden wollte.

»Ich hatte noch nie einen Neger!«

Davide versuchte, seine Zehen zu bewegen, doch es klappte nicht. Der Schmerz in seinem amputierten Arm war allgegenwärtig und machte ihn wahnsinnig.

Du hast Schlimmeres erlebt! Denk an Hank Bauer und an das, was er dir im Gefängnis angetan hat!

Abermals hatte seine innere Stimme recht. Schmerz ist relativ. Akzeptiere ihn und er wird sich dir unterordnen.

Davide lachte hämisch. Er spürte, wie der Muskel seines Oberarms zuckte.

Erschrocken blickte er auf das Gestell, das ihn in dieser grotesken Position hielt. Vorsichtig versuchte er, den Muskel anzuspannen. Er sah die Wölbung, die unter seiner Haut entstand. Noch immer fühlte es sich an, als steuerte sein Gehirn einen fremden Gegenstand, aber es schien zu funktionieren.

Nach drei weiteren Versuchen konnte Davide den Arm soweit bewegen, dass das Gestell leise Geräusche von sich gab, wenn er es tat.

Er betrachtete die Konstruktion genauer. Ein rechtwinkliges Metallgestell, in dem sein Oberarm mittels eines dünnen Lederriemens fixiert war. Der Unterarm war durch den Winkel nach oben gerichtet.

Davide beugte den Oberkörper in Richtung des Riemens.

»Akzeptiere den Schmerz, Junge!«

Wieder eine der Weisheiten seines Vaters, die ihn ein Leben lang verfolgen würden.

Er beugte sich weiter vor und das Gefühl, als würde eine Flamme aus seiner Wunde fauchen, nahm ihm fast den Atem. Lodernd und heiß war sie. Unbarmherzig. Dennoch war es eine Flamme, die zu ihm gehörte, so als wäre sie schon immer da gewesen.

»Schmerz ist ein Zustand, Junge! Ein Zustand wie Freude, Wut und Trauer. Kämpf nicht dagegen an. Heiße ihn willkommen.«

Seine Lippen erreichten den Lederriemen. Mit der Zunge pulte er die Schlaufe hervor, fasste sie mit den

Zähnen und zog sie aus der Halterung. Sein Arm war frei.

»Na, wen haben wir denn da?«

Davides Oberkörper fiel zurück und er drehte seinen Kopf in Richtung der Tür, in deren Rahmen von Gutenbergs Frau stand, nur mit kniehohen, nuttigen Stiefeln bekleidet.

»Was ist passiert?« Von Gutenbergs Stimme war von weit entfernt zu hören.

»Nichts«, antwortete die Frau. »Es ist aufgewacht und hat den Arm abgeschnallt.«

»Dann schnall ihn fest und komm her. Mutter könnte deine Hilfe gebrauchen.«

Lächelnd kam sie näher. Ihre grünen Augen leuchteten in einer faszinierenden Intensität, dass Davide kaum den Blick abwenden konnte.

»Wird es geil, wenn es mich so sieht?« Sie stellte sich breitbeinig über ihn. »Will es, dass ich es anpisse?« Sie keuchte und zog ihre Schamlippen weit auseinander.

»Kommst du?«, brüllte von Gutenberg.

»Oh, ja«, flüsterte sie. »Ich werde kommen. Die ganze Nacht über werde ich kommen. Und ich verspreche, diesmal wird es keine Ohnmacht erlösen.«

Sie beugte sich runter und schob Davides Arm zurück in die Schiene.

»Julie!«, hallte es über Beethovens Töne hinweg.

»Ja! Ich komme!«, antwortete sie nicht minder laut.

»Das glaubst auch nur du«, zischte Davide. Blitzschnell legte er den amputierten Arm um ihren Nacken, zog sie herunter und biss in ihren Hals.

Ein harter Ruck ging durch ihren Körper, als sich gleichzeitig ihre Fingernägel in Davides Haut krallten. Dieser presste die Kiefer fester aufeinander. Er spürte den Knorpel ihres Kehlkopfes, in den sich seine Zähne langsam gruben. Ein weiteres Mal zuckte ihr Körper krampfartig. Ihre Finger hinterließen lange, blutige Streifen auf Davides Brustkorb. Er spannte die Muskeln seines Oberarms fester an. Ja, es war kein fremdes Ding mehr, das er da steuerte.

Ein gurgelnder Schrei wurde laut. Er klang nicht echt, vielmehr, als würde jemand versuchen, unter Wasser zu brüllen. Lauwarme Brühe umspülte Davides Zähne, drang in seinen Mund und Rachen ein. Er vermied ein Schlucken, ließ es einfach aus den Mundwinkeln hinauslaufen. Es brannte höllisch, da diese noch immer eingerissen waren. Dennoch war es ein schöner Schmerz.

Abermals bohrten sich Nägel in sein Fleisch. Der Knorpel zwischen seinen Zähnen gab knirschend nach. Er riss den Arm aus ihrem Nacken und schlug mit dem Ellenbogen gegen ihre Stirn. Ein großes Fleischstück löste sich, und die Frau schlug gegen die Wand.

»Schatz! Wo bleibst du denn? Amüsierst du dich schon?«

Ein Gackern, das eindeutig von der alten Hexe stammte, ertönte. »Ihr seid Ferkel, Kinder.«

Doch von Gutenbergs Frau amüsierte sich ganz und gar nicht. Breitbeinig saß sie an der Wand gelehnt, während das Loch in ihrem Hals wie ein zweiter Mund herübergrinste. Winzige Fleischfetzen zierten den Rand der Wunde. Der herausschießende Strahl ließ sie flattern, filigranen Händen gleich, die Davide zuwinkten. Ihre Arme hingen schlaff an den Seiten herunter. Sie versuchte nicht einmal, ihren Lebenssaft zu stoppen. Mit weit geöffneten Augen starrte sie ihn an. Ungläubiges Entsetzen stand in ihnen geschrieben.

Inzwischen war ihr nackter Körper von roter Flüssigkeit umhüllt. Es sah aus wie ein durchsichtiges Kleid, das in einer sich stetig ausbreitenden Pfütze um sie herum endete. Ein Totengewand, vereint mit Urin und Sperma, die aus ihrem Unterleib liefen.

Davide konnte den Blick nicht von diesen Augen nehmen. Die Ungläubigkeit war einer Traurigkeit gewichen, die die Gewissheit mit sich brachte, dass es nun vorbei war. Sie schloss die Lider und machte einen letzten Atemzug, der wegen des Loches im Hals ein gurgelndes Geräusch verursachte. Dann sackte ihr Kopf auf ihre Brust und ihr langes Haar bedeckte gnädig einen Teil der Szenerie.

Von Gutenbergs Lachen klang herüber, nachdem seine Mutter irgendetwas gesagt hatte. Davide fand, dass es zur Situation passte. Nun hieß es, sich dem wahren Gegner zu stellen.

Davide rollte seinen Körper von der Matratze herunter und zog sich mit Hilfe des verbliebenen Stumpfs in Richtung Ausgang. Als er ihn wenig später erreichte, erkannte er einen weiteren, wesentlich kleineren Raum. An der linken Seite stand ein Kinderbett, daneben ein normales. Beide waren durch einen offen stehenden Plastikvorhang voneinander getrennt. Rechter Hand befand sich die Tür zum Operationsraum, die einen Spalt breit geöffnet war.

Davide sah das grelle Licht der OP-Lampe und mehrere Chromschränke am Ende des Raumes. Abermals ertönte das Gackern der alten Hexe, gefolgt vom Lachen des Professors.

Was, verdammt, taten sie mit Paul? Und wann würde von Gutenberg nach seiner Frau sehen?

Davide zog seinen Körper in den Raum hinein, als er das Quietschen eines Stuhls vernahm.

»Ich werde mal nachschauen, was meine bessere Hälfte so treibt, Mutter. Kommst du kurz allein zurecht?«

»Das hat deine Frau eben auch gesagt. Und nun kommt sie nicht zurück. Aber lasst mich alte Frau ruhig allein hier mit meiner Arbeit. Ich bin es ja gewöhnt.«

Davide hörte einen schmatzenden Kuss. »Ich komme sofort zurück, Mutter. Ich verspreche es dir.«

Neben der Tür war ein Stück Wand, das Davide erreichen musste. Wenn von Gutenberg den Raum betrat und ihn nicht entdeckte, konnte er in den OP kriechen und diese verschließen. Wenn der Weg dorthin nicht so unendlich lang wäre ...

Davide schob den Arm nach vorn und zog sich weiter. Es war, als würde er einen nassen Sack hinter sich herschleppen, der sich zu allem Überfluss noch mit Widerhaken im Boden festkrallte.

Durch den Türspalt sah er von Gutenbergs Beine. Dieser näherte sich zügig.

Zieh!

Davide konnte spüren, wie die kauterisierte Wunde aufriss. Er biss die Zähne aufeinander und unterdrückte ein Husten. Er würde es nicht rechtzeitig schaffen, von Gutenberg hatte den Raum fast erreicht. Davide gab auf. Er ließ den Kopf auf die kühlen Fliesen sinken und wartete auf das Eintreffen seines Erzfeindes, als plötzlich ein lautes Scheppern ertönte.

»Ach, Mutter«, sagte von Gutenberg, der sich anhörte, als würde er ein Kind tadeln.

»Ich schaffe das schon allein.« Die Stimme der Hexe.

»Nein, bleib sitzen. Ich hebe es auf.«

Davide hob den Kopf und sah, wie von Gutenberg sich entfernte.

Das ist deine Chance!

Noch einmal steckte er seine gesamte Kraft in den einzigen Körperteil, den er außer seinem Kopf bewegen konnte.

Ein Klimpern aus dem OP. »Wir können es später wegwischen, Mutter.«

»Es tut mir leid, Junge. Manchmal bin ich einfach zu tüdelig.«

»Dafür hast du ja mich. Ich werde nur kurz nachsehen, was meine Frau treibt. Sonst werde ich noch eifersüchtig.« Er lachte.

Davide erreichte die Wand in dem Moment, in dem von Gutenberg die Tür aufzog und hereinkam. Hätte der seine Aufmerksamkeit nicht ausschließlich auf den Raum mit der Matratze gerichtet, hätte er Davide ohne Weiteres entdecken können. Ein nackter Mann, der ausgestreckt am Boden lag.

»Juliehi«, trällerte er. »Konntest du dich mal wieder nicht zügeln?« Als er jedoch den Raum erreichte, schien sein Körper in eine Starre zu verfallen. Zeitlupenartig griff seine Hand zum Rahmen, um sich abzustützen. Dann rannte er schreiend und flehend hinein.

Das musste Davide ausnutzen. Er zog sich zur Tür, konnte den Rücken der Alten bereits erkennen, die auf einem Drehhocker saß und den Oberkörper über den OP-Tisch gebeugt hatte.

Der Schrei, der in diesem Moment aus dem Nebenraum herüberdrang, spiegelte sämtliche Trauer und Wut eines Menschen wider. Davide hatte den Operationsraum erreicht. Die Alte fuhr herum, entdeckte ihn und kreischte ebenfalls.

»Du elendige Drecksau!« Von Gutenbergs Stimme hinter seinem Rücken.

Davide zog sich weiter. Seine Wunde riss auf und jetzt war der Schmerz alles andere als sein Freund. Davide sah nur die Hexe, die mit blutigen Fingern auf ihn zeigte und nach ihrem Sohn schrie. Dann wurde er zurückgerissen.

»Ich werde dich abschlachten!«, kreischte von Gutenberg, der ihn auf den Rücken drehte.

Davide wand sich, so gut er konnte. Er sah die Faust, die auf ihn zuschoss und er spürte die Wucht, als sie seinen Brustkorb traf.

Der Professor sprang auf, trat ihm gegen den Kopf und stürmte in den Operationsraum.

»Die Drecksau hat Julie umgebracht!«, kreischte er. »Gib mir das Skalpell, Mutter!«

»Aber das brauche ich ...«

»Gib es mir!« Die Stimme überschlug sich.

Davide sah, wie von Gutenberg seiner Mutter das blutverschmierte Skalpell aus den Händen riss und erneut heranstürmte. Dabei schrie er, als wollte er die gesamte Situation einfach wegbrüllen.

Er stürzte sich auf Davide und setzte sich auf seine Oberschenkel. »Zuerst werde ich deinen elendigen Schwanz in Streifen schneiden!«

Davide spannte die Bauchmuskeln an, sah das Blut, das aus seinem Arm floss. Dann schnellte sein Oberkörper hoch und der Arm nach vorn.

Er traf von Gutenberg am Kopf. Der Schlag war so kräftig, dass die Wunde gänzlich aufriss. Die herausstehenden Knochen trafen die Schläfe des Professors, an der die Haut ebenfalls aufplatzte.

Davide schrie und schlug ein weiteres Mal zu. Von Gutenberg wurde von ihm heruntergeschleudert und prallte mit dem Kopf gegen die Wand.

Davide wirbelte herum. Der rettende Ausgang war zwei Meter von ihm entfernt. Nur zwei beschissene Meter! Diesmal konnte er sich schneller nach vorn ziehen, denn das Blut aus seiner Wunde bildete einen Gleitfilm unter seinem Körper.

»Du verdammte Sau!«, hörte er von Gutenberg stöhnen.

Davide sah sich nicht um. Er hoffte, dass der Kerl noch einen Moment mit sich zu kämpfen hatte. Der Schrei der Hexe platzte ein weiteres Mal heran. Vermutlich hockte sie noch immer auf ihrem Stuhl und sah, dass Davide sich hatte befreien können.

Dieser schlitterte durch den Türrahmen. Zum zweiten Mal innerhalb der letzten Minuten.

Ein bestialischer Schmerz in seiner Wade ließ ihn aufschreien. Von Gutenberg musste ihn erwischt haben. Davide rutschte weiter, wirbelte herum und schlug die Tür donnernd ins Schloss.

Von Gutenbergs dumpfes Brüllen erklang, gefolgt von hämmernden Schlägen. »Meine Karte, Mutter!«, brüllte er.

Davide drehte sich um und erblickte die Alte, die tatsächlich noch auf dem Hocker saß. Mit großen Augen und zitternder Hand, die in seine Richtung wies, stand sie langsam auf.

Davide presste die Lippen aufeinander und kroch auf sie zu. »Ich habe Ihnen doch versprochen, Sie zu töten, wenn wir allein sind!«, keuchte er. Von Gutenbergs Mutter wich zurück, stolperte über den Hocker, versuchte, sich am Rollwagen festzuhalten, was ihr nicht gelang, und schlug auf dem Boden auf. Davide robbte schneller. Er hörte das schmerzhafte Stöhnen der Frau und das Poltern gegen die Tür. »Mutter!«

Er erreichte die am Boden Liegende und rutschte auf ihren Kopf zu.

Sie sah ihn panisch an und schlug kraftlos gegen sein Gesicht.

»Das ist für Paul!«, presste Davide hervor. Er spürte, wie die Kraft langsam aus ihm herausfloss. Dann rammte er den amputierten Arm in den Mund der Alten. Ihr Gebiss brach entzwei und Davide drückte den Arm mit aller Kraft tiefer in sie hinein. Irgendetwas stieg in ihr auf, doch bis auf einen bestialisch fauligen Geruch konnte nichts aus ihrem Mund dringen. Ihr Körper zuckte und fing an, nach Scheiße und Urin zu stinken.

Davide starrte in ihre Augen und wartete, bis das Leben aus ihnen verschwunden war. Es dauerte nicht lange, bis sich die Pupillen nach oben drehten und ein letztes Zucken durch ihren Körper ging.

Erschöpft zog er seinen Arm aus der Blut-Spucke-Masse, die wie ein stinkender See in ihrem Mund verblieb.

»Mutter! Du musst die Tür öffnen!« Dumpf, kaum hörbar.

Davide schloss die Augen. In seinem Kopf entstand ein Surren. Umgehend riss er sie auf. *Bloß nicht einschlafen. Du würdest nie wieder aufwachen!*

Erst jetzt erkannte er den silbernen OP-Tisch, neben dem er lag und dessen Liegefläche unerreichbar weit weg erschien. Etwas Rosafarbenes hing herunter.

Du musst die verdammte Blutung stoppen!

Davide merkte, wie sich sein Gesichtsfeld verengte. Es war, als läge er in einem engen, dunklen Schacht, dessen helles Ende sich mit jedem Atemzug ein Stück weiter entfernte. Eine Stimme ertönte. Weit weg und hallend.

»Dave? Dave, bist du es?«

»Ja«, antwortete Davide. Oder hatte er es lediglich gedacht?

»Sie haben irgendwas mit mir gemacht. Dave?«

»Ich höre dich, Paul.«

»Dave? Bist du es, Dave?«

316

»Ja, ich bin es Paul. Ich höre dich.«

»Dave? Kannst du mich hören?«

Paul lag eindeutig auf dem Tisch über ihm und verstand ihn nicht. Davide sah sich um. Auf einem der Chromschränke sah er Verbandszeug. Mehrere übereinandergestapelte Rollen.

Du musst die Blutung stoppen!

Da komme ich niemals dran!

»Dave? Bist du hier?«

»Ja, mein Freund.«

»Dave? Bist du hier?«

Was hatten sie ihm angetan?

»Ich will die Girlande!«

Und in diesem Moment erkannte Davide, was dort von dem Tisch herunterhing. Es war Pauls Darm!

Der Tunnel wurde erneut länger. Das Licht entfernte sich. »Paul, mein Freund. Kannst du mich hören?«

»Dave! Oh Gott, du bist es wirklich! Ja, Dave, ich höre dich.«

Davide schloss die Augen. Als er sie wieder öffnete, konnte er klarer sehen. Träge baumelte der Darmstrang vor seinem Gesicht.

»Die Alte hat mich aufgeschnitten, Dave. Ich ... ich sehe, wie es aus mir raushängt. Oh, scheiße ...«

»Ich ... ich werde uns hier rausholen, Paul.« Davide ließ den Kopf sinken. Alles wurde plötzlich so leicht. Selbst die Schmerzen waren verschwunden.

»Mich kannst du vergessen. Das kriegen wir nicht mehr hin. A... Aber ich habe noch etwas, das du gebrauchen wirst.« Davide erkannte deutlich, wie schwer seinem Freund das Sprechen fiel.

»Ich bin gerade dabei zu verbluten«, sagte Davide. Auch seine Stimme war leise. »Und ich kann nur einen Arm bewegen.« Der Gestank nach Scheiße nahm zu. Als er seinen Kopf drehte, stellte er fest, dass er auf dem Schienbein der Alten lag. Ihre Nylonstrümpfe waren dabei, sich mit ihren Ausscheidungen vollzusaugen.

Davide drehte sich herum. Warum war er da nicht früher draufgekommen? Mit dem Arm schob er den Rock der Frau nach oben. Er versuchte, nur durch den Mund zu atmen, weil er sich andernfalls übergeben hätte. Die Strümpfe endeten am faltigen Oberschenkel, der im breiigen Kot lag. Die Alte trug wahrhaftig keine Unterwäsche. Eine eitrig aussehende, zähe Flüssigkeit trat zwischen den schrumpeligen Schamlippen hervor. Sie bildete eine Blase, die wenig später platzte. Ein Geruch nach faulen Muscheln verteilte sich unter dem Rock. Davide würgte, riss seinen Kopf zur Seite und übergab sich neben den Beinen der Hexe.

Seine Augen tränten, als sich sein Magen beruhigt hatte. Diesmal hielt er die Luft an, als er sich erneut zum Strumpfende vorarbeitete. Vorsichtig biss er hinein – er versuchte, keine Haut zwischen die Zähne zu bekommen – und schob seinen Oberkörper aus dem Pfuhl der Abartigkeit hinaus.

Du schaffst es!

»Bist du noch da?« Paul war schwer zu verstehen.

Davide konnte nicht antworten. Den Strumpf zwischen den Zähnen, zog er mit dem blutenden Arm den

Schuh der Alten aus. Dann beförderte er den Stoff vom mit Krampfadern übersäten Bein.

Er legte den Oberarm auf das Nylon und versuchte, ein Ende über das andere zu legen. Mit der Zunge schob er diese so, dass er eine Schlaufe bilden konnte. Er legte den Fuß der Alten auf das eine Ende und presste diesen mit dem Oberkörper fest auf den Boden, sodass er einen Knoten ziehen konnte. Das Nylon quetschte sich um seinen Arm und Davide sackte erleichtert zurück. Keuchend lag er auf dem Rücken.

Als er, wenig später, seinen Arm hob, trat nur noch wenig Blut daraus hervor. »Ich glaub, ich habs geschafft, mein Freund«, keuchte er.

In seinem linken Arm entstand ein Kribbeln, das sich langsam bis zu seinen Fingern ausbreitete.

»Paul! Mein anderer Arm wacht auf!«

Davide spürte, wie sich seine Augen mit Tränen füllten, denn tief in seinem Innern wusste er, dass Paul nicht mehr antworten würde.

»Wir werden unsere Mission zu Ende bringen, Paul. Hörst du mich? Wir beide werden es schaffen! Ja, ganz bestimmt. Wir beide gemeinsam. So, wie wir es geplant hatten!« Davide konnte nicht weitersprechen. Unaufhaltsam rannen die Tränen an seinem Gesicht hinunter. »Es … es war doch ein guter Plan, verdammt! Es war ein guter Plan.«

»Ich habe noch etwas, das du gebrauchen wirst.«

Davide wusste, was sein Freund damit gemeint hatte.

»Scheiße, Paul!« Eine kalte Leere breitete sich in seinem Körper aus.

319

***

Fünf Minuten später – von Gutenberg hatte sein Klopfen und Brüllen eingestellt – konnte Davide seinen linken Arm ebenfalls bewegen. Die Beine hingegen blieben taub. Er hatte gewartet, ob sich auch dort ein Kribbeln einstellen würde, aber es geschah nichts. Wenn er auf den Oberschenkel schlug, dann war es, als würde er auf ein Kissen einschlagen. Und dennoch spürte er den Schmerz, der dabei entstand, was ihn trotz allem faszinierte. Er fand seine Kleidung in einem Plastikbehälter – ›Vernichtung‹ stand in Druckbuchstaben auf einem Schild am Rand – und zwängte sich in Hose und Hemd. Zuvor hatte er sich am Schrank, auf dem das Verbandzeug lag, hochgezogen und seine Wunde verbunden. Er überprüfte seine Taschen, doch die Kapseln waren verschwunden.

»Ich habe noch etwas, das du gebrauchen wirst.«

Davide wollte nicht daran denken, obwohl er wusste, dass es unausweichlich war. Er fand Pauls Stiefel, öffnete die Sohle und entnahm den Unterbrecher in Form eines Ringes, den er sich auf den Finger schob. Der andere befand sich in Pauls Darmbehälter.

Er würde Pauls Kapseln am Aufzug verteilen – sofern er diesen überhaupt fand – und dann dafür sorgen, dass niemand mehr hier raus- oder reinkam. Zuvor würde er den Nebenraum sprengen und von Gutenberg gleich mit. Das Ganze musste ein für alle Mal ein Ende haben.

Davide zog seinen Körper zurück zum Tisch, auf dem sein toter Freund lag. Ein Freund, wie er nie zuvor einen gehabt hatte. Es war eine tiefe und ehrliche Freundschaft gewesen.

Als Davide die Darmschlinge erreichte, hielt er inne.

Ich kann es nicht!

Was, wenn Paul noch lebt? Was, wenn er nur zu schwach zum Sprechen ist, ansonsten aber alles spürt?

»Er ist tot, Davi!«

Davide zuckte zusammen. War das Noemis Stimme gewesen, die er so deutlich wie seit Langem nicht mehr in seinem Innern gehört hatte?

»Bist du sicher?«, fragte er leise, doch seine Schwester antwortete nicht.

Du musst es tun!

Ja, das wusste er. Und Paul hatte es ebenfalls gewusst. Aber wie sollte er es schaffen, etwas aus dem Darm seines Freundes herauszuschneiden?

Davide hörte das leise Zischen der Türflügel nicht, so sehr war er mit dem Problem beschäftigt.

Er hörte auch nicht die Schritte, die sich ihm näherten und die hinter ihm zum Stehen kamen. Erst als ein harter Tritt gegen seinen Kopf ihn zur Seite schleuderte, registrierte er, dass er es ein weiteres Mal nicht geschafft hatte.

Kapitel 4

»Na, sieh mal einer an!«

Die Stimme kam Davide bekannt vor, aber er hätte nicht sagen können, woher.

»Mach deine Augen auf, Scheich. Ich weiß, dass du mich hörst.«

Davide spürte, wie etwas seinen Hals berührte.

»Ich überlege, ob ich dir gleich hier die Kehle durchschneiden soll, oder ob ich erst unseren Freund dahinten rauslasse. Ich denke, ich entscheide mich für die Kehle.«

Davides Arme waren auf dem Rücken mit Klebeband zusammengebunden. Auch seine Beine ließen sich nicht auseinanderdrücken. Seine Beine? Er konnte sie spüren! Langsam öffnete er die Augen. »Charlie Perlmut! Ich wusste doch, dass ich diese Eunuchenstimme irgendwoher kenne.«

Charlie drückte die Klinge fester gegen Davides Hals. »Noch immer ist der Herr zu Späßen aufgelegt.«

Davide schielte hinunter. »Wow, wer hat Ihnen die tollen Prothesen verpasst? Sie müssen ja einen wahrhaft spendablen Gönner haben.«

»Halts Maul!« Charlie stand auf. »Wenn ich mir die Reste deines Freundes dort ansehe, dann glaube ich, dass das auch eine interessante Alternative für dich ist.« Er grinste fett. »Warum eigentlich nicht? Ich werde dich deine eigenen Innereien fressen lassen. Und wenn du sie geschluckt hast, hole ich sie unten raus und stopf sie dir erneut ins Maul.« Er lachte. »Rein! Raus! Immer wieder. Bis du verreckst! Aber vorher ...« Er legte das Messer zur Seite und nahm die elektrische Knochensäge vom Rollwagen. »Vorher werde ich dir die Arme absägen. Hiermit geht das zwar nicht so schnell wie mit der Kettensäge, die du benutzt hast, aber das Ergebnis wird dasselbe sein.« Speichel spritzte aus seinem Mund.

Ein Donnern war aus dem Nebenraum zu hören, in dem von Gutenberg scheinbar noch immer eingesperrt war. »Perlmut! Ich bin hier drin! Machen Sie die Tür auf!«

Charlie grinste Davide an. »Da will er raus, der Gute. Er wird nicht gut auf dich zu sprechen sein, wenn er sieht, was du hier mit seiner alten Dame veranstaltet hast. Gott, was stinkt die …«

»PERLMUT!«

»Sie müssen sich noch ein klein wenig gedulden, werter Professor«, gab Charlie von sich. Allerdings so leise, dass von Gutenberg ihn mit Sicherheit nicht gehört hatte. Dann an Davide gewandt: »Vielleicht lasse ich ihn auch da drin verrotten. Was meinst du? Die Möglichkeit meines eigenen Hofes hast du mir ja gründlich versaut. Warum also nicht diesen hier?«

»Weil du noch nicht mal in der Lage bist, deinen eigenen Arsch abzuwischen, Perlmut. Oder irre ich mich da? In meiner Klinik musste das zumindest immer das Personal übernehmen. Das übrigens nicht sehr erfreut über diese Aufgabe gewesen ist.«

Charlies Grinsen gefror. Die Finger, die die Säge hielten, bewegten sich und das Instrument surrte los. »Du wirst überrascht sein, was diese Prothesen alles können, Scheich!«

Mit verachtendem Blick ging er in die Hocke und näherte sich Davide. Die Säge führte er genüsslich in Richtung Arm.

Im selben Augenblick platzte mit einem matschenden Laut ein Teil seines Gesichtes weg. Gleichzeitig donnerte ein Knall durch den Raum. Charlie kippte zur Seite, begrub dabei die laufende Säge unter sich, die gurgelnde Geräusche von sich gab, bis sie kurz darauf erstarb.

Davide spuckte Blut und Hirnspritzer aus, die in seinen Mund eingedrungen waren. Seine Augen brannten unter den geschlossenen Lidern, die er blinzelnd zu öffnen versuchte. Er hörte Schritte, die sich näherten. Kurz darauf wurde er von seinen Fesseln befreit. Ein Tuch wurde ihm in die Hand gedrückt, mit dem er seine Augen säubern konnte.

»Da komme ich ja gerade rechtzeitig, Mister Malroy.«

Davide lächelte, noch bevor er die Augen öffnete. Obwohl er die Stimme erst einmal gehört hatte, wusste er, wer ihn da gerettet hatte. »Hallo, Kira. Ich würde sagen, wir sind dann quitt.«

Sie schmunzelte, doch es wirkte nicht echt. Ihre Augen sagten etwas anderes. »Wo ist mein Vater?«

»Ich habe ihn dort hinten eingesperrt.« Mit zitternden Oberschenkeln stand Davide auf. Er musste sich am OP-Tisch festhalten, bis sich nichts mehr drehte. Auf dem Tisch lag Paul mit geschlossenen Augen. Das Fehlende war versorgt worden und mit einem Verband bedeckt.

Was Davide dann sah, ließ ihm einen eiskalten Schauer über den Rücken laufen. Pauls Schädeldecke war verschwunden. In dem freigelegten Hirn steckten dünne Nadeln, von denen einige mit winzigen Elektroden verbunden waren. Drähte führten zu einem kompakten Schaltpult mit Knöpfen und einem Display in der Mitte.

Die Bauchdecke seines Freundes war vom Ansatz der Schambehaarung bis zum Rippenbogen geöffnet worden und wurde mit Spreizern auseinandergehalten. Das Innere glänzte schillernd im Licht der Lampe über dem Tisch. Von Gutenbergs Mutter hatte damit begonnen, Pauls Darm herauszuholen. Scheinbar war sie sehr langsam vorgegangen, denn ein großer Teil befand sich noch in seinem Körper. Das heraushängende Stück wirkte gereinigt.

Sie hat es abgeleckt!

Davide spürte einen Arm, der seinen Rücken berührte.

»Es tut mir sehr leid um Ihren Freund, Mister Malroy.«

»Sag ruhig Davide zu mir«, entgegnete er nickend.

»Okay, Davide. Ich bin hergekommen, um meinen Vater und seine Frau zu töten.«

»Letzteres habe ich dir abgenommen. Ihre Leiche liegt auch da hinten drin. Ich glaube, dein Vater wird nicht gut gelaunt sein, wenn er das hier sieht.«

»Nein. Das wird er nicht.« Sie blickte zu Boden. »Darf ich Sie um einen Gefallen bitten?« Ohne eine Antwort abzuwarten fuhr sie fort: »Ich habe Angst, dass ich es nicht schaffe. Würden Sie ihn für mich erschießen, wenn ich die Tür öffne?«

Davide nahm die Waffe an sich, die sie ihm reichte.

»Er hat dir sehr wehgetan, richtig?«

Sie nickte schweigend. Sie blickte an ihm vorbei und sah ihre Großmutter. »Waren Sie das auch?«

»Es tut mir leid.«

»Nein, schon okay. Wenn es einer verdient hat, dann sie. Mein Großvater und sie haben nach der Stilllegung des Bergwerks hier unten Menschen gefoltert. Sie hat sie oben unter einem Vorwand hergelockt und dann haben sie sich hier unten ausgetobt. Die ganze Familie ist das personifizierte Böse. Und deshalb ist es gut so. Ist Großvater auch tot?«

»Ich glaube nicht.«

»Das macht nichts. Ich werde mich später um ihn kümmern. Zunächst holen wir meinen Vater.«

»Du weißt, warum ich hier bin, Kira?«

»Sie wollen den Hof zerstören. Oder besser gesagt, das hier unten.«

»Wir haben Sprengkapseln eingeschleust«, sagte er.

»Soll das heißen, euer Aufenthalt war geplant?«

Davide nickte.

Kiras Gesicht verzog sich zu einem Grinsen. »Sorry, aber das war ein Scheißplan. Oder gibt es die Kapseln noch?«

Davide deutete hinüber zu Paul. »Sie sind in ihm drin.«

»In ihm?«

»Ja, ich muss sie herausschneiden. Allerdings ist ihre Sprengkraft begrenzt. Gibt es hier so etwas wie ein Aggregat, oder sonst was, was wir hochjagen können?«

»Nein«, sagte Kira, ohne zu überlegen. »Das hat Paps alles oben in der Klinik unterbringen lassen. Damit eben hier unten nichts passieren kann.« Dann stockte sie. »Erdgas«, sagte sie plötzlich.

Davide sah sie fragend an.

»Als hier alles ausgebaut wurde, sind die Leute auf eine Gasblase etwa 200 Meter unterhalb der letzten Sohle gestoßen. Es bestand die Gefahr, dass sie sich im Laufe der Zeit vergrößert, beziehungsweise, dass der Druck so stark ansteigt, dass Gas in die Anlage gelangen könnte. Deshalb hat Paps eine Entlüftung einbauen lassen.«

»Und die ist zugänglich?«

»Sie besteht nur aus einem Rohr zur Erdoberfläche, das bei Bedarf aufgedreht wird, um den Druck zu verringern.«

»Das wäre eine Möglichkeit«, sagte Davide. »Wir könnten deinen Vater da drin lassen.«

»Ich möchte ihm in die Augen schauen. Können Sie das verstehen?«

Davide nickte. »Dann hol ihn raus.«

Sie blickte Davide kurz in die Augen, dann ging sie zur Tür des Nebenraums. »Paps?«

»Kira?«, erklang es aufgeregt von der anderen Seite. »Kira, mein Schatz, bist du es? Hat das Schwein dich in seiner Gewalt?«

»Ich werde die Tür öffnen, Paps.«

»Ja, lass mich hier raus. Ich kann dir helfen.«

Kira zog die Schlüsselkarte aus ihrem Hemd und hielt sie an das Display des Öffners, der die Tür aufspringen ließ.

Von Gutenberg trat langsam hinaus, gar nicht wie Davide es vermutet hatte. Er hatte mit einer wilden Attacke gerechnet und vorsichtshalber die Waffe auf die Tür gerichtet, doch der Professor schien nichts dergleichen geplant zu haben. Er blieb einfach an der Tür stehen. Sowohl seine OP-Kleidung als auch sein Gesicht waren mit Blut verschmiert. Davide konnte sich vorstellen, wessen Lebenssaft das war.

Der Professor blickte zu Davide, dann zu seiner Tochter. »Oh, Kira. Ich bin so froh, dass es dir gut geht.« Er wollte sie umarmen, doch sie wich zurück.

»Er gehört Ihnen, Davide«, sagte sie emotionslos.

Von Gutenberg blieb stehen. »Kira …«

Davide zielte auf den Kopf des Professors.

»Nun erschießen Sie ihn schon!«

»K… Kira. Ich kann verstehen, dass du wütend bist, aber du musst mir glauben …«

Ohne ihren Vater weiter zu beachten, ging Kira mit schnellen Schritten auf Davide zu, nahm ihm die Waffe aus der Hand und zielte auf den Mann, den sie einst über alles geliebt, zu dem sie aufgeschaut und den sie vergöttert hatte. Der Mann, der ihr alles bedeutet und gleichzeitig alles genommen hatte.

Der streckte die Arme in Kiras Richtung. »Kira, ich bin es doch: dein Vater.«

Tatsächlich erkannte sie nun Tränen in seinen Augen. Sein Mund war geöffnet, als wollte er noch etwas sagen, aber er schien zu erkennen, dass es nichts mehr zu sagen gab. Langsam ließ er die Arme sinken und schloss die Augen.

Kira schoss ihm zweimal ins Gesicht.

***

Noch lange stand sie mit erhobener Waffe da und zielte auf jemanden, der längst tot am Boden lag und nicht mehr zu ihrem Leben gehörte.

Davide ging auf die junge Frau zu und nahm ihr behutsam die Pistole aus der Hand.

»Ich werde Ihnen den Weg zum Aufzug zeigen«, sagte sie. »Allerdings hat der einen Augensensor. Nur Paps und seine Frau können den Weg freigeben.«

»Ich werde mich darum kümmern. Zuvor muss ich noch eine Sache erledigen.« Davide atmete tief aus.

»Ich kann das für Sie übernehmen.«

»Das ist sehr nett von dir, aber ich muss das allein machen.«

»Okay, ich warte vor der Tür, falls einer der Wachen die Schüsse gehört hat. Ich bezweifle es zwar, weil es nicht die ersten waren, aber sicher ist sicher.«

Davide nickte und wartete, bis Kira den Raum verlassen hatte.

Als er sich dem OP-Tisch näherte, erstarrte er. Pauls Auge war geöffnet. Davide legte das Skalpell zur Seite. »Paul?« Doch sein Freund reagierte nicht. Der Blick war starr zur Decke gerichtet. Davide fühlte den Puls, konnte aber keinen feststellen. Er strich über das Augenlid und schloss es wieder. »Es tut mir so unendlich leid, mein Freund.« Dann nahm er das Skalpell und machte sich an die Arbeit.

Kapitel 5

»Das ist es.« Kira deutete auf ein unscheinbares Rohr mit einem Ventilrad in Bauchhöhe. Einige Manometer waren an der Wand befestigt. Gemäß der Anzeige bewegte sich der Gasdruck in der Blase im grünen Bereich. Auf einem Regalbrett standen mobile Gaswarngeräte in ihren Ladestationen.

Davide betastete das Rohr. »Das Ganze wird manuell gemacht?«

»Ja, es ist schon alt. Paps hat nie in etwas Geld investiert, das auch so funktionierte. Der Druck muss halt regelmäßig kontrolliert werden. Dafür waren die Mitarbeiter zuständig.«

»Umso besser«, sagte Davide. »Ich werde das Ventil herausnehmen, damit das Gas in die Stollen gelangt. Allerdings brauche ich deine Hilfe.« Er hielt den amputierten Arm nach oben, den Kira professionell verbunden hatte. Ebenso hatte sie ihm und sich selbst eine Spritze gegen die Schmerzen verabreicht.

»Wie viele Patienten sind noch hier unten?«, wollte Davide wissen.

»Keine, die noch leben dürften. Und wenn, dann nicht mehr lange, weil sie bei den Gästen sind. Paps hat erst morgen eine neue Lieferung erwartet.«

»Ihr kriegt die Opfer geliefert?«

Kira blickte zu Boden. »Paps hat weltweit Fänger beschäftigt. Sie bringen die Patienten zu einem bestimmten Parkplatz auf der Autobahn, wo sie von den Rettungswagen abgeholt und in die Klinik gebracht werden. Na ja, und dann hier herunter.«

»Und ihr habt wirklich keine Kinder?«

»Nicht ein einziges. Paps' absolutes Tabu.« Sie sah ihn an. »Darf ich dich etwas fragen, Davide?«

»Natürlich.«

»Warum hast du die Höfe zerstört? Ich meine, du hättest sie doch genauso gut den Behörden melden können.«

Davide dachte lange nach. »Ich glaube, so war es effektiver. In erster Linie ging es mir immer um die Kinder. Und …«

Sie sah ihm tief in die Augen, als er nicht weitersprach. »Und?«

»Ich war an einem der Höfe beteiligt. Hof Gutenberg in Schleswig-Holstein.«

»Der von Doktor Liebherr? Ich habe ihn einmal kennengelernt, als Paps und ich ihn auf seinem Hof besucht haben. Er war ein unsympathischer Mensch. Und du hast mit ihm zusammengearbeitet?«

»Allerdings nur, um die Kinder dort herauszuholen. Dort hat im Prinzip alles angefangen.«

»Hast du es geschafft? Ich meine, die Kinder zu befreien?«

Davide wich ihrem Blick aus. »Nein.«

Kira nickte. Sie spürte, dass es ihm schwerfiel, darüber zu reden.

»Vielleicht werde ich noch mal hinfahren und mir ansehen, was vom Hof übrig geblieben ist. Ich meine, wenn hier alles erledigt ist«, sagte er nachdenklich.

»Das ist doch eine gute Idee«, gab ihm Kira recht. »Dann sollten wir uns beeilen. Wo befestigen wir die Sprengkapseln?«

»Sie dürfen nicht allzu weit vom Zünder entfernt sein. Hier unten wird die Reichweite bei maximal fünfzig Metern liegen. Wir werden sie in der Nähe des Aufzugs platzieren und auf das Gas warten. Dann beim Rauffahren bringen wir sie zur Explosion.«

Davide hatte damit begonnen, das Ventilrad zu untersuchen. Er stellte sich mit dem Rücken gegen die Wand und trat dagegen. Mit einem Scheppern fiel es zu Boden.

»Das ging leichter als gedacht.«

Ein Zischen ließ Kira zurückschrecken.

Davide nahm eines der Gaswarngeräte aus der Ladestation und prüfte die Funktion. Er schob Kira vom Rohr weg. »Es wird eine gute Stunde dauern, bis sich das Gas verteilt hat. Lass uns zum Aufzug gehen.«

***

Sie waren fünf Minuten über diverse Flure gelaufen – Davide hatte inzwischen vollends die Orientierung verloren – als Kira plötzlich stehen blieb.

»Können wir einen kurzen Zwischenstopp machen?«
»Wie kurz?«

Kira deutete auf eine Tür. »Dahinter befindet sich ein Gast, den ich gern persönlich verabschieden möchte.« Sie nickte zur Waffe in Davides Hand.

Gemeinsam betraten sie das Gästezimmer, in dem sie von einer blutgetränkten Luft empfangen wurden. Es enthielt die obligatorische Einrichtung, die Davide mittlerweile kannte. Kira deutete auf die Tür zum Nebenraum, öffnete sie und blieb stehen. Davide erkannte, wie ihre Atmung stoßweise ihren Körper verließ. Sofort dachte er an den Weihnachtsbaum der Alten, der sich ebenfalls dort befunden hatte. Kurz drehte er sich um, aber hinter ihnen war niemand. Niemand, der ihnen eine Spritze in den Hals hätte rammen können.

Er ging näher heran, bis auch er sah, was sich in dem Zimmer abgespielt hatte.

Auf einem mit Blut vollgesogenen Teppich lag eine korpulente, schwangere Frau. Ihr Bauch war derart gewölbt, dass es sich mindestens um Zwillinge handeln musste, ging es Davide durch den Kopf. Ihre Beine waren unnatürlich weit gespreizt und ihre Vagina bestand nur noch aus einem zerrissenen Fleischklumpen, auf dem das Blut bereits trocknete. Die Frau war eindeutig tot, was Davide an der blassen Haut erkannte, unter der sich ein dunkles Adergeflecht abzeichnete.

»Wo ist der Gast?«, fragte er leise. Er zielte mit der Waffe in das Zimmer. Neben der Leiche stand ein Wagen, der eine Sauerstoffflasche enthielt. Davide erkannte einen dünnen Schlauch, der von der Flasche durch den Vagina-Klumpen in die Frau führte.

»Er ist da drin«, antwortete Kira.

Davide verstand zunächst nicht, was sie damit meinte. Oder sein Gehirn weigerte sich, es zu verstehen.

Langsam ging Kira auf die Frau zu. »Ich habe sie eine Zeit lang betreut. Sie hat immer davon geträumt, irgendwann wieder draußen zu sein. Und ich ... ich habe ihr gesagt, dass das bestimmt bald passieren wird. Selbst dann noch, als Paps sie für den Maulwurf ausgesucht hatte.«

Sie ging in die Hocke und betrachtete die Augen der Toten. Eines der Lider war entfernt worden, das andere an die Stirn genäht.

»Kannst du mir das Tuch dort drüben geben?«

Als Davide es ihr reichte, legte sie es auf das Gesicht der Toten.

Der mächtige Bauch bewegte sich und es sah aus wie bei einer Hochschwangeren, in der sich der kleine Winzling bemerkbar machte.

»Wie?«, stammelte Davide.

Kira sah ihn an.

»Wie ist er ... da reingekommen?«

»Er ist kleinwüchsig. Und hier unten wurde er der Maulwurf genannt.« Sie rutschte zu der Sauerstoffflasche und riss den Schlauch heraus. Augenblicklich wurden die Bewegungen unter der Bauchdecke hektischer.

Kira hockte sich zwischen die Beine der Toten und streichelte sie sanft. »Du hast es geschafft, Melinda«, sagte sie.

Immer härter wurden die Tritte, sodass Davide befürchtete, dass jeden Augenblick die Bauchdecke nachgeben würde, um den grausamen Inhalt ans Tageslicht zu befördern.

»Darf ich die Waffe haben?«

Davide reichte sie ihr. Sie wartete.

Es dauerte nicht lange, bis sich das zerrissene Fleisch zwischen den Beinen der Toten nach außen wölbte. Schmierig glänzende Haare tauchten auf, schoben sich hindurch, als würde ein halb verdautes Tier hinausgewürgt. Das Fleisch riss weiter auseinander, gab eine immer größer werdende Öffnung frei, durch die sich ein haariger Schädel quetschte.

Kira wartete, bis der gesamte Kopf zu sehen war. Sie beobachtete die verquollenen Augen, die sich blinzelnd öffneten. Hektisch sog der Mund die Luft ein. Kira drückte den Lauf gegen die Stirn des Maulwurfs, wartete, bis er sie ansah und sich seine Augen weiteten. Dann drückte sie zweimal ab und verwandelte den Schädel in eine breiige Masse, die sich kaum von der zwischen den Beinen unterschied.

Kira stand auf. »Danke.« Sie gab Davide einen Kuss auf die Wange. »Lass uns zurück zum Aufzug gehen.«

»Warum schießt du ihnen immer zweimal in den Kopf?«, fragte er, als sie hinaus auf den Flur traten.

»Das hat Paps mir beigebracht. Bei zwei Kugeln liegt die Überlebenschance bei null, hat er immer gesagt, wenn wir auf dem Schießstand waren.«

***

Davide hielt Juliettes Auge vor den Scanner, das er ihr im Nebenzimmer des OP-Raums vor einer guten Stunde herausgeschält hatte. Ein Poltern drang von oben herunter.

336

»Das Ding ist verdammt schnell«, sagte Kira. »Braucht keine vier Minuten.«

Davide schwieg. Er dachte an Paul, an Noemi und an Hank und Greg. Nun war es also vorbei. Aber, obwohl viele ihr Leben hatten lassen müssen, war es dennoch ein gutes Ende. Die Ära Hof Gutenberg gehörte bald der Vergangenheit an.

Bis zur Ankunft des schweren Aufzugs aus Zechentagen, machte Davide mit Kiras Hilfe die Sprengkapseln scharf. Als er vier Minuten später die Gittertür öffnete, sah er Kira eine Weile an. Noemi wäre jetzt etwa in ihrem Alter gewesen.

»Ich werde hier unten bleiben, Davide«, sagte sie plötzlich

Davide lächelte. »Dasselbe wollte ich auch gerade sagen.«

»Wenn wir den Zünder betätigen, wird die Explosion den Aufzug einholen, auch wenn er noch so schnell ist. Und ich möchte, dass die von Gutenbergs aussterben.« Kira liefen Tränen die Wangen hinunter.

Davide trat auf sie zu und nahm sie in den Arm. »Du bist jung, Kira. Und einen blöden Nachnamen kann man ändern lassen. Meine Aufgabe ist hingegen erfüllt.«

»Das glaube ich nicht, Davide. Denk an all die Fänger, die für Paps gearbeitet haben.«

»Nein. Ich bin kein Rächer der Menschheit und ich wollte nie einer sein. Ich wollte immer nur die Kinder retten, die mich an meine Schwester erinnerten.«

»Dann solltest du damit weitermachen. Nutze doch dein Vermögen, um Kindern zu helfen. Du bist ein guter

Mann, Davide Malroy. Ich hingegen habe in meinem kurzen Leben so viel Böses getan, dass ich nicht damit leben möchte. Bitte, gestehe mir diese letzte Entscheidung zu.«

»Ich hätte dich gern besser kennengelernt, Kira von Gutenberg. Ich glaube, du bist diejenige, die den Familiennamen hätte reinwaschen können.«

Kira drückte ihren Kopf an Davides Brust. »Ja, vielleicht. Aber ich möchte einfach nicht mehr.«

Davide schob sie von sich und sah in ihre Augen. »Ich verstehe dich. Und ich akzeptiere deine Entscheidung.« Er gab Kira den Gasmelder und betrat den Aufzug.

»Ich werde mit der Zündung warten, bis das Ding Alarm schlägt. Du solltest jetzt fahren«, sagte sie.

Davide zog die Tür zu, als Kira noch einmal auf ihn zuging und ihn küsste. »Danke für alles, Davide Malroy. Nimm die Waffe mit, falls du dir oben den Weg freischießen musst.«

»Behalte sie. Für den Fall, dass dich jemand daran hindern will, den Zünder zu betätigen.«

Sie nahm die Glock an sich und nickte. Schnell betätigte sie den Knopf des Aufzugs. Ein Poltern erklang und er setzte sich in Bewegung.

Davide blickte ihr nach bis nur noch die nackten Wände des Schachtes an ihm vorbeirasten.

***

»Raus hier!«, brüllte Davide, während er aus dem Aufzug stürmte. »Hier fliegt gleich alles in die Luft!« Kurz zuvor hatte er eine Zündkapsel am Stahlseil befestigt, die er jetzt zur Explosion brachte. Mit berstendem Getöse krachte der Aufzug zurück in die Tiefe.

Kreischende Stimmen, Poltern durch umfallende Stühle, hektische Rufe. Alle rannten um ihr erbärmliches Leben, sodass Davide nicht mehr auffiel.

Im Gegensatz zu ihm blieben sie jedoch vor dem Haus stehen, starrten es an und warteten auf das Unglück, von dem niemand Genaueres wusste.

Davide lief weiter, denn wenn Kira die Kapseln zündete, dann wäre die Explosion unvorstellbar. Er dachte an die drei anderen Höfe, die ebenfalls durch gewaltige Detonationen dem Erdboden gleichgemacht worden waren. Davides Sprengkapseln konnten zwar keinen großen Schaden anrichten, aber wenn sie es schafften, das Gas zu entzünden, dann würde von der Klinik nicht mehr viel übrig bleiben.

Eine halbe Stunde später war ein dumpfes Dröhnen zu hören. Davide spürte die Vibrationen, die unter seinen Füßen auftraten. Als er sich umdrehte, sah er in weiter Entfernung eine Flammensäule, die mehrere Hundert Meter in den Himmel aufstieg. Es würde lange dauern, bis Spezialisten diese gelöscht hätten.

Epilog

Teil 1

»Hallo, mein Mädchen.«

Kira zuckte zusammen, als sie die Stimme hörte. Sie saß auf dem Boden vor dem Aufzugschacht und hatte den Rücken gegen die Wand gelehnt. Sie hatte an Martin gedacht. An die Zukunft, die sie gemeinsam mit ihm geplant hatte. Eine Zukunft, die nicht mehr existierte.

»Hallo, Großvater.« Sie richtete die Waffe auf ihn.

Der alte Mann stand im Gang, mit beiden Händen auf seinen Gehstock gestützt. Er betrachtete sie lange, dann kam er näher.

»Bleib, wo du bist!«

»Ach, Kira, mein Schatz, lass den Unsinn! Oder glaubst du, dein alter Opa hat Angst vor dem Tod?«

»Ich werde gleich alles hier in die Luft sprengen!«

Der Alte deutete auf den Metallklumpen, der einst ein Aufzug gewesen war und nun am Ende des Schachtes lag. »Mir scheint, als hättest du schon angefangen.«

»Paps ist tot«, sagte Kira, ohne auf seine Bemerkung einzugehen.

Der Alte nickte und ließ sich unter Stöhnen an der gegenüberliegenden Wand nieder. Als er endlich saß, sah er seine Enkelin an. »Hast du ihn getötet?«

»Er hatte es verdient.«

Abermals dieses Nicken. »Auch wenn er mein Sohn war, so muss ich dir zustimmen.«

»Du stimmst mir zu?« Sie klang aggressiver als beabsichtigt. »Großmutter und du haben das hier doch erst alles erschaffen. Ihr habt mit dem Morden begonnen!«

»Das ist richtig. Aber in den letzten Jahren bin ich so müde geworden. So unendlich müde. Wo ist sie eigentlich?«

»Sie ist auch tot.«

»Der Tag wird immer besser. Du lässt das Gas hier rein, richtig?«

»Ja.«

»Du wirst ersticken, bevor du es entzünden kannst.«

Kira deutete auf das Gaswarngerät neben sich. »Wenn es hier ankommt, sprenge ich den Aufzugschacht. Das wird das Gas entzünden.«

»Gib mir den Zünder, Kleine. Du solltest oben sein, wenn das hier hochgeht.« Der Alte streckte die Hand aus.

»Nein, ich werde hier unten sterben. Paps hat meine große Liebe getötet. Ich werde für immer bei Martin bleiben.«

Ihr Großvater gackerte, wie er es immer tat, wenn er etwas lustig fand. »Große Liebe?« Gackern. »Kind, die große Liebe findest du nicht in einem Bergwerk, in dem Menschen gefoltert werden. Das ist nur eine Zweckbeziehung, glaube mir. Die wahre große Liebe ist irgendwo da draußen. Die Welt ist so unendlich groß. Weiß Gott, wie oft ich deinem Vater gepredigt habe, er soll sie dir zeigen. Er soll dich von all dem hier wegbringen. Aber deine Großmutter hat immer auf seiner Seite gestanden und du weißt ja, er war ein Muttersöhnchen. Dennoch hast du die Gelegenheit, dein eigenes Leben zu führen. Lass all das hinter dir, was du bis jetzt hast erdulden müssen.«

Für einen winzigen Augenblick dachte Kira an Davide.

»Ich wünschte, ich hätte dich besser kennenlernen können.«

Hatte er das wirklich gesagt?

»Selbst, wenn ich es wollte«, sagte sie. »Ich komme hier nicht mehr weg.« Sie deutete auf den abgestürzten Aufzug.

»Ich habe hier lange gearbeitet. Noch weit vor der Geburt deines Vaters.«

»Ich weiß, Großvater. Du warst dir nie zu schade, dir selbst die Hände dreckig zu machen, obwohl das alles dir und deiner Familie gehörte.«

Er lachte. »Hab ich wohl schon mal erzählt.«

»Mehrmals.«

»Es gibt noch einen einzigen Lichtschacht. Ein endlos langes Ding. Er beginnt in der dritten Sohle. Bis dahin kommst du mit den internen Aufzügen.«

Kira dachte an ihre Flucht. Zusammen mit Martin. War das erst einen Tag her? »Ich kenne den Schacht«, sagte sie. »Und ich weiß auch, dass ich es dadurch niemals schaffen werde. Sie haben mir die Brust abgenommen, Großvater.«

Der Alte sah sie an und schwieg. Dann sagte er: »Es darf nicht enden für dich. Nicht hier unten. Bitte glaube mir das. Ich würde gern mit dir tauschen, aber ...« Er lachte hustend. »Ich würde es noch nicht mal bis zur dritten Sohle schaffen. Aber wenn du den Lichtschacht kennst, dann weißt du ja, dass der Stollen, in dem er sich befindet, dort endet.«

Kira erinnerte sich, wie sie zusammen mit Martin vor der Mauer stand und dort umkehren wollte.

»Das ist lediglich eine gemauerte Wand. Wenn du sie wegsprengst, dann geht der Stollen weiter. Etwa zwei Kilometer. Dann hast du das Mundloch erreicht.«

»Du meinst, da geht es raus?«

»Da geht es raus. Wir haben es seinerzeit ebenfalls zumauern lassen. Musst du halt noch mal sprengen. So, und nun gib mir den ollen Zünder. Du siehst, wenn du dich beeilst, dann hast du eine Chance, weiterzuleben.«

»Wenn ... wenn ich ihn dir gebe, dann kann ich nichts sprengen. Ich habe nur einen.«

Der Alte wühlte in seiner Hosentasche und brachte ein Feuerzeug hervor. Er klappte es auf und drehte am Rädchen. Eine spärliche Flamme flackerte auf. »Damit habe ich mir schon im Krieg die Zigaretten angezündet, wenn wir mal welche hatten. Ich werde warten, bis das Gerät das Gas ankündigt. Sollte ich bis dahin noch keine Sprengung von dir gehört haben, werde ich versuchen, so lange die Luft anzuhalten, wie ich kann. Das wird nicht lange sein, das kann ich dir schon sagen. Du musst dich also beeilen.«

Sollte Kira es allen Ernstes machen? Und was noch wichtiger war, würde Großvater tun, was er behauptete? Oder wollte er nur sein Zuhause retten?

»Wenn du es nicht sprengst, benachrichtige ich die Polizei«, sagte sie.

»Ich werde es sprengen. Sieh du nur zu, dass du schnell bist. Wirklich schnell.«

Langsam stand Kira auf, zog vier Sprengkapseln – sicher war sicher – von der Wand und entfernte bei dreien den Zünder. »Ich gehe dann«, sagte sie flüsternd.

»Hilf mir noch kurz auf.« Der Alte versuchte, sich aufzurichten, schaffte es aber nicht.

»Wenn du versuchst, mich zu überwältigen, dann werde ich dich erschießen, Großvater.« Sie hielt die Waffe so, dass er sie sehen konnte.

Eduard von Gutenberg sagte nichts, streckte nur seinen Arm nach vorn. Kira ergriff ihn und zog ihn hoch.

»Du wirst dein Vertrauen in die Menschen zurückerlangen«, sagte er. Noch einmal griff er in seine Hosentasche und holte ein altes Handy hervor. »Du wirst Licht brauchen.«

Kira wollte etwas sagen, nahm aber stattdessen nur das Telefon entgegen und nickte ihn kurz an. Sie drehte sich um und wollte zu einem der internen Aufzüge laufen, als ihr Großvater sie am Arm festhielt. »Du wirst ebenso die große Liebe finden. Das verspreche ich dir. Und wenn du sie gefunden hast, dann weißt du, dass ich genau in diesem Moment von oben auf dich hinabschaue. Oder von unten hinauf. Je nachdem wo ich landen werde.« Er lachte und ließ sie los. »Und nun lauf. Wir haben nicht mehr viel Zeit.«

Sie nahm ihn in den Arm und spürte das Zittern unter seiner Haut. »Danke, Großvater.«

***

Es dauerte zehn Minuten, bis Kira vor der Mauer stand. Sie klebte die Kapsel daran, lief zurück und zündete sie. Nachdem sich der Staub gelichtet hatte, warf sie einen Blick in den Tunnel dahinter. Ein undurchdringliches Schwarz schien sie förmlich aufzusaugen.

Schnell schaltete sie die Taschenlampe des Handys an, kletterte über die Trümmer hinweg und rannte durch den Stollen, der eine kaum spürbare Steigung hatte. Sie merkte es nur daran, dass ihre Lunge zu brennen anfing und ihre Beine schwerer wurden. Dennoch verringerte sich nicht ihre Geschwindigkeit. Die Glock hatte sie in den Hosenbund gesteckt. Das Telefon steckte sie in die Vordertasche ihrer Jeans, sodass die Lampe nicht verdeckt wurde und weiterhin den Weg ausleuchtete.

Sie nahm eine Kapsel und den Zünddraht und versuchte, trotz des Laufens, ihre Hände ruhig zu halten. Als der Draht die Kapsel jedoch berührte, rutschte diese aus Kiras Hand und war verschwunden. Kira rannte weiter, während sie nach einer neuen Kapsel in ihrer Hosentasche kramte.

Allmählich wurden ihre Schritte langsamer.

Mach bloß nicht schlapp! Dein Großvater wartet mit dem Feuerzeug nur noch auf das Gas!

Was solls? Vor nicht einmal fünfzehn Minuten wollte sie sich mit dem gesamten Bergwerk in die Luft sprengen. Und nun? Sie hatte es zumindest versucht, hier herauszukommen. Sollte es nicht klappen, dann war das Schicksal.

»Du wirst die große Liebe finden!«

Bullshit! An einen derartigen Liebesschnulzenscheiß glaubte sie eh nicht.

Und was war mit Martin?

Eine Zweckgemeinschaft!

Plötzlich sah sie, dass der Stollen gleich zu Ende sein würde. Dort hinten stand eine weitere Mauer. Kira wollte den Zünddraht in die Kapsel stecken und stellte fest, dass sie auch diese verloren hatte.

»Verdammte Scheiße!«, kreischte sie. Sie hatte die Mauer erreicht.

Sie wollte gerade die letzte Kapsel aus der Tasche ziehen, als eine dumpfe Vibration ihr den Boden unter den Füßen wegriss. Hart schlug sie neben der Mauer auf.

Er hat das Gas entzündet!

Ihre Finger zitterten, als sie nach der Kapsel suchte. Doch ihre Tasche war leer.

Kira zog das Handy unter ihrem Körper hervor und leuchtete den Boden ab. Am liebsten hätte sie geschrien und vor Wut den Kopf gegen den Stein geschlagen. Warum ausgerechnet jetzt, wo sie sich fürs Überleben entschieden hatte?

Davide!

»Wie gern hätte ich dich näher kennengelernt!«

»Ich will dich auch näher kennenlernen«, wimmerte sie und entdeckte die Kapsel neben ihren Beinen.

Die Vibration hatte aufgehört, stattdessen war ein beängstigendes Dröhnen von weit her zu hören, das sich schnell durch die Stollen auf sie zubewegte. Wie lange würde es dauern, bis sich die Explosion zu dieser Sohle vorgearbeitet hätte?

Zitternd führte sie den Draht an die Kapsel, doch es ging nicht. Ihre Hände zitterten derart heftig, dass sie den stecknadelgroßen schwarzen Fleck niemals treffen würde.

Sie schloss die Augen und ließ die Luft langsam aus ihrer Lunge strömen. Wurde es wärmer? Sie blinzelte und erkannte, dass sich am Ende des Stollens, von wo sie gekommen war, ein unruhiges Licht bildete, das mit jedem Flackern heller wurde.

Das Feuer kommt! Es ist zu spät!

»Nein!« Noch einmal ließ sie die Luft heraus. Ganz langsam. Ganz ruhig.

Der Draht traf den schwarzen Punkt und rutschte in die Kapsel.

Kira sprang auf, befeuchtete die Kapsel und drückte sie gegen den Stein, an dem sie kleben blieb.

Das Licht am Ende des Stollens verwandelte sich in Flammen, die gierig über die Wände leckten.

Kira rannte von der Mauer weg und betätigte gleichzeitig den Zünder.

Steinsplitter flogen an ihr vorbei. Einige davon drangen wie winzige Nadelspitzen in ihren Rücken ein.

Die Flammen hatten sich in einen gewaltigen Ball verwandelt, der nun mit einer atemberaubenden Geschwindigkeit heranrollte.

Kira wirbelte herum. Das Loch in der Mauer war nicht sonderlich groß, offensichtlich war diese um einiges dicker gewesen als die erste. Sie quetschte den Oberkörper hindurch, spürte die kühle Luft, die ihr entgegenschlug, als wollte sie Kira umarmen.

Irgendwo schabte sie sich Haut auf, blieb hängen und presste sich weiter nach vorn. Ihre Schuhe fingen in dem Moment Feuer, als sie durch das Loch auf den Boden fiel. Geistesgegenwärtig sprang sie zur Seite und drückte sich gegen einen grasbewachsenen Hügel.

Mit einem ohrenbetäubenden Knall barst der Flammenball aus dem Stollen, zerschlug die Mauer in Abertausend Einzelteile und fauchte gute fünfzig Meter weit auf das Feld hinaus.

Kira fühlte die sengende Hitze, die ihre Haut zu verbrennen drohte. Sie schrie, atmete kochende Luft in sich hinein und wusste, dass sie beim nächsten Atemzug sterben würde.

Im selben Moment war alles vorbei. Die Hitze war so schnell verschwunden, wie sie entstanden war und nur noch ein verbrannter Streifen, der bis weit in das Feld ragte, zeugte von der erbarmungslosen Kraft, die hier vor Sekunden geherrscht hatte. Grasbüschel glommen und Rauch stieg in den klaren Nachthimmel, wo er vom Wind zerstreut wurde.

Mühsam und hustend bewegte Kira sich von dem Loch fort. Sollte sie es tatsächlich geschafft haben?

Als sie der Meinung war, den Gefahrenbereich verlassen zu haben, ließ sie sich ins Gras fallen und wandte den Blick zum Himmel. Unzählige Sterne funkelten, so als wollten sie Kira ihre ganze Pracht zeigen und damit angeben.

»Ich werde euch ab heute oft betrachten«, flüsterte sie. »Vielleicht ja irgendwann einmal zu zweit.« Ja, vielleicht.

Wer wusste das schon? Ein neues Leben hatte begonnen. Eines ohne einen Hof Gutenberg.

Teil 2

Davide stand vor dem Bauzaun, der ein nicht übersehbares Gebiet zu umrunden schien.

Hinter dem Zaun lag ein Areal, das von der Natur zurückerobert worden war. Überall blühten Wildblumen zwischen hohen Gräsern und Sträuchern. Selbst die ersten Bäume hatten die Höhe eines erwachsenen Menschen erreicht.

Zwei Jahre war es her, dass ein gewisser Scheich dafür gesorgt hatte, dass alles, was sich ober- und unterhalb dieses Gebietes befand, dem Erdboden gleichgemacht wurde. Hof Gutenberg in Schleswig-Holstein. Hier hatte alles angefangen.

Davide lehnte den Kopf gegen das kühle Metall des Zauns und schloss die Augen. Tief in seinem Innern hörte er Pauls Lachen. Damals, als sie auf einem Hügel in Texas saßen und den Explosionen lauschten, die sie unter der Erde gezündet hatten. Zwei einsame Kämpfer, die sich zur Aufgabe gemacht hatten, die Welt vor den Höfen der von Gutenbergs zu retten. Zwei selbsternannte Superhelden.

»Das ist geiler als Venezuela«, hatte Paul gelacht und in seine Hände geklatscht. *»An so einen Scheiß könnte ich mich gewöhnen.«*

Davide hatte ihn angesehen. *»Wir haben noch einen vor uns. Wir müssen ihn nur finden.«*

»Das schaffen wir, mein Freund. Und ich freue mich schon darauf, dem langen Lulatsch von Gutenberg in die Augen zu

gucken, wenn wir ihm sagen, dass wir es waren, die seine Höfe plattgemacht haben.«

Davide vermisste Paul.

»Hallo«, ertönte es freundlich neben ihm. Als er den Blick in die Richtung wandte, stand dort eine junge Frau mit einem Kinderwagen, in dem ein kleines Mädchen saß.

»Hallo«, antwortete Davide knapp.

»Sieht toll aus dahinter, oder?« Die Frau deutete auf das naturbewachsene Gebiet.

»Ja, wirklich schön.«

»Ich gehe auch beinahe jeden Tag hier vorbei und schaue mir an, wie sich alles langsam verändert. Zum Guten verändert. Wissen Sie, was da früher war?«

»Ein Hof für artgerechte Rinderzucht«, antwortete Davide.

Die Frau lächelte ihn an. »Meine Tochter wurde dort geboren«, sagte sie. »Unter der Erde. In einem Bunker.«

»Sie kannten den Bunker?« Davide drehte sich zu ihr um.

»Oh ja, den kannte ich. Ein Ort voller grausamer und gleichzeitig schöner Erinnerungen.« Sie hockte sich neben das Mädchen und streichelte ihr über die Wange. »Das ist übrigens Alex. Ich habe sie nach einer guten Freundin benannt, die es leider nicht geschafft hat.«

»Hallo, Alex«, sagte Davide lächelnd. »Mein Name ist Davide.«

»Sag Hallo, Alex«, lächelte sie die Mutter an.

Die Kleine zierte sich kurz, dann sagte sie: »Hallo, Davi.«

354

Für einen winzigen Moment saß Noemi in dem Kinderwagen.

»Na ja«, sagte die Frau. »Ich muss dann mal weiter.«

Davide verabschiedete sich und sah ihr hinterher. Er konnte sich tatsächlich an ein junges Mädchen erinnern, die auf einer Trage lag, als er aus dem Bunker floh. Hatte sie ein Kind bei sich gehabt? Ein Kind, das im Bunker zur Welt gekommen war. Er lächelte und hoffte, dass die Mutter irgendwann ihre schlechten Erinnerungen loswerden würde.

Davide blickte auf die Uhr. Er hatte seinen Privatjet zum Flughafen Holtenau geordert. Gemäß Angabe des Piloten würden sie in einer Stunde dort landen. Davide würde den Weg dorthin zu Fuß zurücklegen.

Noch einmal dachte er an die letzte Nacht und an die Feuersäule, die so unendlich weit in den Himmel gestiegen war und die Existenz des letzten Hof Gutenbergs beendet hatte.

Er hatte daraufhin ein Taxi genommen, das ihn nach Schleswig-Holstein brachte. Dem Fahrer gab er 5.000 Euro aus dem Hotelzimmer in der Dortmunder Innenstadt, in dem er zusammen mit Paul die Mission geplant hatte.

Er warf einen letzten Blick auf den Ort, an dem alles begann. Ja, es hatte sich gelohnt.

Mit wehmütigen Gedanken machte er sich auf den Weg, als eine Stimme von der anderen Straßenseite ertönte, die ihm augenblicklich ein Lächeln auf die Lippen zauberte. Konnte das wirklich sein?

»Ich hatte gehofft, dich hier zu treffen.«

Langsam wandte Davide den Kopf und betrachtete die Frau, die dort auf dem Gehweg stand. Sie hatte die Hände in den Hosentaschen vergraben und lächelte verlegen.

»Möchtest du mich immer noch näher kennenlernen, Davide Malroy?«

»Nichts lieber als das«, rief ihr Davide entgegen.

Sie blickte wie ein kleines Kind nach rechts und links, ob die Straße frei war, und rannte auf ihn zu. Ihr rotes Haar folgte ihr wie ein wunderschönes Flammenmeer.

ENDE

Nachwort

Nun ist die Reise also beendet. Ihr, liebe Leserinnen und Leser, habt mit mir gemeinsam einen langen und teilweise auch grausamen Weg beschritten. Dafür möchte ich mich bei euch bedanken.

Ich bin immer wieder von der Tatsache fasziniert, dass *Hof Gutenberg* zunächst nur als eigenständiges Buch geplant war, sich aber dann doch zu einer Trilogie entwickelte. Tja, und schuld ist niemand anderes als ihr.

Ich startete vor einem Jahr einmal eine Umfrage, in der es darum ging, für welches meiner Bücher ihr euch einen zweiten Teil vorstellen könntet. *Hof Gutenberg* siegte mit den meisten Leserstimmen. Dass dann kurz nach Teil 2 noch ein weiterer folgen sollte, entschied ich während des Schreibens.

Irgendwie war mir Davide ans Herz gewachsen und so konnte ich mir ein weiteres Abenteuer mit ihm durchaus vorstellen. Die Frage war nur: Wie schreibe ich einen dritten Teil, der kein Abklatsch der beiden anderen wird?

Ich beschloss, *back to the roots* zu gehen. Nur um einiges härter und grausamer. Ich hoffe, es ist mir gelungen. Und ich hoffe, dass ihr genauso viel Spaß beim Lesen hattet, wie ich beim Schreiben.

Ein besonderer Dank geht, wie immer, an mein Team, das mich bei der Entstehung des Buches tatkräftig unterstützt hat. Danke, Momo, dass du stets an meiner Seite bist und die Seiten schon direkt nach der Entstehung auseinanderpflückst. Danke, Stefanie Maucher, für deine liebevollen Kommentare im Lektorat. Sie lassen mich stets mit einem fetten Grinsen zurück. Danke, Simon Kossov und Silvia Vogt für den allerletzten Schliff.

In diesem Sinne sage ich »Auf zum nächsten Projekt!« Ich freue mich, wenn wir uns wiederlesen.

Euer A.L.

VERLAGSPROGRAMM

www.redrum-verlag.de

REDRUM CUTS

SIMONE TROJAHN

THRILLER

TAGE DER VERGELTUNG

REDRUM

ZUHAUSE SCHMECKT ES IMMER NOCH AM BESTEN!
SIMONE TROJAHN
MUTTERFLEISCH
HORROR
REDRUM

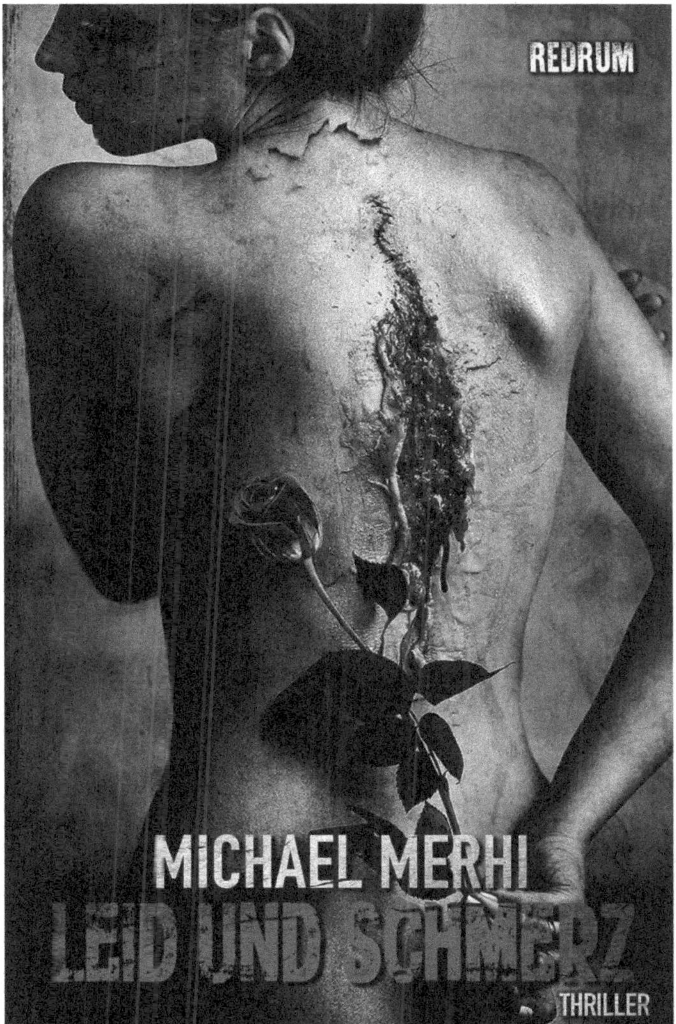
REDRUM
MICHAEL MERHI
LEID UND SCHMERZ
THRILLER

REDRUM loves you!

REDRUM liebt dich!

Besuchen Sie jetzt unsere Facebook-Gruppe:

REDRUM BOOKS - Nichts für Pussys!

www.redrum-verlag.de